The Record by an Old Guy in the world of Virtual Reality Massively Multiplayer Online

とあるおっさんのVRMMO活動記

24

椎名ほわほわ

Shiina Howahowa

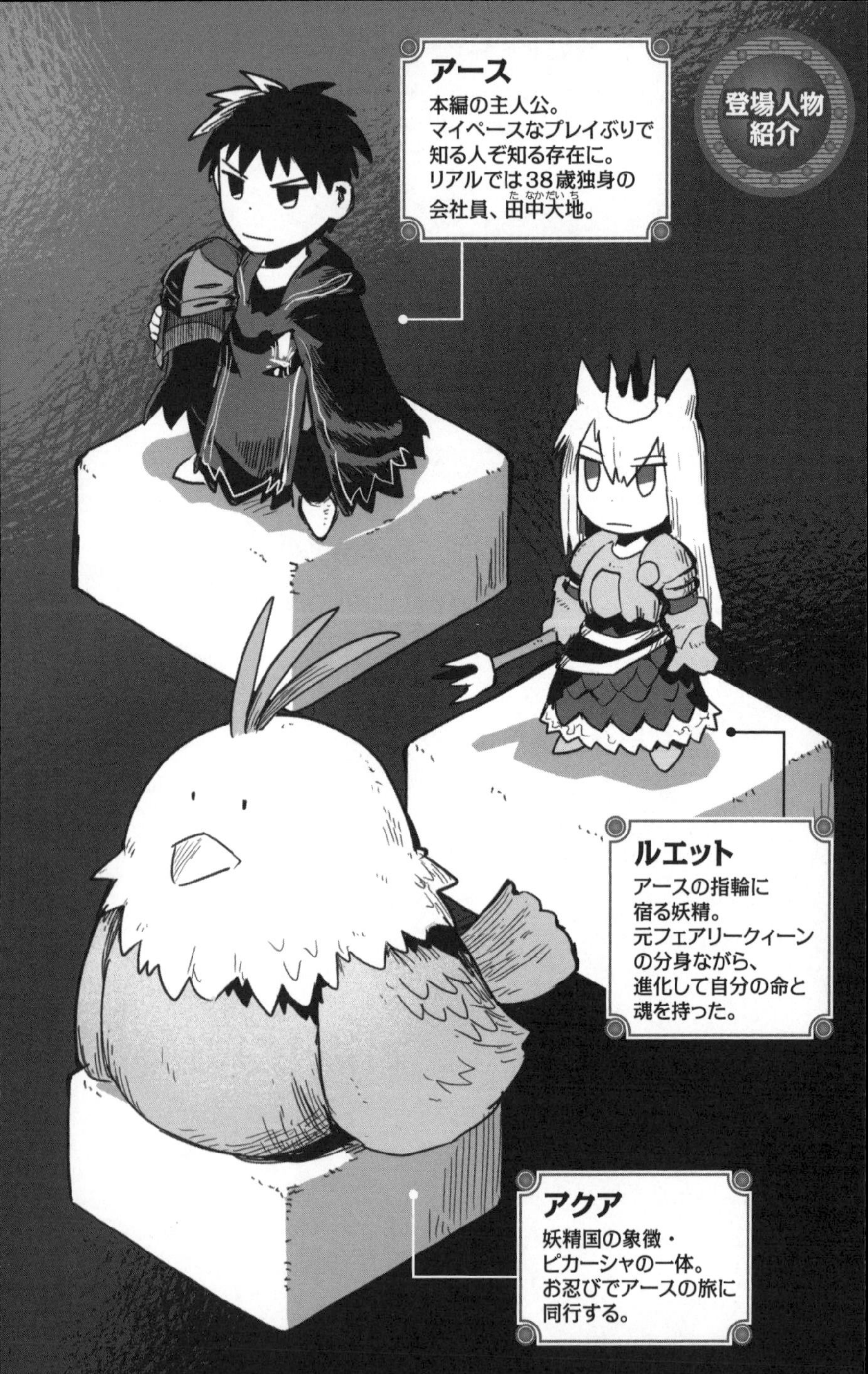
登場人物紹介
アース
本編の主人公。
マイペースなプレイぶりで
知る人ぞ知る存在に。
リアルでは38歳独身の
会社員、田《た》中《なか》大《だい》地《ち》。
ルエット
アースの指輪に
宿る妖精。
元フェアリークィーン
の分身ながら、
進化して自分の命と
魂を持った。
アクア
妖精国の象徴・
ピカーシャの一体。
お忍びでアースの旅に
同行する。

雨龍《うりゅう》
「龍の国」で崇められている
双龍が一人。
妖しいほどの美女にして
凄腕の武人。
クラネス
ドワーフの女鍛冶屋。
腕利きながら、
無茶な武器を好んで作る。
砂龍《さりゅう》
「龍の国」で崇められている
双龍が一人。
物静かな外見によらぬ
凄腕の武人。

1

「ふう……お茶が美味《うま》い」

緑茶の入った湯呑《ゆのみ》をゆっくりと口から遠ざける。

そよ風が木々の間を通り抜けることで自然の音楽を奏《かな》で、空では小鳥達が穏やかな鳴き声を上げる。普段身に着けている防具すら外した楽な恰好で、のんびり茶を飲む気分はなかなか悪くな――

「アース、なにやってるの？　死ぬ少し前の老エルフみたいな表情を浮かべて？」

そんなルイさんの言葉にがっくりとうな垂《だ》れながら、自分は彼女のほうに顔を向けてひと言。

「そう言わないでくださいよ。師匠公認の休息の時なんですから……それに、自分はまだまだ死ぬつもりはありませんよ」

ここはエルフの村にあるルイさんの家。今日も「ワンモア・フリーライフ・オンライン」の世界にログインした自分は、まず砂龍《さりゅう》・雨龍《うりゅう》の師匠ズと合流し、妖精国からここまでやってきたのだった。

その師匠ズは、手荷物を置いた後、外に出かけていった。めったに龍の国から出る機会がないので、少しでも多く外の景色を直接自分の目で見ておきたいと言っていたな。

「うーん、でもね？　外を見ながらお茶を飲むさっきの君の姿に、枯《か》れてるなーって感じが漂ってたんだよね。なんて言うか、やることが全て終わって、後はお迎えを待つだけのエルフとそっくりだったよ。私の師匠も永眠する数年前はそんな感じで――」

ルイさんの言葉に再びがっくり来る自分。そんなに老《ふ》けて見えたのか……

「いやいや、自分はつい先日まで散々戦いに明け暮れたり厄介な罠と対峙したりで精神的な消耗があったんですから、今くらいはゆっくりしたいんですってば」

ルイさんは自分達を快《こころよ》く出迎えてくれたばかりか、ここに泊っていいとまで言ってくれたので、お言葉に甘えることにしていた。

なお、今回は以前のようなゴミ屋敷状態にはなっておらず、内心でほっとした自分がいた。

師匠ズからも、決戦の日はそう遠くないので、今後は訓練も軽めにして本番に備える形を取ると言われている。

そう、ついに有翼人の待つ空の世界に行く日が明確になったのだ。というのも、この「ワンモア・フリーライフ・オンライン」のアップデート情報が上がり、その実装日というのは今から一か月半後。つまり、有翼人との戦いの火蓋《ひぶた》が切られるのもあと一か月半後ということだ。準備はそれまでに終えねばならない。

ドワーフのクラネス師匠から貰った、製作を依頼した各種装備品の完成度合いを示してくれる石の染まり具合は、大体七割ぐらいかな？　この感じなら間に合ってくれそうだ。

「大丈夫ならいいんだけどね。でもそこまでして訓練に励んでいるのには、何か理由があるのかな？　ただ単に強くなりたい！というのであれば、もうちょっとペースを落としてじっくりとやったほうが身に付くだろうし……」

そう訊かれるが……今はまだ、決戦に備えている、とは言えないな。空の上で待っている連中が友好的な存在ではなく、そのふりをして全てを奪うつもりの悪党どもだという情報が変に広まってしまったら、行動がとりにくくなるから。

「まあちょっと、今後ひと山ありそうなので……時間があるうちに厳しく鍛えてもらっていたんです。で、あとは休息を多めにして体を落ち着かせろとのお言葉を頂いたので、自然が多くて休息にぴったりの場所であるこのエルフの村にお邪魔させていただいたんですよ」

と答えるのが精いっぱいだろうな。これなら嘘を言っているわけでもないし。

だが、自分の言葉を聞いたルイさんは、師匠モードの目つきになった。

「ひと山、ね。そんな言い方してるけど、実際は山どころの話じゃないんでしょ？」

ルイさんの言葉は疑問形であったが、その口調は確信を持っているように思えた。分かる人には、ひと言口にするだけである程度バレてしまうな。

「それはご想像にお任せします。まあ冒険者なんてやっている以上、危険な場所に出向いて新しいものを発見するか、無様に野たれ死ぬかの運命に身を晒《さら》すというのは、いつまでたっても変わりませんからね」

ま、バレたらバレたで軟着陸させればいいだけ。カマをかけられてそれに引っかかっても、引っかかったことを認めつつ話をずらして真相に届かないようにする、ってのも話術の一つだ。

それに、今回はあまりにも相手が悪すぎる。ハイエルフと戦うよりもはるかに死亡率が高いどころか、操り人形にされてしまいかねない。

「まあ、それはそうでしょうけど。あ、お茶のお代わりはいるかしら？」

「あ、すみません。頂きます」

訝《いぶか》しみながらもルイさんからそれ以上の追及はなく、その後は二人でお茶を飲みながら近況を話し合う。

エルフの森のほうではこれといった問題はなく、穏やかだったようだ。農作物の生育も順調で、豊作になりそうだとのこと。特に麦の実りがいいそうで、時間があるなら収穫を手伝ってほしいと頼まれたので、了承した。現実世界《リアル》の時間だと、明後日いつもの時間にログインしてから少し経った頃に始めればよい、というぐらいだそうだ。

「外の農業技術もいいものね。取捨選択する必要はあるけれど、生産性がかなり上がったのよ。もちろん、土に負担をかけない範囲でね」

と、ルイさんは言う。おそらく、農業系統を得意とするプレイヤーの知恵と技術がもたらされているんだろう。何せ、薬草の人工生産に成功するぐらいの人達だから、知識も技術も優れているのは間違いない。

「生産性が上がれば、いざって時のための蓄えが増えますね。飢饉《きが》というものはいつやってくるか分かりませんから、備えられるうちに備えておかないと」

飢《う》えってのは辛いからな……飢えることで精神的な安定性が失われ、ドミノ倒しのように次々と事態が悪化するのはよくあることだ。そんな悲惨な展開を迎えないためにも、しっかりと非常時のための備えを蓄えておくべきだろう。

「聖樹様の加護があるから、基本的には飢饉なんて起きないんだけどね……でも、聖樹様に頼りっぱなしってのはおかしいから。私達にできるところは私達が頑張って、どうしようもないところだけ聖樹様のお力をお借りするってふうにやっていかなきゃね」

そうだな、いくら聖樹様の加護があるからといってそれに頼り切りでは、いざという時に困るのは自分自身だ。ルイさんの言った考え方には同意できる。

っと、聖樹様といえば……

「そうだ、聖樹様に挨拶しに行こうかな？　最初に伺った時以降は遠くから頭を下げるだけに留まってたし……」

エルフの村には何回も来ているが、ずっと不義理をしていた。今なら時間もあることだし、会いに行くのも悪くないだろう。

「そうね、行ってきたらいいと思うわ。今の時期ならば聖樹様もお忙しくはないはずよ。あと少しすると、農作物の収穫についての報告と、豊作のために祈りを捧げる行事があるから、挨拶するには騒がしくなっちゃうし」

ルイさんの言葉が決め手になり、家から出る。聖樹様と直接会うのも久しぶりだ……失礼がないようにしないとな。

ルイさんに緑色の外套を借りて聖樹様の元へ。ルイさんも久々に挨拶しておきたいらしく、一緒についてきている。

「聖樹様への挨拶って、定期的にやるものじゃないの？」

「そうなんだけど、最近色々と忙しかったのよ」

そんな会話を交わしつつ到着。順番待ちをしている人はいなかったので、聖樹様を護っているエルフさんから「失礼のないようにな」と念押しの言葉を貰っただけで、すぐにお目通りが叶った。

「聖樹様、ご無沙汰しております」

聖樹様の前に進み出た自分は、そう言ってゆっくりと頭を下げた。隣のルイさんも同じようにしているようだ。

『久しいな、人の子よ。そなたのことはよく覚えておるぞ。そして今、また辛い戦いに身を投じておることも知っておる……我が子、ルイよ。しばしこの者と一対一で話をしたい。せっかく挨拶に来てくれたというのにこのようなことを頼むのは心苦しいのだが、私を護る者に、しばらく誰も立ち入らせるなと伝えてはくれないだろうか？』

雲行きが怪しいぞ？　ルイさんも頭の上に？マークを浮かべたが、聖樹様の言うことなら、この場を後にした。

『我が子らには後で謝っておくとしよう。さて、アースよ……空の者がまたいらぬ企てを立てていることは、こちらもある程度は掴んでいる。しかし……それを我が子達には伝えておらぬ。あの者達が仕掛ける誘惑に対する対抗策を用意できぬ故に』

――なるほど。聖樹様もその辺は掴んでいるのか。というかよく考えれば、聖樹様はものすごい長生きなんだろうから、過去のことを自分以上に知っていてもおかしくはないか。

『少し長くなるが話を聞いてほしい。もともと、ハイエルフ、エルフ、ダークエルフの仲は良好だったのだ。しかし、いつからかハイエルフ達は自分の力に酔うようになった。そのため、ハイエルフとそれ以外のエルフの仲が徐々に険悪になっていったのだが、そうなった原因のうち、ハイエルフの責任は半分ぐらいなのだ』

今じゃ傲慢《ごうまん》そのもののハイエルフだが、最初からそうではなかったと。そして傲慢になった経緯か……この話の流れからすると、当然続く言葉は――

「責任のもう半分は、空の者達がハイエルフ達に『お前達は優秀だ、だから他のエルフよりも上に立つべきだ』などと唆《そそのか》した、ということでしょうか？　確かにあの者達は、見た目だけなら天にいる偉大な存在のようですから」

天使、という言葉は使わなかった。聖樹様に通じるか分からないし、何よりあいつらは支配者になりたがる連中。神に仕えている天の使い、とは喩《たと》えにしても言い表したくない。

『そなたの読み通りだ。時に道具を与え、時に言葉を与え、ハイエルフの優秀さから生まれる自信を煽《あお》った。そのなれの果てが今の姿だ……他者と協力できず、森の奥に引きこもり、ふんぞり返るだけの存在に堕した。あの姿のどこが優秀であるのか。醜《みにく》いとしか言いようがない……そして、なぜそんなことをあやつらがやったのか、そこのところはよく分からない』

多分だが、ただおもちゃにしてただけなんじゃないだろうか？　以前、魔剣【真同化《まどか》】の記憶の世界で襲ってきたときの言葉は、「賭けにならない」だったからな。どれぐらいいじればそういう風になるかを賭けの対象にしていたとしても、自分は驚かない。

更には、傲慢になったハイエルフが他のエルフ達に襲い掛かるかどうか、その結果打ち負かして従えるか、反撃にあって全滅するか、なんてことまで賭けにしかねない。

『行動原理はともかく、あやつらは強い。当時の私達がまだまだ若木であったことを差し引いても、奴らはハイエルフ達を狂わせた。今は我らも成長して力を増したが、それでも奴らの誘惑の力を完全に削ぐことができるかは分からぬ……まして我らの力が届かぬ空の上では、奴らの誘惑に負けて敵を増やすだけになってしまうことは目に見えている。故に、エルフの戦士達は此度の戦いに同行させられぬ。負担をそなたらに押し付けてしまうことを申し訳なく思う』

まあ、その見立ては正しいだろう。過去の魔王様の遺体が姿を変えた例の金属から、どれだけ誘惑に対抗できる装備が生み出せるかは今のところ不明だ。が、エルフの皆さんに配れるだけの量が用意できないのは考えるまでもなく分かる。

「いえ、お気になさらないでください。あいつらは強いだけではなく狡猾《こうかつ》です。それに、他者を洗脳して自分達の尖兵に仕立て上げて苦しめ、自分達はそれを笑いながら見ているような外道の一面すらあります。そんな連中にエルフの皆様が毒されないようにする、そう決めておけただけでも安心できるというものです」

これまで結構色々なエルフやダークエルフと知り合ってきたが、個人的にこの世界のエルフやダークエルフは好ましいと考えている。そんな人々が洗脳されて敵に回るなんて展開は、御免蒙《ごめんこうむ》りたい。

「それに、それでもエルフの戦士は一緒に戦いに出向きますよ。お忘れですか？　私の弓に宿ったエルフの魂が存在することを」

エルの力が宿って変身時に使える装備となった魂弓《こんきゅう》は、おそらく今回も大活躍してくれるだろう。何せ空での戦いだ、足場がなくても射撃能力があれば戦える。

『むろん、忘れてはおらぬ。いや、我が枯れるまであの光景を忘れることはないだろう。安易に使いたくない言葉だが、あの時の光景こそまさに奇跡と呼ぶべきものだろうから』

憎しみに染まった弓を、魂をもって浄化した。あの時に起きたことを簡潔に説明すればそれだけだ。だが、実際はそんな言葉で片付けられたら「ふざけるな！」と怒鳴りたいぐらいだ。この世界が、もはやゲームの範疇《はんちゅう》から飛び出していることを見せつけるような出来事だったわけだが……空の世界でも何があるのやら。

「あのようなことが再び起きぬよう、私は行くのです。誰かに頼まれたからではなく、自分の意志で。ですから、聖樹様が謝られる必要はないのです」

結局、やるかどうかは自分の意志次第だ。人のせいではない。あちこち走り回るのも、武器を作るのも、戦うのも、自分がやると決めたからやる。人任せにすると、後で『あのときにああしていれば』なんて言葉ばっかり口にすることになる。この世界でも、リアルでも。

『そんな戦士に与えられるものがあればよいのだが、残念ながら今の私にはない。その代わり、そなたの無事を祈ることと、そなたの負担にならぬよう我が子らをあの者達の悪意から守りぬくことを誓おう』

それで十分です。これでエルフと……おそらくダークエルフも大丈夫。そこに確信を持てるだけでどれだけありがたいか。

「後ろの守りは、よろしくお願いいたします。前の戦いは、任せてください」

あえて、そう言い切る。ここであやふやな言い方をしてはいらぬ不安を残してしまうから。そしてその不安が亀裂を生む。ああ、そういうものはリアルでいっぱい見てきたよ。

『戦士よ、幸運を』

掛けられた言葉に一礼を返し、聖樹様の元を後にする。聖樹様がエルフの領域を護ってくれるということが分かっただけでも、ここまで来た甲斐《かい》があった。

後は、こちらが期待を裏切らなければいい。

聖樹様への挨拶を終えてルイさんと合流したときには、日がやや傾き始めていた。

「結構話し込んでいたみたいだけど、何か問題でもあったの？」

「いえいえ、これからも頑張りなさいと優しいお言葉を頂いたぐらいです。ただ、久しぶりの直接の挨拶だったので、少々積もる話がありまして」

そう答えると、ルイさんもそれ以上踏み込んで聞いてくることはなかった。

それからルイさんの家に帰りながら雑談を重ねていたところ、そういえば、とルイさんが話の方向を変えてきた。

「アース君はお風呂好きだったよね？　新しいお風呂屋さんが出来たんだけど、そこへ行ってみる？」

へえ、新しいお風呂屋さんか。それは是非行ってみたい。そうルイさんに伝えると、ルイさんも
「じゃあ私も行くよ。時々あそこのお湯につかると、美人になれるってもっぱらの噂だからね～」

とのことだった。

もしかすると、温泉でも湧いたのか？　なんにせよ、これは確認せねばなるまい。

「じゃ、軽く準備してから行こう。あ、もちろん男女別になってるから」

ああ、それが普通だろう。混浴が好きだ、という人もいるだろうが、自分はそうではない。

そして向かった先は、かなり大きなお屋敷風の家だった。その外見から、龍の国の影響がかなりあるような気がする。

「ここだよ。作られた直後はエルフの家とは全く作りが異なるから、話のタネになってたね」

ルイさんからそんな説明が。そうだなぁ、木の内側を改造して家にするエルフ達の村に、日本家屋風なお屋敷がでん！と姿を現せば、確かにそうなるのも不思議はない。

だがそれ以上に異様だったのが、そのお屋敷の真下に川が流れていることであった。いや正しくは、川の上にお屋敷を建てた、か？

「ルイさん、川の上にお風呂屋さんがあるんだけど……これは意味があるのですか？」

この自分の質問に対してルイさんは「入れば分かるよ」とだけ答えた。

お風呂屋さんのドアを開けると、いらっしゃいませと声をかけられた。その声を発したのは……エルフじゃなくって龍人だった。

ああ、ここのお風呂屋さんを経営してるのは龍人さん達なのか……

「本日はようこそおいでくださりました。ごゆるりと楽しんでいってくださいませ」

そんな挨拶に続いて簡単な説明を受ける。うん、銭湯と大差ないシステムだな。

ただ違うのは、覗きをしたら永久追放かつ、覗いた人の名前はこのお風呂屋さんの経営が幕を閉じるまでずーっと入り口に晒されるっていう点か。すでに一〇名弱の名前が載っている……男だけかと思いきや、女の名前もあった。

「覗きなんかやるつもりは初めからないから、ペナルティは考えなくていいね」

服を脱ぎ、アクアを頭に乗せ、腰にタオル&湯気ガードを装着して、風呂場へといざ出陣。

そうして浴場の扉を開けた瞬間、このお風呂屋さんがなぜ川の上に建てられたのかを理解した。

なるほど、こう来たか……温泉が流れている。いや、川のど真ん中に温泉が湧いているんだ。

(リアルでもこういう温泉があるってことを知識としては知っていたけど、実際に行ったことはなかったからなぁ。まさかこんな場所で体験できるとは)

早く入りたいが、まずは体を清めないと。頭も体もしっかりと洗い、アクアもしっかりと磨いてあげる。アクアは綺麗好きだから普段から不潔ではないが、念入りに洗ってやるとより綺麗になる。

水を含んだ羽根が、天井に吊るされている装置から出ている光を反射して輝いている。

「では入るか……すまないが、アクアはこれでな」

桶に湯船からお湯をとってアクアをその中に入れた後、自分もゆっくりと体を湯の中へ沈めていく。

ちなみに、先客は数名いたが、アクアの入浴をとがめる人はいなかった。

(あー……ああー……やっぱり温泉は良いものだなぁ……)

声が漏れないように抑えるのに結構苦労した。

こうして実際に入ってみると、温泉の仕組みがよく分かった。川の底から熱湯が噴き出していて、それが冷たい川の水と混ざり合うことで、いい塩梅《あんばい》の温度になっているらしい。

中央部分には、熱湯が出ていますので近寄らないでください、という立て札があって、近寄ってみると確かにかなり熱い。自分にちょうどいい温度の場所を探して落ち着くのが、この温泉のやり方なのだろう。

(うーん、自分には端っこぐらいの温度がちょうどいいかな。ちょっとでも中央に近づくと熱くてくつろぐって感じじゃなくなってしまう)

アクアの入っている桶のお湯を交換した後、再び温泉に深く体を沈める。川が流れる音の中にいるような感じもしてきて、なかなか面白い温泉だ。リアルではそうそうできない体験だろう。心身ともに癒されていく気がする。

(実際に温泉に入っているわけじゃないから体が癒されることはないだろうけど、プラシーボ効果は十分ありそうだよな……こんなことを考えるのは無粋だけどさ。でも心は実に癒される、仕事でたまったストレスが流れ落ちていくような気がする。実にいい温泉だ)

誰もしゃべらないので、水の音だけが静かに、そして心地よく耳に届く。ゆっくりと目を閉じて、その音を楽しむ。そうしていると、心が穏やかになっていく。普段の喧騒《けんそう》を忘れ、この世界でやってきた戦いや訓練が瞼《まぶた》の裏に浮かんでは消えてゆく。そして出会った人々の顔も次々と浮かんで消え、さまざまな思い出が蘇《よみがえ》ってくる。

(色々な場所を見てきたな。色々な人を見てきたな。良かったことも悪かったことも、全てに意味があるんだろう。それが分かるのは、きっとそう遠くないこと)

そんなことを思う。理由はない、そう言い切れる材料もない。でも、それがなんとなく分かるのだ。世界を回った、地下へも足を踏み入れた、そして次は空へと上がる。その先は？　宇宙にでも飛び出すか？　並行世界で一から開拓事業に乗っかる？　もしかしたらあるかもしれない展開だが……なんとなく「その展開はないな」と思ってしまう。

（ひとまずは、空で起こるであろう一件だな。そっちを何とかしていい方向に持っていけば、その先も見えるようになるだろう。あと一月半を無駄にしないように、しかし思いつめたりはしないようにやっていこう。そのときが来たら、全力でぶつかるしかない。どのみちぶっつけ本番なことはどうしても出てくるんだ。くよくよと悪いことばかり考えても仕方がない。最悪を想定するのと、ただただ嫌なことを考えるのは完全に別だ）

っと、それなりに長く入っているし、体も十分に温まった。そろそろ上がるか。

目を開けてお湯から出て、アクアを回収。脱衣所で体を拭いたら服を着て、風呂屋の外へ。そこで冷たい飲み物が売っていたので、果実水を二人分買い、アクアと一本ずつ分け合う。自分は腰に左手を当てながら飲むスタイルで、アクアはストローで飲んでもらう。欲を言えばコーヒー牛乳があればよかったのだが、残念ながらここにはない。

「あ、アース君も上がってたのね。おじさん、私にも果実水を一つくださいな」

「あいよ、よく冷えてるぞ」

と、ルイさんも上がってきたか。意外なことに、ルイさんも腰に手を当てて一気飲みのスタイルで果実水を飲み干した。それを見たお店の龍人さんも「相変わらず気持ちいい飲みっぷりだな」と満足そうに頷《うなず》いている。

「じゃ、アース君、帰りましょう。おじさん、また入りに来ますね」

「おう、待ってるぞ。またな！」

どうやら顔なじみのようだな。気軽なやり取りからそれを感じる。

さて、今日はこのままルイさんの家でログアウトだ。エルフ領にいるうちは、このお風呂屋さんに通い詰めるのもいいかもしれない。

2

そしてリアルで一週間が過ぎた。その間、自分は師匠ズやルイさんと共に森林浴を楽しんだり、風呂に行ったり、チェスをやったり。たまに、ハムスターに似たキーン族のとらちゃんに森を案内してもらってほんの少しだけ戦ったりと、今までと比べると非常にのんびりとした時間を過ごした。

そして今日は、エルフ農家の収穫の手伝いに出向いている。小麦が豊作で人手が欲しいとの話だったので、協力することにしたのだ。

「ああ、そんな感じでいい。とにかく収穫しないと終わらないぞ〜」

念のため刈り取り方を畑の主人のエルフ男性に確認してもらって、問題なしとお墨付きを頂いた後は、とにかく小麦を刈り取る。

こっちの世界に機械の類は少ない。特にエルフの村などでは全く見ない。そのため収穫作業は全て手作業だ。かなり前にも収穫を手伝ったことがあったが、その頃と変わりないな。その代わり、こういう人手が必要なときには助け合う形が出来ているので、なくても問題ないのだろう。リアルだとそういうわけにはいかない所もあるから機械は必須だが。

なお、このお手伝いで自分は三〇〇〇グローほど貰うことになっている。軽いアルバイト代程度の額だが、今までため込んだお金の大半をドワーフの里で新装備の支払いに充《あ》てちゃったので、貰えるだけありがたい。もちろん、貰うものを貰うからには、相応の仕事をきちんとこなさなければな。

「こちらの畑は終わりました！　刈り取った麦を村に運んだ後、次の畑に取り掛かります！」

「おうっ、頼むぜ！」

畑の主人エルフにそう声をかけて、束ねた小麦を一緒に作業していたエルフ男性と共に次々と運んでいく。そこから先の処理は女性エルフのお仕事。基本的には男性が刈り取りと村内への運搬を、女性が脱穀などの作業をするようだ。

リアルだと、麦を口に入れられるようになるまでにはいくつもの工程が必要なんだが、この世界ではそういったものはざっくり飛ばしている可能性が高い。もしくはエルフ独特の魔法があるのかもしれないし、深くは突っ込んでいない。

「刈り取った麦です、後のことはお願いします」

「ええ、任せておいて。みんな、麦が次々と来るわよ。手早くね！」

女性のエルフの皆さんも声をかけ合って、次々と運ばれてくる麦に対応していく。

さてと、あと二往復ぐらいすれば、今の畑で収穫した麦は運搬し終えるかな？　今日の仕事は三つの畑で小麦を収穫することだからな、もたもたしてると日が沈んでしまう。まあ、自分は夜中でもやれるっちゃやれるけど……他の人にそれを強《し》いるわけにはいかない。

「よし、一つ目の畑はこれで終わりだ。次にかかるぞ！」

その言葉に皆で頷き、次の畑に取り掛かる。こんな刈り取り作業なんてものも、リアルじゃなかなかなぁ。体験ぐらいはできるかもしれないが、本格的な仕事としてはなかなかレアだな。それに中腰での作業が多いから、その後の腰痛に悩むことになるかもしれない。歳関係なく。

「ふむ、これは人手が欲しくなるのも分かるのう」

雨龍さんがそんなことを言う。師匠ズもここ数日、収穫が忙しい所には率先して手伝いに行っていたという。もちろん正体は隠しているが、農家の人もまさか龍神様が自分の畑で収穫を手伝っているなんて知ったら驚きでひっくり返るだろうから、それがいいだろう。

——ああ、リアルの日本にも、もしかしたらそういう神様がいるかも。何せ八百万もいるのだから、秘かに人を助ける神様がいてもいいよね。

「うむ、収穫作業は良い。農家が必死に頑張ってきた成果を見られるのだ。良い作物が採れるということは、ここの主《あるじ》が真剣に農作物と向き合ってきた証拠だ」

こちらは砂龍さん。確かにこの麦はよく出来ている。もちろん、農家がどれだけ頑張っても、日照りや台風、害虫や病気などで台無しにされてしまうケースもある。しかし、そういう災いも、努力によって被害を軽減することが可能な部分もある。

「雨龍さん、砂龍さん、そろそろ自分は麦を束にする作業に入ろうと思うのですが、残りの刈り取りは任せてもいいですか？」

「うむ」

「任せてくれていい」

そうして作業しているうちにこの畑の麦は刈り終わったようで、次々と束にする作業に移る人が増え、あっという間に終わった。後はそれを村に運ぶだけ。だったのだが……

「うーん、雨の匂いがする。少し作業を早めないと濡《ぬ》れ鼠《ねずみ》にされそうだぞ」

一緒に仕事をしていたエルフ男性がそんなことを口にする。

「テルがそう言うなら間違いはなさそうだな……お手伝いしてくれている方にも教えておこう。このテルという男は、こういう空気を感じ取る感覚がエルフの中でも際立って鋭くてな。特に雨の降る前兆は百発百中で拾うんだ。すまんが、ここからは作業速度を上げるぞ、大変だが、降られるまでに刈り取りを済ませたいんだ」

ああ、そこまではいきたいかな…

「了解です、こちらも雨の中で作業するのはちょっと勘弁願いたいですからね。急ぎましょう」

そこから運搬は小走りになり、村の女性にも雨が迫っていると伝えて、すぐさま畑にとんぼ返り。そして全員で一丸となって三つ目の畑の作業が八割方終わったところで、西側の雲がじわじわと黒くなっていた。

「西から来るぞ、急げ急げ！」

雲の色が変わるという分かりやすい雨の前兆で、皆の作業速度が更に上がる。そのおかげで何とか雨が降る前に麦を運ぶことに成功し、事なきを得た。後のやるべきことは広い家の中でゆっくりやるそうだ。雨に降られたときに使える場所が複数あるとのことで、問題はなさそうだ。

「手伝い、助かった。後半急《せ》かしてしまった詫《わ》びに、謝礼には色を付けておいた。遠慮せず受け取ってくれ」

と、今回の仕事を振ってきた男性エルフから五〇〇〇グローを頂いた。雨龍さんと砂龍さんにも同額を支払っているようだ。二〇〇〇グローも上乗せして大丈夫なのですか？とつい聞いてしまったが、小麦が雨に濡れることに比べれば安いものだとのことで、それ以上聞かずに素直に頭を下げて報酬を懐に収めた。

雨はどんどん強くなり、雷も鳴っている。

「それにしても強烈な雨になってきたな。テルが感づいて、手伝ってくれた皆が急いでくれなきゃ、今頃は……間に合って本当によかったな……」

確かに雷交じりの強い雨は色々と怖いな。特に雷がな～……雨を避けて木の下にいたら危険だし、言うまでもなく農具の金属も危険だ……というか、「ワンモア」世界では現実よりも落雷の被害が起きやすい。これは魔法の影響なのかね？　魔力というものが存在して空気中を漂っているわけだから、それが媒体になるのかもしれない。

「うむ、この雨の下での作業は気が進まぬな……」

エルフの男性の言葉に、砂龍さんが同意する。雨龍さんは……表情からすると「わらわは別に濡れても構わんのだが」みたいなことを考えていそうだ。まあ、名前に雨が入っているし、扱う力も水が関係しているもんね。濡れるぐらい何ともないんだろう。

「しかし、ルイさんの家に帰るにしても、少し雨脚《あまあし》が弱まって雷が過ぎてくれないと、外に出たくないですね」

そのまま自分と師匠ズは、農家の男性エルフの家で雨宿りさせてもらった。帰るときには水たまりが複数出来てそうだから、回避するのに少し苦戦しそうだなぁ。幼い頃なら水たまりは遊び道具の一つだったが、今はもうそんな歳じゃない。

◆　◆　◆

数日エルフ農家のお手伝いを行って、依頼された収穫作業は無事に終わった。それと同時に砂龍さんから「そろそろダークエルフの谷に向かうぞ。ならし程度の軽い戦いは行うから、最低限の準備はしておけ」との指示も頂いた。

そういった準備が済んだ頃、師匠ズから風呂に行こうと誘われた。

「師匠達もお風呂が好きですよね、自分もそうですが」

自分と師匠ズ、そしてルイさんも一緒に、今日も仕事後のひとっ風呂に向かう。

その途中で、砂龍さんがおもむろに小さな石を拾った。

何をするつもりなんだろう？と思ったが、砂龍さんはその石を自分に放り投げてきたので、反射的にキャッチした。確認してみると、普通の丸っこい石でしかない。なんでこんなものを投げ渡してきたんだろ？

「風呂に入る前に体感しておいてもらう。今拾ったそれが、何の仕込みもないただの石だということは分かったな？　その石を右手で強く握り込んでみるがいい」

まあ、師匠がやれと言うのであればやりますけど……何の意味があるのかよく分からない。とりあえずぎゅっと——

『ギシッ』

……ギシッ？　右手をゆっくり開くと、握った石は粉々になっていた。あれ？　こんな握力、自分にあったっけ？　もちろん冒険者なんだから一般の人よりはあるけど、ここまでのレベルではなかったはず。

「――師匠、本当にこの石に仕込みはなかったんですか？」

師匠が拾った後に何か仕込んだ可能性はある。何せ正体は龍神だ。そんなことも一瞬でやれるだろうし、それを気づかせないように騙《だま》すこともできるだろうから、つい疑ってしまう。

いやだって、普通は握り込んだだけで石を粉々にはできないよ？　それも力自慢の人がじゃなくて、自分がやってそうなったんだから。

「仕込みはない。そして石をそうできるのであれば、こちらの予定通りだな……詳しい話は風呂に浸《つ》かりながらしてやろう」

そう言うと、再びお風呂屋さんへと歩き出す砂龍さん。まあ、話をしてくれるというのなら、質問はその後にするか。

そうしてお風呂屋さんの門をくぐり、脱衣を済ませてゆっくりと肩まで湯に浸かる。アクアは以前と同じく桶風呂。砂龍さんは熱いのが好みのようで、中央に近い場所に陣取っている。

「さて、先程の一件だが。その話をする前に、少々昔の話をしたい。お前がゴロウと組んで試練に挑んだときのことを覚えているか？」

そりゃ、まあ。師匠ズに会うきっかけだったから、忘れるはずもない。

「うむ、そしてお前は、我らの試練を見事に突破した……では、その後のことも覚えているか？　雨龍から、我らの与える力がどういうものなのかを説明しただろう」

そうそう、そんなこともあったっけ。確か……

「師匠達の試練を乗り越えた者は、使っていない力を削って伸ばしたい方向に割り振ることで、その力をより引き出せるのでしたね」

つまりはステータスを特化させる、ということだった。事実、ゴロウはこれを受けたことでより腕っぷしが上がって、その後の試練も見事に戦い抜いた。

「そうだ。だが、お前は弓を使い、魔法を操り、そして物も作る。そのためどこも削ることができず、その代わりの報酬として、雨龍は封印具である指輪を渡した」

その指輪のおかげで、その後のゲヘナクロスとの戦争で雨龍さんに手助けしてもらえて、本当にありがたかった。まあ、周りからはどうやったのか質問攻めにされたけど。

「その一件は、こちらにとっても悔しい話だったのだ。試練を乗り越えた者に代わりの報酬しか渡せなかったことはな。なので、お前のような者がまた現れるときのことを見据え、我々にできる新しい報酬の形を模索していた。そして、それが形となったのが、今のお前というわけだ」

ちょ、知らないうちに実験体扱いされていたってことですか？　といっても薬物などを使ったわけでもなく、純粋な修業の延長線上にあったみたいだけど。

「お前達が見ている数値には現れぬが、全体的に能力が伸びている。全体的に伸ばす故、劇的な効果を見込めないのは変わらぬが、お前という器を多少なりとも大きくすることに成功している。以前にそれは不可能なことだと言ったと思うが、修業として様々な負荷をかけ、一から心身を鍛え直すことで、どこかを削ることなく力を上げてやれるようになったのだ」

つまり、だ。師匠達は新しい修業のさせ方を見つけたことで、自分のような存在でも力を伸ばしてやれるようになったというわけか。ただし修業を長期間続ける必要があるから時間はかかりそうだが、それはわざわざ自分が口にしなくても、更なる改善点として師匠達の頭の中にもあるだろう。

「なんにせよ、新しい成長の方法に成功したことで、お前は以前より間違いなく強くなった。ただ劇的な変化ではないから、お前自身はいまいちそうは感じないだろうがな。これから出向く場所で軽く慣らしをしたら、今回の修業は終わりだ。その後は準備期間となる」

確かに、スキルレベルは全く上がっていないし、HPとかはバー形式で表示されているだけで数字は出ない。師匠を疑うわけではないが、あまりにも自分が強くなったという実感がない。

「それと、器が大きくなったとはいえ、それは体力や精神力に限った話だ。お前の魂の器のほうは変わっておらぬ故、更なる技術を身に付けたり、新たな変身を覚える余裕はないことを付け加えておくぞ。ここは我々の今後の課題といったところだが、お前が生きているうちに解決することはできぬであろう」

ああ、スキルレベルの更なる上限突破などは不可能ということか。まあそれは仕方がない、素の肉体が強くなったのであれば、アーツの使用回数や基礎的な火力や防御力の向上に繋がるだろう。これ以上を望むのは強欲が過ぎるってもんだ。

「強くなったかどうかは、追々分かるってことですね？」

自分の言葉に、砂龍さんは頷いた。

「慣らしていくうちに分かるだろう。肉体と精神が鍛えられたというのが、どういうことかを」

師匠がそう言うのであれば、そういうことなんだろう。これ以上あれこれ考えても意味はないな。

今は風呂を純粋に楽しむことにしよう……エルフの村を旅立ったら、この先しばらく入れなくなるのだから。

STATUS

【スキル一覧】
〈風迅狩弓《ふうじんかりゆみ》〉Lv50（The Limit!）〈砕蹴《さいしゅう》（エルフ流・限定師範代候補）〉Lv46〈精密な指〉Lv54
〈小盾〉Lv44〈蛇剣武術身体能力強化〉Lv31〈円花《まどか》の真なる担い手〉Lv10
〈百里眼《ひゃくりがん》〉Lv44〈隠蔽《いんぺい》・改〉Lv7〈義賊頭〉Lv87
〈妖精招来《ようせいしょうらい》〉Lv22（強制習得・昇格・控えスキルへの移動不可能）
追加能力スキル
〈黄龍変身《こうりゅうへんしん》・覚醒〉Lv15（Change!）〈偶像《ぐうぞう》の魔王《まおう》〉Lv7
控えスキル
〈木工の経験者〉Lv14〈釣り〉（LOST!）〈人魚泳法〉Lv10
〈ドワーフ流鍛冶屋・史伝《しでん》〉Lv99（The Limit!）〈薬剤の経験者〉Lv43〈医食同源料理人〉Lv25
ExP53
称号：妖精女王の意見者　一人で強者を討伐した者　ドラゴンと龍に関わった者
妖精に祝福を受けた者　ドラゴンを調理した者　雲獣セラピスト　災いを砕きに行く者
託された者　龍の盟友　ドラゴンスレイヤー（胃袋限定）　義賊　人魚を釣った人
妖精国の隠れアイドル　悲しみの激情を知る者　メイドのご主人様（仮）　呪具の恋人
魔王の代理人　人族半分辞めました　闇の盟友　魔王領の知られざる救世主　無謀者
魔王の真実を知る魔王外の存在　天を穿《うが》つ者　魔王領名誉貴族
プレイヤーからの二つ名：妖精王候補（妬）　戦場の料理人
強化を行ったアーツ：《ソニックハウンドアローLv5》

ついに冒険の舞台は）雑談掲示板 No.4288（空の上へと

211：名無しの冒険者 ID：ksic42sd8

ついに新エリアのＰＶも発表されたことで、
掲示板の流れがはえーはえー

212：名無しの冒険者 ID：tgwa6fwfE

空の上、すごい綺麗な場所だったよな

213：名無しの冒険者 ID：RFqw5dwqw

建物は古代ギリシャを意識してるんかな？
アリストテレスとかがいそうな雰囲気

214：名無しの冒険者 ID：5wedwF23p

有翼人、男も女も美形だらけだった……
お付き合いしたいぜ

215：名無しの冒険者 ID：52wef3D2w

その一方でどんなモンスターがいるのかは発表されてないね
そっちは実装されてからのお楽しみってことかな

216：名無しの冒険者 ID：ERWGetwg7

ただ、建物は綺麗だったけど、中身はなかなかえぐそうだよね
何せカジノですよ？
しかもこそこそ隠れてる闇カジノじゃなくって、公式なでっかいカジノ！
借金するプレイヤーで溢れ返りそう

217：名無しの冒険者 ID：IDRty5wFw

カジノがあるなら景品とかもありそう
どんなものがあるのか楽しみでしょうがない

218：名無しの冒険者 ID：OIrty2feW
新素材とかあったら、生産者がカジノに入り浸りそう
もちろんその素材で作れる装備が強かったら、戦闘系も篭りそう

219：名無しの冒険者 ID：TYHEhseg5
冒険そっちのけでスロットやらポーカーやらブラックジャックやらに
興じるのか……金足りるかな

220：名無しの冒険者 ID：rg5sefO1c
あと、今までとは違っていくつか機械も出てきたよね？
島と島を渡るときにはヨットみたいな船で移動するっぽいし

221：名無しの冒険者 ID：REGrg2EwX
機械って言っても、極端にメカメカしい感じじゃなくて、
ファンタジーの外見を保ちながらって感じだけどね
もしかして出てくるモンスターもメカ系？

222：名無しの冒険者 ID：HGarg5Wdc
メカのモンスターならもういるじゃん、地底世界で時々攻撃してくる奴
もしかしてあのモンスターの生まれってこの場所なんじゃね……？

223：名無しの冒険者 ID：wefW23dWe
空の上で出来てたとして、地下にいる理由は何よ？
空からわざわざ地上を通り越して地下に移動させるって、
かなり手間じゃね？

224：名無しの冒険者 ID：HRaeg2wD2
地上にいるならまだ分からなくもないけど、地下なんだよね
だからある程度関係性はあったとしても、
完全に同一とは思えないってのが今のところの感想かな

225：名無しの冒険者 ID：IKYut5dWq
まあ、暴走メカってのもお約束の一つだからね
難しく考えなくてもいい気がする
問題が起きたらそのときに対処すればいいじゃない

226：名無しの冒険者 ID：THREs2wEC
現時点では何とも言えないよな

それでも空の上はすごい綺麗だから、観光的な意味で期待してる
いいスクショが撮れるといいんだけど

227：名無しの冒険者 ID：EWGRwag8u
場所自体が観光地みたいなものだからねえ。
ＳＳに収めたい場所はいっぱい見つかると思うよ

228：名無しの冒険者 ID：IUJtuid2e
地底世界も悪くはないんだけど、
ＳＳ向きの綺麗な場所ってのはかなり限られてたからね
その分空の上では楽しませてもらうよ

229：名無しの冒険者 ID：SERFaw5Cw
ＳＳ鳥に走り回る人にとっては、文字通りの天国か

230：名無しの冒険者 ID：EGweg25Dw
ＳＳ鳥か……空の上だから、誤字が誤字に見えないな

231：名無しの冒険者 ID：Irsa2fWEq
しかし、みんな一つ大事なことから目を背けていないか？
あえて言わないんだろうけどさ……
言っていい？

232：名無しの冒険者 ID：KYDdrt2We

大事なこと？　大事なことねえ……

あ、言うな、言わなくていい。空ってことで予想ついた

233：名無しの冒険者 ID：WDd53fdWu

俺達には羽根がない、そういうことだろ？

「ワンモア」だもん、分かっているさ……だから言うなよ、これ以上

234：名無しの冒険者 ID：QEWFq5WDa

まあ、高所恐怖症なら行かないっていうのも一つの選択でしょ

すでに実装されてる場所だって、ちょこちょこ新しくなってたり、

ダンジョンが生まれてたりしてるし

235：名無しの冒険者 ID：EGeqw1ddW

もしくはカジノに入り浸ってればいいだろ。それなら何の問題もない

あ、お金がなくなるって反論には対応しません

236：名無しの冒険者 ID：Of52fWcAz

今のうちに金策をしないといけないかー

……でもみんな同じこと考えてるよね

237：名無しの冒険者 ID：IRg2fe6wF

今その言葉を吐いている時点で遅い

金策が必要な人はもうとっくに、

面倒だけど金になる街の人達からの依頼を受注しに、

我先にと走り回ってるよ

238：名無しの冒険者 ID：Omytrf23f

むしろそれに疲れたから今ここに来て休憩してるんだし

まあでも確かに、今頃金策がって言っている時点で遅れてるのは事実だね

239：名無しの冒険者 ID：RETrewf2W
でもやらないよりはましだからな……
まだひと月と少々ある
その間に走り回っておいたほうがいいと思うぞ

240：名無しの冒険者 ID：Hrh52f9wn
うむ、悩むぐらいならさっさと行動に移るべしだろ
やる気があれば、一か月でそれなりのお金は稼げる

241：名無しの冒険者 ID：EAFfea4Qw
新人さんはきついだろうけど、逆に新人さんなら、
空の上に行く前にいろんな国を回って強くなるほうが先だからなぁ

242：名無しの冒険者 ID：Ud358cSw6
龍の国のフィールドを問題なく歩き回れるぐらいの実力は欲しいよね……
ネームドモンスターとかボスは除くけど

243：名無しの冒険者 ID：EFfe522qD
エリアボスは見かけたら即逃げでしょ
あいつらは準備を整えてから戦わないと勝ち目なんかないから

244：名無しの冒険者 ID：JUts2Uwew
今はファストの街でもそこそこの性能の武器が
初心者さんでも買える値段で出回っているしね
装備の充実度はすぐ上がるから、
レベルアップも昔と比べるとはるかに速い

245：名無しの冒険者 ID：EFeqwf5Qe
龍の国に入るために修業した日々が懐かしい
初日に門前払い食らって、悔しさの中でモンスターと戦いまくってたなぁ

246：名無しの冒険者 ID：GRwagf5dW
そういえば妖精国とかは悪いことしてなきゃ入れるけど、
龍の国は一定の強さがないと入れてもらえなかったね
特に実装初日は門前払い食らった人が多くて阿鼻叫喚だったっけ

247：名無しの冒険者 ID：feaiwkfaw
龍の国は、それなりに強いモンスターが結構いるからしゃあない
駆け出しが入ったらあっという間にころころされてしまうがな

248：名無しの冒険者 ID：ui5w174Ku
エルフのほうも、手ごわいのいるけどね……
森に入らなきゃそっちはあんまり問題にならない

249：名無しの冒険者 ID：EWRTGaew5
獣人連合や魔王領は実力ないとあっという間に……
だから、今度の空のエリアも行くのは簡単だけど、
モンスターと戦いたいなら相応の実力を身に付けるまでは、
行かんほうがいいだろうね

250：名無しの冒険者 ID：Irt5dwWex
やる気があればひと月である程度の形にはなる
使える時間と本人次第だけどね

3

翌日ログインした後、ルイさんに別れを告げて、エルフの森をとらちゃんの案内でゆっくりと進む。

思えば、この日の違和感は、このときからすでに発生していたのだろう。

とらちゃんは安全第一で道案内をしてくれるわけだが、その案内を受けている間、自分は普段よく見る《危険察知》先生を一回も見ていなかった。油断とかではなく、敵がいないということをなぜか確信できてしまっていたから。

何事もなく無事にダークエルフの街に到着し、多くのメイドさんとすれ違いながら宿を探したら、早速谷に降りて戦闘を行うと言う師匠ズについていく。

そして谷に下りていく途中で何回もヘビのモンスターに襲われたのだが……

「……そこか」

モンスターのいる場所が分かる。分かってしまうのだ。まるで頭の中にレーダーをぶち込まれてしまったみたいに。そして何より、そのことに一切の違和感を覚えないことに違和感を覚える。

自分の体（ゲーム的に言うならこのアバター）に、一体全体何が起きてしまっているんだ？

一応念のために《危険察知》先生も併用しているのだが、感じる敵の位置とのズレがない。発見次第、ただ弓で射抜くだけだった。

（――まさか）

谷に降りた後、普段使っていない【真同化】の槍モードを発動させた。多くの相手を一気に処理するなら、槍のほうがいいだろうと考えたからだ。

そして、カエルとヘビの六匹パーティという、リアルではあり得ないような天敵同士で構成された敵集団にわざと突っ込んでみた。

接近すると同時に、槍を何気なく振るう、と……モンスターの首が飛んだ。

しかも一つじゃなくて同時に複数。普段の自分では絶対にあり得ない首刎ね率……背中からカエルが襲ってきたので石突きで迎撃。こっちの動きが止まったので好機と見たのか、他のカエルが跳躍して突っ込んできて――直後にそいつの首が飛んだ。無意識のうちに自分が槍を振るったらしい……その事実に、ものすごい気持ち悪さが襲ってくる。

そのままモンスターの集団を槍一本で殲滅《せんめつ》した後、自分は師匠ズに詰め寄った。自分の体に起きたことを聞くべく、師匠ズに真正面から疑問をぶつける。

「師匠、いったい自分の体に何をしたのですか。異常なほどに周囲の気配を察知できて、アーツを一切使っていないのに使っているときよりも動けて、更には槍を振るうだけでモンスターの首が次々と飛ぶ。自分の実力では、ここのモンスターを相手にこんな一方的な殲滅はできないはず

です」

先日『全体的に能力が伸びた』という説明は受けたが、今の自分の動きと感覚がそれだけで納得できるはずもない。

だが、そんな自分に対して砂龍師匠は、

「どうだ、達人の世界を自分の体で味わった気分は？」

と、たったひと言。

達人の世界……？　え、じゃあこの世界の達人は、さっきの自分のような感覚で戦っている、ということ？　ああしようこうしようという思考の時間はなく、その瞬間ごとの最適解を瞬時に実行しているってこと？

そういえば、以前皐月《さつき》さんが自分に憑依したみたいになったときの感覚に似ていた。槍の振るい方を自分の体を通して教えてもらったあのときも、いちいち考えずに動いていた気がする。

「今日は日が暮れるまで、とにかく戦ってもらうぞ。その感覚に対する違和感が一切なくなるようになってもらわねば困るのでな……」

こちらは雨龍師匠の言葉。困る、か。その辺も含めて、なんでこんなことになってるのか後で問い詰めよう。

「宿屋に引き揚げたら色々と話していただきますよ？」

師匠ズにそうひと言断ってから前に進み始める。自覚しないうちに体が色々といじくられていたとか、どこの改造人間だ。

「まあ、言いたいことは多々あれど、必要だからこんなことしたんだろう……今は狩るか。お財布も少しあったかくしたいし」

言葉だけ切り取るとただの乱獲者だな、この発言。ま、いいか。

モンスターの反応は……このまままっすぐ行けばそれなりにいそうだ。他のプレイヤーはもっと奥で戦っているようだから、そこまで行かなければ邪魔にはならんだろ。では、いざ再出陣。

「一つ、二つ、やっぱり気持ち悪い……」

なんとなくで振るった【真同化】による攻撃で、モンスターの首がポンポン飛ぶ。クリティカルヒットの成功率は八割を超えているだろう……どんな角度で振れば首が飛ばせるのかが分かってしまう。

また、あえてその感覚に逆らって違う方法で攻撃すると、回避されたり当たっても大したダメージになってなさそうだったり。

もしかしてこの感覚って、カザミネが以前言っていた、調子がいいと首を飛ばせる状態ってやつなんじゃないのか？

(師匠ズの修業で、そういった世界に無理やり入れるようにされてたってことか？　これなら、アーツに頼らなくたってすさまじい戦闘能力だが……ここから更に変身による強化を乗せたら、どれほどになるのか)

なお、こんなことを考えてはいるが戦闘中である。そこそこの規模のモンスター集団がいたので、わざとど真ん中に突っ込んでその中央で大立ち回りに挑んだのだが、問題なくやれてしまった。

おまけにこうやって戦っているうちに、以前皐月さんに指導されたことと今の体の状態がどんどんかみ合っていくようで、首刎ね率が更に上昇中である……

(倒したモンスターが消える設定になってなかったら、自分の周囲には今頃カエルとヘビの首がごっろんごろんしてたんだなぁ。何とも言えない光景だ……)

そして殲滅完了。あれだけ戦ったんだから結構体力を使ったはずなんだけど……疲労感があんまりない。それも、納期寸前で仕事が忙しくて残業デスパレードになったときに感じる、あのランナーズハイに似た高揚感とは違う。むしろ、穏やかな湖の水面のように、とても落ち着いている。呼吸も、乱れてないな。

「まだ落ち着かぬか？　だが、その状態を長く保てるのは今日一日だけだ。何としても今日のうちに乗りこなせ、そうしなければ、お前に課してきた修業が本当の意味で完了したとは言えぬのだ」

ふと、後ろから砂龍師匠の言葉が飛んできた。

なるほど、今後も常時この状態で戦闘ができるってわけではないんだな。まあそれも当然だろう。何のコストも払わずにここまで強くなれたら、流石《さすが》におかし過ぎる。

「時間はそうない。一刻も早くその状態の手綱《たづな》を握るため、今はとにかく魔物と戦い続けよ。手綱を握った後であれば、どんな質問にも答えようぞ」

雨龍師匠の言葉には焦りが浮かんでいた。ふと空を見上げると、日はかなり傾き始めている。日が完全に没する前に、何とかしてこの状態をものにしなければいけないか。

皐月さんとの経験を思い出すことで、多少は分かってきた。だがそれでも、完全に手綱を握れたとは言い難い。

「分かりました、とにかく今は戦います」

「そうしてほしい、お前のために」

雨龍師匠に返答し、この後日没までモンスターと戦い続けた。

そして、日が完全に沈む数分前。ヘビのモンスターを切りつけた瞬間、すっと体のどこかに何かが嵌《はま》ったような感覚があった。

それと同時に強烈な疲労感を覚えた自分は、堪《こら》えきれずに地面に伏した。いったい何が？　もしかして失敗したのか？　師匠ズに何が起きたのかを訊きたいが、それすらも億劫《おっくう》なほどの疲労感のせいで、うまく口が動かない。

そんな自分を、砂龍師匠はひょいと米俵《こめだわら》のように担ぎ上げた。

「何とか間に合ったようだな」

「首の皮一枚というところじゃがな。それでも間に合ったことは事実。今はそれでよしじゃ」

そんな師匠ズの会話が交わされた後、自分は砂龍師匠の肩に乗せられたまま宿屋まで戻ってきた。

今日はもうログアウトしよう、話は明日聞けばいい。

◆　◆　◆

翌日。話を聞こうと師匠ズの部屋を訪れたところ、すでに師匠ズはその準備を整えていたようで、自分に向かって「まずは座れ」とひと言。

雨龍師匠がお茶を出してくれたので、それを口に含んで気を落ち着かせる。

その様子を見届けた砂龍師匠が、まず口を開く。

「聞きたいことは多々あるだろうが、まずはこちらの話を聞いてほしい。質問はその後で受け付ける、いいな？」

砂龍師匠の確認に自分は頷く。

「まず、お前の体についてだが……お前の体は今回の修業で成長限界に達した。技術的な伸びしろはまだ残されているが、体の頑強さや精神力といった体そのものが持つ強さは、もう伸びることはない」

えーっと、これはつまり、スキルレベルはまだ伸びるけど、ＨＰやＭＰをはじめとする装備品に依《よ》らない攻撃力や防御力などはもう伸びませんよ、ってことでいいのかな。

「もしかしたら、能力を伸ばせる薬、などという物を売る連中が今後現れるかもしれぬが、絶対に手を出すな。意味がないどころか、かえってお前を弱くするだけだ。今のお前は、龍の力で潜在能力を全て引き出された状態にある。そこに変な薬を飲めば、龍の力を弱める結果となろう」

龍の力ってのは、師匠ズの修業中にかけてきた負荷ってやつが転じたものかね？　まあ、師匠がそう言うなら、そういったものが出てきたとしても無視しよう。師匠が自分に対して嘘をついたことはなかったからな。

「お前の体がどのくらいの強さなのかの目安を一応教えておこう。前に出て剣を振るうのを主とする者達の体の頑強さを一〇とするならば、お前は五と六の中間ぐらいだろうな。術を使うのを主とする者の精神力の強さと比べれば、お前は四と五の間。生産を主とする者の器用さと比べると、お前は六と七の間か。器用さが一番高いのは、おそらくお前の得物が理由だろう」

ああ、今までに弓とかスネークソードとかの技量を重視する武器を長く使ってきたことと、色々と物を作ってきたことが、器用さが高い原因だと。

その反面、精神力は一番低いな。魔法は風系統の魔術レベルしか使えないし、その後は弓スキルと統合しちゃったから、伸びが悪かったのか？

頑強さがそこそこしかないのは分かる。自分は攻撃を受けたらダメなタイプだから、単純な肉体の頑丈さが低めなのは当然だろう。

「それから、昨日お前が倒れたのは、あの達人の世界に入る覚醒状態を長く続けたからだ。今後お前は、精神力を対価にいつでもあの世界に入ることができるようになるが、長時間続けるな。最長でも二〇秒、それぐらい経ったら一度やめて、次は一分以上間隔を開けろ。そうしないと、昨日のように猛烈な疲労感を感じて倒れてしまうからな」

昨日は砂龍師匠が担いでくれたが、単独行動《ソロ》であんな風に長時間倒れていたら、殺してくださいと言っているのと同義だ。それを分からせるために、あえて一回味わっておかせようと師匠は考えたのかもしれない。

「そして、あの世界に入らせたのには、修業の総仕上げというだけではなく、別の意味もある。これを読め」

そう言いながら、巻物を取り出して自分に渡す砂龍師匠。読め、と言うならまずは読んでみようか。

巻物の封を解き、中に書いてある文章に目を通していく……どうやらこれは、かなり昔を生きたある龍人の戦いの記録のようだ。武器を取った理由に始まり、訓練時代の経験から、ついに街の外に出てモンスターと戦うようになった経緯が、大雑把に書かれている。更に読み進めると――

『いくつかの技も身に付け、私は自分の成長を感じていた。以前は苦戦した魔物も余裕を持って退《しりぞ》けられるようになり、街を脅《おびや》かす存在を減らせていた。そんな自分の前に、ある魔物が立ちはだかった。その魔物の姿は実に異様であった。顔、体、尾の全てがバラバラの生物であるように見受けられた。だが一番に異様なところは、その魔物は大きな四枚の羽根を生やしていたのである。その羽根も飾りではなく、空を舞って鷹《たか》の如く地上の私に襲い掛かるための、恐るべき武器であった』

――そんなモンスター、龍の国にいたかな？　自分の知る範囲では存在していないはずだが。顔や胴体、尾がばらばらというのであれば、キマイラなどを連想するが……大きな四枚の羽根、か。この巻物に書いてあるのは昔の話だから、過去にいただけかもしれないが。

さて、続きは……

『幸いにしてその魔物は術には長《た》けていなかったようであり、空に陣取ってひたすら火球を投げてくるようなことはなかった。とはいえ、空からの強襲は実に脅威であり、こちらは防御に徹しつつ僅かな隙に反撃のひと太刀を入れていくという戦い方を強いられた。それでも、身に付けたいくつかの技で、そのひと太刀の重さを上げることはできていたのだが――それはこの魔物の真の力が発揮されるまでの話であった』

話の流れが変わったな、真の力と来たか。さて、それは何だろうか？　いくつか予想を立てながらその先を読む。

『私が振るう技によって、魔物の体には確実に傷がつき、血が流れた。手ごわい相手ではあるが、このまま落ち着いて対処すれば勝てる、と私が確信したそのとき……魔物が両目から赤黒い光を放ってきた。とっさに防御の構えを取った私であったが、痛みや衝撃などは一切やってこなかった。体にも特におかしくなったと思われる箇所はない。それ故、魔物の攻撃は失敗したものだと考えた――それは大きな間違いであったわけだが』

即死効果の類《たぐい》やダメージを与えてくるものではなかった、ということか。さて、そうするとどうなるんだ？　何もないってことはないだろう。

『再び宙に舞い上がり、強襲を仕掛けてくる魔物を迎え撃つべく、私も大太刀を構えて技を放とうとした……しかし私の体は硬直し、技は発動せず、魔物の強襲をもろに受けることとなった。激しい衝撃と痛み、二転三転する視界。吹き飛ばされたのだということを嫌でも理解させられた。すかさず追撃を仕掛けてきた魔物の攻撃を、私は何とか大太刀で受け流した』

なるほど、封印系か！　アーツや魔法のどちらか、もしくは両方を封じて通常攻撃しかできなくさせる面倒な効果のものだ。ヒーラーの魔法を封じて回復できなくさせるとか、戦士の技を封じて火力を大幅に落とすとか、色々応用が利く状態異常だが、今までそれをやってくるモンスターには出会わなかったな。罠の中にはあったような気がするけど。

『その後、何度技を振るおうとしても発動せず、その度に私の体が硬直するだけ。馴染みの深い技ですら発動できなかったことで、私は技そのものを封じられたのだと認めざるを得なかった。あの目は、私から技を取り上げるための方法だったのだ。しかし、だからといって逃げ出すことは不可能だった。何せ相手は空を飛ぶ。移動速度が違い過ぎるのだ』

まさに絶体絶命。だがこの話が残っているということは、この人は窮地を乗り切ったはず。更に読み進めよう。

『私は腹をくくった。集中力を高め、振るうひと太刀を昇華させるしかないと。技に頼らぬ一撃を、この戦いの最中で振るえるようになるしかないと。私が技が使えなくなったことを魔物も理解しているため、爪や尾、あるいは噛みつきで積極的に攻めてくる。私は精神を研ぎ澄ませてその攻撃を見切り、時には回避し、時には反撃を加えた。

そんな気が遠くなるような状況であっても挫《くじ》けず、地道に抵抗を繰り出し続けているうちに、私はあることに気がついた。魔物の動きが、徐々にではあるが確実に、緩慢《かんまん》になり始めていたのである。魔物も攻め続けたために疲労したのかもしれない……なんにせよ、魔物の動きが緩慢になれば対処できる猶予が増え、私の命を繋ぐことができる可能性が上がる。

やがて、技に頼らずとも、私の大太刀が魔物に有効な一撃を加え始めた。効果的な一撃が入るたびに魔物は悲鳴を上げ、血を流し、更に動きが鈍くなっていく。だがそれでも、一瞬でも気を緩めれば私の体を容易《たやす》く肉片にできる爪が、尾が、歯がある。今はまだ辛抱強く耐え、相手が逃げようとして隙を晒したそのときこそ……攻勢に出る』

――なるほど、技を封じられたとしても、集中力を非常に高め、ゾーンなどと呼ばれる一種の極致に至った状態ならば戦える、ということか。師匠が自分になぜそういうことをやらせたのかの答えが見えたな。

巻物は、あと少し続きがあるようだ。

『私の攻撃で全身をぼろぼろにされた魔物が、ついにひるんだ。それが誘いではなく本能的に引いたと見た私は、まっすぐに大太刀を振り下ろした。十分な手ごたえと共に狙い通り魔物の顔が切り裂かれ、大量の血が流れたのだが……奴はそれでも死ぬことなく、こちらに背を向けて逃げようとした。しかしその姿は隙だらけであり、ついに千載一遇の機会が来たと直感した私は、残った力の全てを両腕に込めて、魔物の後ろ姿に袈裟懸《けさが》けで切りつけた。

魔物は、私からの攻撃は顔を切られたひと太刀で終わったとでも思っていたのだろうか？　私の放った一刀は奴の体を見事に切り裂き、更におびただしい出血を強いた。ついに魔物はその身を地に横たえ、痙攣《けいれん》を繰り返しながら次第に動かなくなっていく。私は残心を保ったまま、その魔物の死を見届けた。魔物が完全に死んだことを感じ取った私は構えを解くと、その場に倒れ込み、しばらく動くことができなかった。たまたま他の龍人が見回りに来なければ、私は助からなかったやも知れぬ。

見回りに来た者達は、倒れている私と、異様な姿を晒して死んでいる魔物を見て大騒ぎとなった。私は全く動けない状態であったために街まで運んでもらい、十分な食事と休息を取らせてもらえたおかげで一命をとりとめた。その後私はあの魔物との戦いを皆に語り続け、またあのような魔物もいるのだと後世に伝えるべく書に残すことにした。

ここまで読んだ者よ、魔物には汝《なんじ》が磨いてきた技を封じるものもいることを忘れるな。技に頼り過ぎるな。技に頼らぬ己《おのれ》のひと太刀を磨け。そして精神を鍛え、いざという時に立ち向かえる胆力を磨くのだ。その訓練が、いつか汝と友の命を救うこととなるだろう……』

巻物はこれで終わりか。つまり師匠ズは、空の上には封印系の攻撃をやってくる連中がいると予想して、その対抗策となりうる方法の一つ、達人の世界へと入れるようにするための修業を、自分に課してきたようだ。

ただ肉体を鍛えるだけではなく、二重三重の意味を持たせてたんだな。

「読み終わったようだな。それで今回の修業の大体の意味は察してもらえたことと思う。そして、お前との師弟関係はこれにて終《しま》いだ。今後は共に戦う仲間として、我らは行動を共にする」

師匠呼びも終わり、か。これが一つの区切りってことだな。

4

「このモンスターは、この後にもしばしば龍の国に現れたのでしょうか？　それともこれっきり？」

今のプレイヤーの主流の戦い方は、アーツをブンブン連射するという形ではないが、やはり要所要所では振るう必要がある。それに、もし魔法使いの魔法が封じられたら、戦力は大幅に落ちる。「ワンモア」が始まってから今まで、魔法に特化したプレイヤーの放つ魔法は、最高火力の座を一回も譲っていないからな。

もし、この巻物に出てきたモンスターが、有翼人の作り上げた人造モンスターだとしたら、かなりまずい。

「うむ、その後も数回現れたそうだ。そしてどれもがやはり技や術を封じる目を持っていたと言われている。我らも二度ほど対峙したが、短時間とはいえ技を封じられた。羽根を持っているという点からして、空の奴らがその魔物を管理しており、そこから逃げ出した奴が地上に降りてきて暴れたという可能性もありうる」

――その場合は、逃げたのではなく意図的に地上に下《くだ》したんだと思うけどな。あの連中の底意地の悪さならば、そうしてもおかしくはない。

「師匠が……いや、砂龍さんが修業をつけてくださったことで自分も入れるようになった達人の境地ですが、これを身に付けるにはどれぐらい双龍のお二人の下で修業を積まねばなりませんか？」

もし短時間で身に付けられるのであれば、ツヴァイ達もやったほうがいいと思って質問してみたが――

「そうそうすぐにというわけにはいかぬなぁ。アースの場合は、我らと何度も出会えたからこそ、稽古をつけ、身に付けさせることを前提においての行動をとらせることができたからの。それにお主《ぬし》に願われたとしても、双龍の試練を乗り越えぬ者の面倒は見ぬぞ、そこは譲れん」

やっぱりそんなに簡単にはいかないか。

「実はお前と会っていないときに、双龍の試練を受けに来た者が数名いる。だが、彼らはみな不合格でな……言うまでもなく資格なしだ。これは神龍との取り決め故に動かせぬ」

あー、そういう理由もあるか。それじゃあ知り合いに稽古をつけてあげてほしいとは言えないな。

この能力があれば、特にカザミネはもっと伸びると思ったんだけど……残念だが諦《あきら》める他ない。

「今回で修業は終わりとのことですので、あとは時が来るまで各種準備を整えていればよいのですかね？」

これ以上この話を続けてもしょうがないと思ったので、今後の予定の確認に切り替える。自分がやっておくことは、十分な量のポーションの作製と侵入するための小道具の用意。あとは、もう少しで出来上がるはずの装備の受け取りか。そして戦いが近くなれば、過去の魔王様が姿を変えた金属で作るアクセサリーを受け取る……ぐらいか？

「いや、アース。お前には一度、魔王殿との話し合いの場に出席してもらいたい。魔王殿曰《いわ》く『お前が選んだ勇士にも対策の装備を渡す。ただしその勇士達を選出するにあたって、口が堅いことは必須条件だ。また、最大一四名までの制限をつけさせてもらう。この点をはじめとしていくつかの情報を直接やり取りしたい。故にこちらに一度来てもらいたい』とのことでな。ちょうど修業も仕上がったことだし、早めに向かったほうがよいだろう」

魔王様からの呼び出しか、これは無視できないな。ならば次のログインで魔王城に向かうことにするか……それにしても一四名か。誰を選択しよう？　ツヴァイ、ミリー、ノーラ、カザミネ、レイジの五人は外せないな。敵に回したくないという点では、グラッドチームが第一候補に挙がる。シルバーのおじいちゃんは……腕は確かだが、他のメンツと自分は以前軽くモメたし、今回は外そう。

「では、次の目覚めと共に魔王城へと向かいます。移動は……アクア、久々に本来の大きさで飛んでもらいたいんだけど、いいかな？」

「ぴゅい」

アクアの了承も得られたから、移動の足はこれでよし。あちこち飛び回ってるな……やるべきことが各地に散ってるから仕方がないんだけど。

「では、本日はのんびりしてもいいのでしょうか？　この巻物からの情報と、雨龍さんと砂龍さんの経験をもとにした修業も終わったということですし」

やることがないのであれば、久々にダークエルフの街を回るのもいいだろう。あのメイド富豪さんの所に挨拶に行ってみようかな？

「いや、師匠としてではなく、共に旅をする仲間として頼みが一つあるのだ」

と、砂龍さんが妙に力のこもった声でそんなことを言い出した。

砂龍さんの頼み……ちょっと予想がつかないぞ？　よく見れば、表情もいつもより硬い。いったい何を頼むつもりなんだ？

秘かに心拍数が上がっている自分に向かって砂龍さんは……

「め」

「め？」

「メイド喫茶なる場所に共に行ってはもらえないだろうか!?」

それを聞いた途端、自分は脱力して崩れ落ち、雨龍さんはどこから持ってきたのか大きな四角いアルミ缶で砂龍さんの頭を一発ぶん殴った。ゴズン、なんてちょっと気の抜けた音が耳に届く。

「そんな所に行くのに、元弟子の同行を求めるでない!!」

雨龍さんのお言葉はもっともだ。行きたいというのであれば行けばいいだろうけど、だからってなんで自分を巻き込むのだ……

「そもそも砂龍さんってああいうのはあまり好まないと思っていたのですが……」

何と言うか、真面目一徹で質実剛健、己の道を究めることに一直線！　みたいなイメージだったのだが……

「う、うむ。普段は女性を見ても何とも思わぬのだが、なぜかあの服を着た女性を見たときに、何かを強く感じてしまったのだ」

「そんなことで何かを感じるでないわ！」

今までのイメージが崩壊する砂龍さんの発言&そんな砂龍さんに対して呆れ半分情けなさ半分で文句を言う雨龍さん。

雨龍さんの気持ちも分かるよ、長年信用して共にあった相方がいきなりものすごい真面目な顔をして「俺、メイドが好きなんだ」なんて言い出したら、自分も多分呆気にとられるか一発ツッコミ代わりの一撃を入れると思う。

「雨龍さん、言葉として間違っていることは重々承知で言います。頭痛が痛い」

「気持ちはよう分かる。というかわらわもその言葉を使わせてほしいほどじゃ……まさかこんな真面目な雰囲気でここまでたわけたことを言うとは」

ここまでの真剣な話の流れが見事に空中分解したよ！　脱力って言葉ではちょっと足らないぐらいに気合が抜けた。

「砂龍さん、行きたいならお一人で行ってください……」

「い、いや、あのような場所に行ったことがないのでな、少し気後れしているのだ」

「やかましいわ！　生き死にを懸けて戦ったことに比べれば些事《さじ》であろうが！」

もうシリアスな空気さんはとっとと撤退したらしい。もうこうなってしまえばぐっだぐだになる他ない。

もしかしたら砂龍さんは、真面目一徹でここまで来た分だけ心がピュアなままで、一度ハートにストライクしてしまったらどうにも忘れられなくなってしまったのかもしれない。なんというか、定年退職するまで遊びを知らず、退職した後でいろんな遊びを知って身を崩すおじいさんのようなイメージが湧いてきたぞ。

それからはもう、実《み》のある話はできなかった。自分がログアウトした後、結局砂龍さんは行ったんだろうか……？

◆　◆　◆

翌日。ログインしたら雨龍さん砂龍さんと合流して、ダークエルフの街からエルフの村へと帰還。とらちゃんと別れてから人気のない場所まで移動し、アクアに本来の大きさに戻ってもらい、背に乗せてもらって空の旅へと出る。

ここまでの間、雨龍さんの機嫌が今まで見たことのないレベルで悪かった。いったい何が？

「雨龍さん、なんでそこまでふくれっ面《つら》してるんですか……」

流石に放置もできず、そう話しかけてみると、雨龍さんは一つ大きなため息を吐きながら理由を教えてくれた。

「まさか、相方がここまで阿呆《あほう》じゃったとは思わなかったというだけの話よ。先日のメイド云々《うんぬん》は、元弟子で仲間であるお前の緊張をほぐすためにあえてふざけたことを言う、一つの芝居かと最初は思ったのじゃが……残念なことにそうではなかったようでの」

なんでもあの後、砂龍さんはいくつものメイド喫茶をはしごしていたらしい。飲み屋のはしごってのはよく聞いたが、メイド喫茶のはしごってのは聞いたことないぞ。神龍でもあるというのに、何をやっているのやら。

「あまりにもメイドが気に入ったようで、宿に戻ってきてからも外を歩くメイド達を眺めてはなにやら満足げに頷いておったのじゃよ。だから、わらわがこう言ってみたのだ。『そんなにメイドが好きならば、わらわもメイド服を着てやろうか？』とな。そうしたら砂龍の奴がなんて返してきたと思う？」

ここで雨龍さんの顔に怒りが浮かび上がる。怒髪天《どはってん》を衝《つ》くが如しってほどではないが、それでも一定レベルで怒っていることは間違いない。

「『エセメイドなど価値がない。我が求めるのは真のメイドのみだ』などと言いよった！　確かにメイドの仕事なぞしたことのないわらわがメイド服を着ても、それはエセメイドであろうよ。そこはまあいい、理解もしよう。だが、何かを悟ったような表情でそんなことを言われたこちらは何というかそう、そうじゃな、適切な言葉が浮かんでこぬが、一番近いものとしては、とってもむかついたと言うのが適切だろうよ」

こんな話をしていても、砂龍さんはどこ吹く風。むしろ後にしたダークエルフの街の方向をただただ眺め続けている……それでいいのか砂龍さんや。

そんな砂龍さんを指さしながら雨龍さんは話を続ける。

「ならばと久しぶりに全力で喧嘩《けんか》をするためにいったん龍の国に戻ろうとしたら、こやつはこう言った。『そんなことをしたらメイドを見られる時間が減るだろうが』と。気がついたらわらわは砂龍に関節技を仕掛けておったわ。そこからは二人で関節技の掛け合いよ……しばらくやり合ってお互い十分に手足が痛くなって痛み分けに終わったがの」

自分はちらっと砂龍さんを見るが、砂龍さんは「そのことについては何も譲らぬ」とばかりに表情を崩さない。

この調子じゃ、龍の国にメイド喫茶ができる日もそう遠くなさそうだな……神の要望とくれば、

No Thank you.

たいていは通るだろうし。それも生贄《いけにえ》とかの生臭い要望ではなく、店の出店要望だからなぁ。そして出来上がったら、朝から晩まで入り浸る砂龍さんの姿が容易くイメージできる。

「結局あやつは、アースが戻ってくるこの日まで毎日毎日メイド喫茶通いをやめなかったのだ。博《ば》打《ち》に通うよりはまだましかもしれんが、それでも流石にわらわは頭が痛くなったぞ……」

再び大きくため息を吐く雨龍さん。何というか、本当に何と言えばいいのか分からないな。現実でもこっちの世界でも、そこまでメイドスキーな知り合いがいない自分としては、いまいち砂龍さんの心境が分からん。そして、雨龍さんにかける言葉もまた見つからない……

「おしとやかな女性も美しいが、献身的な女性というのは実に良いものだ……うむ、やはり龍の国の三《さん》が武《たけ》にもメイド喫茶を作ってもらいたいものだ」

砂龍さん、なんでここで油……いや、ガソリンを山ほど注ぐかなぁ!? 再び「こんの色ボケ龍が！」と怒り始める雨龍さん。そんな雨龍さんの怒気を感じても涼しい顔の砂龍さん。そしてもうちょっと静かに乗っててよと言わんばかりのアクアの非難めいた鳴き声が空中に響く。

結局魔王城に着くまで、こんなどこか抜けた感じの騒ぎは収まらなかった……あの、これから大事な話をしに行くんですけど。

「お二人とも、魔王城が見えてきたんですから……」

神龍同士の取っ組み合いが始まりそうな雰囲気まで行ったが、魔王領の寒さと自分の言葉で少し落ち着いたんだろうか――とにかく双龍の言い争いは終わりを告げた。

アクアが心なしかぐったりとしている……ああ、気持ちは分かるよ。自分も似たような心境だからな。下手にどちらかに加勢するようなことを口にすると余計に燃え広がりそうだったため、迂闊《うかつ》に口を開けなくて余計に疲れた。

「あれが魔王殿が住む城か。龍城とはまた違った威厳があるのう」

これは雨龍さんの感想。

「やはり城一つとってみても、国が変わればここまで違うものだな。うむ、龍城とはまた違った美しさがあると言えるだろう」

こっちは砂龍さん、どうやら普段の砂龍さんの感じに戻りつつあるようで、自分は内心で安堵《あんど》の息を吐く。

「アクア、魔王城から少し離れた場所に降りてほしい。直接乗り込むのはいろんな意味でよくない」

「ぴゅ」

直接乗り込んだら、攻撃を仕掛けに乗り込んできたと勘違いされてもおかしくないからな。李下《りか》に冠《かんむり》を正さず、という言葉もある。紛らわしい真似はするものではない、特に面倒ごとに発展する可能性が分かっているのにやるのはただの大バカ者でしかない。そんな大バカ者に自分はなりたくない。そして、魔王城前では兵士が多数待っていた。

「お待ちしておりました、アース様ですね。魔王様より、失礼のないように案内せよと命じられております。どうぞこちらへ」

城門からは兵士に、それから城内では兵士から案内を引き継いだリビングメイドによって、魔王様の執務室へと通された。

その途中で四天王の皆さんともすれ違ったが、皆さんお変わりないようだ――メイド長のリビングメイドは鎧姿だから、表情ではなく声と行動で判断した。

「ふむ、メイド服が単体で歩いているように見えるな……魔王殿のもとにはそういう種族も集《つど》うのだな」

これは砂龍さんの言葉だが、メイドスキーだからではなく、純粋な興味からのようだ。その証拠に言葉の感じが冷静だ。

「こちらにおかけください。魔王様も間もなく参られますので、こちらのお茶と菓子を楽しみながらお待ちくださいませ」

メイドさんに従い、椅子に座らせてもらう。出された紅茶の香りはよく、焼き菓子は甘さが控えめで美味《おい》しい。雨龍さんも砂龍さんも気に入ったようで、ひと言ずつ「美味しいのう」「うむ、うまいな」とだけ言って、少しずつ口に運んでいた。

そうしているうちに、部屋のドアが開かれる。

「お待たせした。此度はわざわざこちらまで出向かせてしまったことを、まずは詫びさせていただく。しかし、防音障壁を十全に張れる場所がこの城にしかなくてな……」

ドレスアーマーを纏った魔王様が開口一番にそう仰る。顔色も悪くないようなので、過労でぶっ倒れそうということはなさそうだ。

「いいえ、問題はありません。では早速ながら、お話を伺いたいと思います」

「うむ、そうだな。お互い忙しい身である以上、さっさと本題に入ることとしよう。世間話は、戦いが終わった後にいくらでもできるというものだ」

こうして話し合いができる機会はあまりないだろう。しっかりと情報を交換しておかねばと、心の内で気合を入れ直して身構える。さて、どんな話が聞けるのだろうか。

5

「まずは、現物を見てもらおうか。これが、洗脳に抵抗することができる装飾品の完成形となる」

魔王様がそう言いながら取り出したのは、一つの薄い丸形の……輪っか状の物体だった。ブレスレットにも見える。

「手に取ってみても構いませんか？」との自分の言葉に、魔王様が「ああ構わない、よく見てほしい」とお許しをくれたので、早速手に取って確かめてみる。

輪の縦幅は二センチ、厚さは五ミリぐらいか？　魔王様は装飾品と言っていたが、何の飾りも付属品もない。正直、アクセサリーらしくない。

「形式としては、足に装着するアンクレットとなる。効果は装着者の足の大きさに合わせて変化する調整機能と、洗脳に対する抵抗、それだけだ。何の飾り気もないと思っただろうが、変に飾りをつけたり装飾を施したりすると……肝心の性能が消えてしまうのだ。故に、今回に限ってはシンプルな形にするのが正解となる」

アンクレットとは。プレイヤーの間では作られることがまずないアクセサリーだな……しかし、なぜアンクレットなのだろうか？　洗脳に対する防御なら、サークレットとかイヤリングなどの頭に近い部位のアクセサリーにするべきではないだろうか？

「なぜアンクレットにしたのかと思っている表情だな。その疑問は当然だろうから、理由も教えておきたい」

顔に出ちゃったか。ポーカーフェイスを維持していたつもりだったんだが、まだまだ甘いってことだな。でも理由を教えてくれるというのであれば、素直に聞いておこう。

「まず一つは、サークレットやイヤリング、ネックレスは、多くの冒険者がすでに有用な効果を持つ物を装備している、ということが挙げられる。そこに強引に装飾品を増やすことは美しさを損なうだけでなく、アクセサリー同士が反発し合う可能性も捨てきれん。また、指輪だとサイズが小さくなり、十分な効果を確保できなかった。ベルトは他の装備と競合しやすいため、これも除外した」

ああ、言われてみればな……確かにある程度の冒険を重ねた者は、たいてい一定レベルの有用な効果を持つアクセサリーを装備している。サークレットだと、兜系の装備と重複するし。

「理由は他にもある。サークレットやネックレス、イヤリングだと、鎧装備の者でもなければ視線を防ぎようがない……その点アンクレットならば、ズボンや靴などで自然に隠すことが可能となる」

ああ、このアクセサリーは見られないほうがいいのは間違いない。こんな飾り気のないアクセサリーを目につく場所に装着していたら、どういう効果があるんだと遠慮なく聞いてくる奴も出るだろう。

「確かに、効果が効果だけに……そしてこれから行く先は敵地なのですから、向こうの連中に見られないほうがいいですよね。与える情報は最小限に抑えるべきかと」

敵に情報を与えるのは負けに繫がる。本当の情報に見せかけた偽の情報を流せれば素晴らしいのだが、そんなことをするにはそれなりの準備と伝手《つて》、それに相手の情報が必要となる。特に今回は相手の情報が断片的にしかない以上、そんな手段はとても難しい。ならば、相手に情報を与えない方向で進めるべきだろう。

「うむ……自分達が仕掛けようとしている攻撃の無力化が可能な手段をこちらが持っているとなれば、大慌てで奪取しに来るだろう」

やはり情報は大事だ。特にこのアンクレットの効果は、最後まで隠し通さないとダメだ。

「さて、次に空の者達と戦うための段取りだが……まずはこちらを見てほしい。他の者達と協議して大まかな流れを考えたものだ。むろん、アース殿の隣にいらっしゃる双龍のお二方の意見も入っている」

次に魔王様が取り出したのは、大きな一枚の紙。そこに書かれていることは……

まず、この作戦に乗っている者だけに聞こえる通信魔道具を開発し、全員が装着する。この魔道具の開発状況は、現時点で八割強とのこと。

それから、空に上るのは全戦力の一割に絞る。このメンツは斥候《せっこう》としてとにかく空の情報を集める役割を担う。ドラゴン族は人族に擬態しても目立つため除外する、とあるな。

「空に上る者には二種類いてほしい。冒険を重ねて注目を集める側と、その陰に隠れて色々な情報を仕入れる側だ。そしてもし、空の者達と敵対する存在がいるなら、何とか同盟を結びたいと考えている。こちらは空の者達が馬鹿な考えをやめてくれるならすぐに引くからな、その他の連中が空で何をしようが、地上に迷惑をかけないのであれば関わる必要はないだろう」

まあ、そうだな。あの有翼人どもが、地上の人達にしなくてもいい苦労と味わう必要のない絶望を与えてきたことが、今回の戦いの最大の理由なのだから。

「向こうがちょっかいを出してこないのであれば、こちらからも不干渉でいいと思います。同盟とまでいかなくても、敵の敵は利用価値のある存在だから一時協力するか、ぐらいの感じでいいかもしれません。とにかく、有翼人以外の敵を作りたくはないですからね」

下手な行動で敵を増やすなんて、下策もいいところだ。ましてや今回は相手のホームエリアに乗り込むのだから、余計な仕事は増やさないに限る。

くどいようだが、何せ場所の情報が何もない。アイテムはもちろん持てるだけ持っていくが、それが最後まで持つなんて全く考えていない。現地で得られる収集品から製作して補充できないと辛いのだが、それができるかも分からない。消耗を抑えるためには、余計な戦いは控えたい。

「もちろんアース殿には、情報を集める側に回ってもらう。華々《はなばな》しい活躍は諦めてもらうことになるが……」

魔王様が少し申し訳なさそうな表情を浮かべたので、自分はこう返す。

「いえ、こちらとしてもそのつもりでした。実はそのことで、一つお許し願いたいことがあるのです。当日、私がとりたい行動についてなのですが……ちょうどよいので、この場で雨龍さんと砂龍さんにも聞いておいてほしいのです」

自分が三人の顔を見回すと、全員が頷いてくれたので話を続ける。

「私は空への道が開いた初日に、奴らの中央へと忍び込もうと考えています。もちろん警備は厳重でしょうが、普段とは違う状況を最大限に生かせるのは初日しかありません」

時間が経つにつれて慣れが出て、慌ただしさは消えるだろう。そうなれば隙を突いて連中の中央に潜り込むのは難しくなる。

「なるほど。魔王殿、この一手はなかなか良いのではないだろうか？　迷宮で何度か見てきたが、アースは罠の探知や解除に長けている。浮つきやすい初日ならば、彼一人が秘かに忍び込むことも可能と見るが、いかがか？」

砂龍さんが支持してくれた。

初手でいきなり急所を突き、奴らの中央でしか手に入らないような重要情報を盗みたい。欲を言えば洗脳装置の破壊、もしくは停止に繋がる情報が欲しい。それさえできれば、プレイヤーが知らないうちに平和に生きる人々を虐殺してしまうという最大の悲劇は回避される。それはそのまま、空の連中の目論見《もくろみ》が崩れる事にも繋がる。

「──なるほど。それは考えていなかった。確かに情報奪取に成功すれば、それは黄金以上の価値がある。奴らもバカではないだろうから失敗して捕縛される危険はあるが……しかし、情報が足りない以上、どこかで賭けに出なければならないのは確かだ」

魔王様が腕組みをして、考え始める。捕縛されて装備を取り上げられた際のデメリットは大きいからな……アンクレットや通信魔道具が相手の手に渡ってしまえば、全てが台無しだ。が、やるだけの価値があるのもまた事実だと分かるからこそ、魔王様は悩んでいるのだろう。そして。

「答えは、今すぐには出せない。幸いまだ時間は僅かながら残されている。だから結論は後にしたい、それでよいだろうか？」

ハイリスクハイリターンなのは自分も理解している。これを即断即決とはいかないだろう。

「了解しました。その結論を出されたのも、もっともなことだと思います」

どう転ぶにしろ、ここで伝えておけてよかった。当日いきなり潜入しまーすなんて報告したら、全体の混乱を招くのは考えるまでもない。さて、この件はこれでよしと。

「先発隊が情報を集めた後の話に移ろう。後発隊は、空へ上るのにも奴らの息がかかっていると思われる方法は全て避ける。具体的に言えば、ドラゴン族の力を借りる。これはすでにドラゴンの王と話し合い、各ドラゴンの長老達にも了承を貰っている」

ドラゴン達で空に上がるのか……戦闘に行くわけなので不謹慎だとは思うが、わくわくするなそれは。やっぱり、ドラゴンというファンタジーの存在に乗って戦う存在、ってのは夢があっていい。

「ドラゴン達の大きな体に乗せてもらうことで、地上の民が不得意とする空中戦の難度をやや下げることができるから、これは決定事項だ。ただ、流石にドラゴンといえども複数人を乗せて空に上がるのは、かなりの疲労を伴う。そのため先発隊は、ドラゴン達が体を休められる場所を発見するのも任務のうちに入る。疲労困憊の状態で戦いに挑む愚《ぐ》を、いちいち述べる必要はあるまい？」

魔王様の問いかけに、自分や雨龍さん、砂龍さんが揃って頷く。

「休息を終えた後は、短期決戦で敵の頭を取る。ドラゴン族の協力があったとしても、やはり空は奴らの領域。こちらは送り込める戦力が限られている以上、持久戦となってしまえばその時点でこちらの負けだ。一気呵成《いっきかせい》に押し切るためには、先発隊が多くの情報を得てくれるまで後発隊は出撃できないと覚えておいてほしい」

ふむ、大筋では同意できる。しかし、ちょっと気になるな。なんで、空に残っているというドラゴン族の話が一切出てこない？　情報を得るなら、彼らとも密に連携したほうがよいのではないだろうか？　その疑問を魔王様にぶつけてみると——

「——そうか、なるほど。ドラゴンの王様が言っていた可能性は、アース殿が持っていたのか。ああ、アース殿の言う通り、彼らと連携できればいいことは間違いない。だが、私は彼らを計算のうちに入れるべきではないと考えた。事前に話し合うことが可能であれば別だが、ぶっつけ本番の策はどうにもな」

そういうことか、それならば納得がいく。国と軍の命を預かる王が行き当たりばったりでは困るよな。

「確かにごもっともです。それからもう一つ、後発隊の洗脳対策はどうなのでしょう？　全員に例のアンクレットが行き渡るのでしょうか？」

「行き渡るのは兵士の指揮を執る者の分だけだ……だから今、あのアンクレットの効果を広範囲化する魔道具の製作を行っている。試作品がこれだ」

そう言って魔王様が机の上に置いたそれは、ルビーか何か、とにかく大きな宝石が取り付けられ、いくつもの杖を模した意匠が彫り込まれた環《わ》だった。

「魔王様、これは？」

「このアンクレットをな、過去の魔王様の体を用いて作り出したアンクレットを装着した足とは反対側の足に装着することで、洗脳を防ぐ効果を薄めずに拡散させられる。更に、近くにある他の魔道具と連携し、一種の洗脳に対する対抗陣を形成することが可能となる」

ああ、魔王様はもうそういった魔道具も作っていたのか……というか、このペースで魔道具って作れるもんじゃないだろ——もしかして。

「あの魔王様、きちんと睡眠はとっていらっしゃいますか？」

「む、化粧でごまかしたつもりであったが……」

やっぱりか！　突貫工事にもほどがある！　しかし……魔王様がやってくれないと、こっちが詰む状況だ。

「今は仕方がありませんか……自分の能力上、手伝える内容ではありませんし」

「ここで踏ん張らねば全てが終わるのでな……なに、全てが終わればゆっくりと休ませてもらう」

魔王様に頑張ってもらったことに対する報酬は、この戦いの勝利報告がいいだろう。

「話がややずれたが……このアンクレットによる陣は、特定の人員が特定の場所にいなければいけない魔法陣のような弱点はない。要求するのはただ一点、近くに他のアンクレット使用者がいることだけだ。そうでなければ戦いの場では役に立たぬからな……この柔軟性を持たせるのは苦労したが、雛形《ひながた》はもう出来上がった故、後は量産するだけでいい」

どういう術式とか仕組みになっているのか分からないが、柔軟性を持たせるってのは大変だよな。ただその柔軟性がないと、現場では役に立たないなんてことにもなりかねない。もし特定の陣形を取らないといけないなら、その陣形が少し崩れた時点で総崩れだ。それでは勝ち目などないに等しい。

「まあ量産も容易いことではないが、そこは何としても間に合わせてみせる。魔王の名のもとに誓っても構わぬ。それが、相手の領域にアース殿や我が親民を先発隊として送り込むことになる王の義務よ」

自分は、そう言った魔王様の目に揺らがぬ意志を見た。そして翻《ひるがえ》って自分は、『偶像の魔王』の名の通り、やはり王の器じゃないなとも思ってしまう。自分にはここまで言い切れるだけの覚悟がない。が、その覚悟に応えるだけの心は持っていると信じたい。だから——

「気負わず、良い報告を待っていてください。必ず勝利に繋がる重要な情報を皆さまに届けてみせます。それが、魔王様の覚悟に対する自分の誠意ですから」

このように返答した。覚悟を持っている相手には最大の敬意を払うべきだ。そうできないなら『偶像』にすらなれない。それは嫌だ。

たとえここが仮想現実に過ぎない場所だとしても、その世界で覚悟を決めた人への敬意を払えないような人間にはなりたくない。

「そうか、頼りにさせてもらう。信じているぞ。少数で多数を打ち破らねばならぬ過酷な戦いとなる故、一人ひとりの行動が重要となる。一人欠けるだけで大損害だ……重要な情報は欲しい。しかし、焦って消えるようなことにはならないでほしい」

なんにせよ、とるべき行動はこれで大体固まったか。あとは初日に潜入を仕掛ける案が認められるかどうか……採用されようと却下されようと構わないように準備を進めよう。

「負ければ破滅よの……空の連中がもっとまともであればと思わずにはおられぬわ」

「まったくだ。力があるのはいいが、心が曲がり切って腐り果てているのだろう。消す以外の処置をしようがない」

雨龍さんも砂龍さんもため息交じりに呟く。

そう、もはや戦う以外の選択肢はない。こちらが武器を全て捨てたとしても、向こうは単なる好機としか捉えない。大事なものを護るためには、どうしても戦わねばならぬ時がある。まさに今がそうだ。

「とにかく、空における戦いの流れは分かりました。その時に備えて準備を行っていきます」

ちらりとクラネスさんから貰った石を確認する。石は完全に青く染まりつつあり、どうやらあと数日で装備が全部完成すると思われる。

「初日に忍び込むという提案は、我らの会議で議題にあげよう。その結果が出た後に、もう一度ここを訪れてほしい。今日は城で休んでいくがいい」

魔王様からのお言葉に一礼した後、自分はこの場を後にした。さて、残り時間でやれることを次々とやっていかないと。

6

それから装備が完成するまでの数日間、自分はアクアに乗って世界各地の知り合いの所へ飛び、頭を下げて各種食料や天然の薬草の入手を頼んで回った。特に薬草は天然物が欲しかった……栽培物の薬草の品質は、天然物の八割に僅かに届かないぐらいまでに上がってきているとの情報がある。

しかし、だ。その約二割の性能ダウンが、致命的な結果を呼ぶ可能性がある。今度の敵は強い……特にあの、【真同化】の世界で相対したあの有翼人相手に自分は手も足も出なかったし、強い龍人である霜点さんでも勝てなかった記憶は薄れることはない。あのような強敵相手に不安要素のあるポーションでは危険が大き過ぎる。

もちろん人に頼むだけではなく自分でも薬草は探したし、今回ばっかりは龍神である雨龍さんと砂龍さんにも遠慮せずに協力してもらった。遠慮して肝心な戦いに負けました、なんて展開は、絶対に許されないのだから。

そうしてひたすら食材と天然の薬草をかき集めているうちに、ついに石が完全に青く染まり、装備が全て完成したと知らせてきた。早速受け取りに向かうことにしよう。

雨龍さんがクラネスさんに出していた注文もおそらく完成しているだろうから、一緒に地底世界へ行く。

「そうか、ならば我はこのまま各地で薬草を探し続けるとしよう。合流するときは雨龍が念話を飛ばせ」

「うむ。しかし砂龍よ、メイド喫茶などに行くでないぞ？　今はふざけていられぬのだからな」

雨龍さんによる釘刺しが飛んでいたが、流石に砂龍さんもこんなときにメイドにうつつを抜かしたりしないだろう。そんな不真面目さとは基本的に無縁な方だし。むしろ、なんであそこまでメイドにはっちゃけたんだと思う。本人も気がつかなかったものが、外に出てハジケちゃったのか？

地底世界に再び降り立ち、そのまま寄り道せずにクラネスさんの鍛冶屋に直行。ドアを開けると、目の下にクマが出来ているクラネスさんが迎えてくれた。

「お、来たね。いやー参った参った。強化がバンバン乗るから作るのが楽しくってさ。でも、そのおかげで期待に背くことはないレベルの装備が出来たと自負してるよ。もったいぶってもしょうがないから、早速見てもらおうかな」

そして目の前に置かれていく装備。弓と鎧と小盾は自分の分。そしてもう一つ、大きな盾が横に置かれたのだが、これが雨龍さんの注文した物なのだろう。

「私の口から説明するより、自分で見たほうが早いだろ？　必死で集めてきた物がどうなったか、満足いくまで見てほしい」

では、まず弓から見てみるかな。どれどれ——

ITEM

【八岐《やまた》の月《つき》】

ドワーフと人の合作である弓。上下に四つの爪が付いているように見えるという奇特すぎる外見から、初見では弓と理解されないかもしれない。あまたの素材と作り手の執念に近い意志がこもった影響で、とてつもない能力を得ることになった。この弓と敵対する敵が哀《あわ》れになるほどである。

種類：狩弓（ファンタジー）

効果：攻撃力《Atk》＋333

特殊効果：「八岐（矢を放つと、本来の25％の威力の幻影が七本同時に射出される。アーツには適応されない）」

「月（弓のアーツを放つと、同じ威力を持った幻影が二本同時に放たれる）」

「八岐の爪（上下に伸びた八つの端を剣系統の近接武器として使用できる。攻撃力などは弓スキルと武器攻撃力で計算される）」

「ドラゴンの鱗（この武器を盾のように用いた場合、受けるダメージを大きく減少させる）」

「龍神の鱗（耐久力無制限。《サクリファイス・ボウ》使用の反動以外で壊れることがない）」

「人魚の加護（水中など、弓矢による攻撃が鈍る地形効果を全て無視する）」

「憤怒（使用者が怒りを覚える相手と敵対した場合、攻撃力が増加する）」

「ドラゴンと龍の加護（ＭＰ消費なしで武器の能力を十全に引き出せる。また、この弓を盗まれたりして失うこともない）」

製作評価：10

とうとう、ファンタジーなんてランクを目にしちゃったよ。つまりこの弓は幻想に近い存在ってことか……攻撃力が現在市場にある長弓で一番高かったやつ（Ａｔｋ＋２８６だった）を超えてるし、特殊能力が八つもついてるとか、ふざけてるにもほどがある。最終装備はおそらくこの弓になるだろうな、これ以上の装備なんて作ろうにもイメージすら湧かない。

「ふむ、龍の国にもそれだけの品はないのう。もし龍城に届ければ国宝となるじゃろうなぁ」

なんてコメントを雨龍さんから頂いた。うん、そういうレベルだよねこれ。

「もう一回同じ素材を揃えたとしても、それをもう一つ作れる自信はないね。間違いなく私の人生における最高傑作の武器だよ」

そうか、クラネスさんでももう一つは無理か……他のプレイヤーに性能を公開するような真似は絶対にしないぞ。面倒なことになる。

さて、次はドラゴンスケイルの鎧。こっちはどういう性能になったのかな～っと。

ITEM

【ネオ・ドラゴンスケイルフルセット】

ドワーフの鍛冶屋クラネスの手によって、ドラゴンスケイル製の装備一式を進化させた逸品。特殊な魔法が刷り込まれており、フルセットで運用しないと防御力が大きく落ち、特殊効果も機能しない。

種類：軽鎧（デミゴッズ）

効果：守備力《Def》＋877（フルセット時に限る。一つでも部位が欠けた場合はDef＋50）

特殊効果：「耐久力高速自動回復」「着用者のHP&MP回復速度三倍」
「属性ダメージ減少（極）」「落下ダメージ減少（極）」「強奪無効化」
「精神系状態異常無効」「肉体系状態異常抵抗（極）」「重量軽減（極）」

製作評価：10

防御力が高いな!?　流石はドラゴンの鱗ってところか……この数値は、防御力最優先で他を切り捨てたものすごく重い重鎧とほぼ同じ。弓使いの自分が装備するには破格すぎる性能と言える。

特殊能力も強烈なのが揃ってるな……その中でも特に「精神系状態異常無効化」が気になるぞ。これ、有翼人が仕掛けてくる洗脳も無効化できるんだろうか？　でも、自分の体で実験するのは嫌だなぁ……やっぱりあのアンクレットはきちんと装備しよう。

「鎧のほうも、色々と新技術を詰め込んだ意欲作だよ。まあフルセットじゃないと効果が出ないいんだけど……そこは今後の課題かな。今の私に作れる最高の一品であるってことは間違いないね」

他に装備したい鎧もないから、フルセット運用で問題ないな。早速着用して着心地を確かめると……

「なんだこれ!?　フルセットを着込んだら、途端に鎧の重さが消えちゃったぞ!?」

驚いたのはその軽さ。最後にネオ・スケイルヘルムを被った途端、鎧を装着しているなんて感覚が一切消失してしまったのだ。まるで普段着しか着ていないような気分だ。慌てて体を確認するが、キチンと装備している。

「ふっふーん、どう？　軽鎧でありながら、魔法使いがよく着るクロース以下の重量になった感想は？　個人的にこの能力が一番強烈だと思うのよね。これなら非力な魔法使いでも軽鎧が着られるし、戦士が着ればより重い武器を振り回したりするほうに力を使えるからね」

いつの世も、重量と性能のバランスってのはせめぎ合ってきた。このジレンマは、あるロボット

ゲームを好む人なら特によく分かるだろう……この武器を持ちたいのに、この装甲を付けたいのに、重量オーバーがそれを阻む。かといってその重量に耐えられる脚部を選択すると今度は速度が落ちる……これは、そういう悩みを全て吹っ飛ばしてしまう効果だ。

「この軽さを知ってしまったら、確かに今までの軽鎧ではもう満足できないな……」

自分の呟きに、にんまりと笑みを浮かべるクラネスさん。やり遂げた職人の顔ってやつか。でもそんな顔をするだけのことはある出来だ。

「最後はこの小盾だね。チェックを忘れないでよ」

おっと、鎧の衝撃で忘れかかってた。さて、どんなものになっているのかな？

ITEM

【食《く》らいつく者《もの》】

ドワーフの鍛冶屋クラネスが、ある人族の持っていた盾にヒントを得て作り上げた逸品。小盾と台座の合間に特殊なギミックが仕込まれており、これが名前の由来となっている。

種類：小盾（アッパーレジェンド）

効果：Def＋74

特殊効果：「食らいつく者（特殊なアンカーギミック。先端に試作の砲塔が組み込まれたアンカーを射出し、相手に食らいつかせられる。そのアンカーに繋がっている

スネークソードを操ることで、ある程度の操作が可能。食らいつかせることに成功すると、砲塔に込められた魔法が至近距離で自動的に発射される。

魔法攻撃力《MAtk》＋１２２）」

「耐久力増加（強）」「耐久力自動回復」「防御成功時ダメージ軽減（強）」

「重量軽減（中）」

製作評価：10

「以前アース君に借りた盾を参考にして、新しい能力を組み込んでみたんだ。店の試し撃ちのスペースで詳しく教えるからね」

クラネスさんはそう言うが、自分にはもう大体のイメージができていた。これもメカ系作品でたまに出てくるやつだ。アンカーを射出して相手を掴み、備え付けられた射出口から実弾やビームで攻撃するアレ。これは試し撃ちが楽しみだ。

「あと、そちらの雨龍さんから頼まれていたものを組み込んだのが、このラージシールドだね。ただ、こっちは色々入れたせいで重量軽減の能力があまり載せられなかったんだけど……大丈夫かな？」

ああ、これはやっぱり雨龍さんがこそこそ企んでいた何かの完成形なのか。そのラージシールドを受け取った雨龍さんは、左手一本で持ち上げると――

「うむ、この程度なら何の問題もないのう。して、これの試し撃ちはできるのかの？」

「もっちろん！　二人とも、私についてきてね～」

自分は【八岐の月】を背負い、【食らいつく者】を左手に装備して、クラネスさんの後に続く。

さあ、お楽しみの時間だ。

7

クラネスさんの先導で辿り着いた試射室。ここに来るのは初めてだな……かなり階段を下りたから深い場所にあるんだろうけど、こんな場所でやらなきゃいけないぐらいには危ないってことなんだろうな、今回の武器は。

「まずはアース君の弓から行ってみよう。的を用意するよ」

クラネスさんがレバーを引くと、人型の的が三つ同時に立ち上がった。そのどれもが金属製だが、あの光沢は見たことがない。金色と銀色が混ざり合ったような……

「あの的は頑丈さを重視した素材で作ったんだけど……それでも、おそらくその弓でアーツを使ったら耐えられないと思う。だから、ここではアーツの使用を禁じさせてもらうね」

【八岐の月】の攻撃力に加えて、アーツを使うと倍率ドンの能力が付いているから、そう危惧するのも当然だ。もし街の中にある訓練所でこんなものを試し撃ちしたらどんな大惨事になるか。以前自分が作った【双砲】ですらあんな結果になったのだから、考えたくもない。

一番威力の低い、鏃《やじり》のついていない木の矢を【八岐の月】に番《つが》える。これで弾かれるなら、次は鏃付きの矢に切り替えればいい。

狙いをつけて、矢を放つ……と同時に、七本の矢の幻影がそれを追尾するように飛んでいく。そして的に木の矢が命中すると同時に、七本の幻影も次々と着弾。結果を確認するが……

「あの、クラネスさん。これおかしくありません？　なんで木で出来た矢が金属の的にぶっ刺さっているんでしょうか？」

矢が刺さらない、木っ端微塵《こっぱみじん》になるというのであれば分かる。だが目の前の現実は、そんな予想をあざ笑っているかのように、木の矢が金属製の的を貫いている。引っこ抜こうとしてみたが、びくともしなかった。

「あー、やっぱりこうなったかー。ドラゴンと龍の加護が乗ってるからね、こんな物理法則を無視するようなことも起きるとは思ってたんだ……予想していたとはいえ、実際にやられるとこれはこれでショックだけど。その的は本当に頑丈に作ったんだけどな……」

既存の法則は、この弓に限っては忘れたほうが精神衛生的にいいということか。とにかく強力な弓が手に入った、それでいいじゃないか。難しいことは色々投げ捨てるようにしよう。

「一番攻撃力の低い矢でこれなら、これ以上の試し撃ちはやめておいたほうがよさそうですね。次はこの小盾の試射に移ろうと思います」

「うん、使い方は今教えるから」

小盾のギミックの使い方を教えてもらって、いざ実践。

仕込まれているアンカーは、以前見せてもらった魔法を打ち出す砲弾と同じく、魔力をチャージすれば起動する。今回は更なる改造として、撃ち出すのにボタンなどを押す必要はない。魔力を込めれば、それがスイッチ代わりになる仕組みになっていた。

「先に砲塔に魔力を込めてね。その後、狙いをつけて、砲塔の横にある魔力射出機に魔力を込めれば起動するから」

との説明だったが、一回目のチャージで必ず砲塔に、二回目のチャージで必ず射出機に魔力が行くように設計されているそうだ。まあ小難しく考えなくても、二回チャージすれば攻撃が発動するとだけ覚えておけばいい。

さて、一回目のチャージの後で小盾の下側を的に向けてから、二回目のチャージを行うと——

「うおっと⁉」

込めた風の魔力によってアンカーが射出され、自分は顔に強風を浴びた。それで驚いたせいで狙いがずれ、アンカーが的から外れてしまう。

飛んでいったアンカーは、繋がっているワイヤー代わりのスネークソードが伸び切ったら、自動で帰ってきた。スネークソードの巻き取りを行っている様子も窺える。ほんと、どういう仕組みで動いているんだろ？

「もう一回行きます。感覚は今ので大体掴めたので」

アンカーが何にも掴まなかった場合は、砲塔による攻撃は行われないようになっている。なので再攻撃時に行うチャージは一回だけでいい。

もっとも、安全性を鑑《かんが》みて、砲塔に込めた魔法は一〇分もすれば霧散するようになっているそうだ。戦う前に込めておく場合、接敵するタイミングや撃つタイミングを予《あらかじ》め考えなきゃいけない。

「射出！」

風が来ると分かっていれば慌てることもない。射出されたアンカーは狙った的にきちんと飛んでいき、直前で先端を大きく開いて食らいつく。

そこからアンカーに付随している砲塔が、至近距離から風の弾を三連射。射撃が終わったら、アンカーはすぐに的を放してこちらに戻ってきた。

このことからして、このアンカーによる捕縛はあくまで、砲塔からの攻撃を確実に当てるための補助に過ぎないのだろう。もっとも、それなりの力で掴むから一定のダメージはあるだろうが。

「うんうん、呑み込みが早くていいね。スネークソードを操る感覚にできるだけ近づけてるから、慣れればアンカーを避けようとした相手にも当てられるようになるからね」

この盾、【真同化】とはまた別の場面で活躍してくれそうだな。

さて、これで自分の試射は終わり……次は雨龍さんが作ってもらった盾だ。

「ふむ、そう使えばいいのだな」

「威力は最小に抑えてね」

クラネスさんから説明を受け終えた雨龍さんが進み出て、左手に持った盾を地面に真っ直ぐ立ててガードするような形で構える。

直後に聞こえてきたのは機械が動く音……いや違う、リアルでこの音に近いのは、ガトリングガンが発射する前に空転するときの——

ドゥルルルルルルルルルッ！！！

そんな感じのけたたましい音が室内に響き渡ると同時に、的に向かってものすごい勢いで水の弾が撃ち出される。的はあっという間にベコベコにされていったかと思うと、上半分が千切れて吹っ飛んだ。すかさず雨龍さんが他の的に狙いを定めると、そっちも同じ運命を辿った。

そうして的を全てなぎ倒したところで、水弾のラッシュは終わった。

「——これは、気持ちが良いのう」

耳に届いたのは、雨龍さんのうっとりとしたそんなひと言。なにあの大盾……中に魔法弾を撃ちまくるガトリングガンのような物が仕込まれてるのか!? 的の惨状を見て最初に心に浮かんだのは、絶対あの盾の前に立ちたくない、という正直な気持ちだった。

「うんうん、全て問題はないね。これなら細かい調整も必要ないかな」

試射を終えた装備をいったんクラネスさんに返し、クラネスさんの最終チェックを受ける。問題なしとのことなので、これで用事は済んだから地上に戻れる。

「あー、そうだ。ちょっとお二人に付き合ってほしい所があるんだ。うちに泊まってもらって、休息を取った後でいいから」

と、地上に早く戻ろうかと雨龍さんと話をし始めたところに、クラネスさんから待ったがかかった。

何か問題があったのだろうか？　装備の代金なら、自分は先払いしているし、雨龍さんも先程支払っていたから、それ以外の理由なのだろうけど。

「それはどこなのかのう？　場所によっては断るかもしれぬのだが」

雨龍さんの言い分ももっともだ。とんでもない所に連れていかれたら困る。

「行先は、ドワーフのお城があった所。今は城の外見が少しだけ残る廃墟なんだけど、その近くまで行って、今回作った武器……アース君の弓を奉《ほう》じたいんだ。奉じるって言っても、こういう素晴らしい武器が作れましたっていう報告みたいなもので、実際に献上するわけじゃないよ。武器は使ってこそ、使い手のもとにあってこそ。使い手のいる武器を取り上げるなんて論外だからね」

ふむ、そういう一種の儀式っぽいものがあるのかな？　聞いた感じ、あくまで先祖に対する報告らしいし、付き合ってもいいかな。

「それは、どれぐらい時間がかかるのでしょうか？」

「ああ、到着するまでにちょっと険《けわ》しい所を歩かなきゃいけないけど、一日あれば行って帰ってこられるよ」

一日だけで済むなら、まあいいかな。日程的にはまだ余裕があるし。

「それなら、まあ。雨龍さんはどうします？」

「そうじゃな、今は急ぐ用もないし、付き合おうかの」

ということで、今日はこのままここで世話になることに。宿代の代わりとして、この日の晩御飯は自分が腕を振るわせてもらった。

食事の後、この日はログアウトとなった。

◆　◆　◆

そして翌日。腹ごしらえを済ませた自分達は、ドワーフの城跡に向かう道がある駅までのんびりと列車に揺られて移動した。

目的の駅で降りたら、そこからは徒歩だ。

「これから向かう先は坂道が多いから頑張ってね」

というクラネスさんの言葉に頷く。

アクアの力を借りるには通行人がちょっと多すぎる……アクアが突如こんな人目のある所でポンと大きくなったら騒ぎになる可能性があるから、今回も自分の頭上が定位置だ。

クラネスさんの先導で進むと、妙にプレイヤーが多い。大半がつるはしを持っているので、鍛冶スキル持ちのプレイヤーなんだろうが。

「クラネスさん、ここは良質な鉱石が採れるんですか？」

気になったので、小声でクラネスさんに質問をしてみたところ――

「そうでもないよ、ただ量は多いかな？　だから練習するにはちょうどいいんだろうね。品質が良い鉱石の採れる場所は……内緒」

なるほど、ミスリルを使った装備を作りたい鍛冶屋プレイヤーがスキル上げに来ているのか。

そんなプレイヤー達と離れていく道を歩くことしばし、勾配がきつくなってきたが、これぐらいならまだ何ともないかな。ただ、気がかりなことは他にある。

「もう少し歩くと、洞窟に入るよ。その洞窟の先に目的地があるんだ――そして大事なことが一つ。この先にある洞窟には、ドワーフの先導がないと入らないほうがいいんだ……だから引き返したほうがいいよ、付いてきている人達？」

そのクラネスさんの言葉とほぼ同時に、自分も雨龍さんもある一点をじっと見る。

そう、なんだか知らないが、自分達の後を追ってくる人達がいたのだ。六人で組まれたプレイヤーのパーティだな。どういう理由があるのか知らないが、付け回されるのは気分のいいものではない。

「なんだ、バレてたのか……変わった三人組が人気《ひとけ》のない方向に進むもんだから、ちょっと気になっちまってな」

ばつが悪そうに頭を掻く杖を持った男性プレイヤーの後に続いて、ぞろぞろと出てくる。敵意とかは感じないから、本当にあくまで好奇心で付いてきただけって感じだな……敵意とかに敏感になってしまって、そういうのがすぐに分かっちゃうのはなんだかなとも思うが。

「この先にあるのはドワーフのお墓だよ？　で、ドワーフの先導者がいないのに入ろうとすると間違いなくひどい目に遭うから、念を押してもう一回忠告。この先には進まないほうがいい。どうしても入りたいなら、ドワーフに先導してもらいな。これは君達のためだ」

クラネスさんは冷静に諭《さと》すような声色でそう言った。

「ああ、こっちも墓荒らしをやりたいわけじゃない。付いてきてすまなかった」

「そうね、引き揚げましょう」

「墓参りか、じゃあ邪魔しちゃ悪いな」

男性達のパーティはその忠告を素直に受け入れ、素直に引き返していく。よかった、揉めると面倒だからな……それにお墓って言い方も、ある意味嘘じゃないんだろうし。

「素直に話を聞いてくれる人達でよかったよ。この先の洞窟に下手に入ると、変死する可能性があるからね……もちろん私がいれば二人はその呪いには掛からないから、心配しないでね。さ、進もうか。もうちょっとだよ」

そうして、件《くだん》の洞窟の中に足を踏み入れる。ちなみに先程引き返したパーティは、自分の《危険察知》の範囲から外れている。一定距離を取って隠れながら追跡してくるような人達じゃなかったようで何よりだ。

さて、洞窟の中を歩き続けると行き止まりになった。

ってあれ？　ここまで一本道だったし、どうするんだ？　そう思っていたら、クラネスさんが左手を壁に押し付けた。

「我が祖先よ、我が傑作の武具を奉じに来た。開門の許可を乞《こ》う」

そんなクラネスさんの言葉に応えるように、目の前の壁が上にせり上がっていく。ふむ、ドワーフの言葉と手が揃わないと開かない、一種の認証システムみたいなもんか？

クラネスさんの後に続いて自分と雨龍さんも中に入ると、再び扉が下りてきて壁に擬態した。はるか昔は、この扉がドワーフの城への道を塞ぐ役目を担っていたんだろう。

「今はここが、ドワーフの城に通じる唯一の道なの。他の道は、過去にめちゃくちゃにされてしまってね……」

悲しそうなクラネスさんの声。泣いているのかどうかは分からないが……

歩くこと十分ほど。城の残骸らしきものが見えてきた。

「あれが、ドワーフの城なのか……？」

「そう、あれが私達ドワーフの先祖がかつて住んでいた城。侵略されて壊された敗北の印」

城の形式は、多分ヨーロッパとかにありそうなやつだったんじゃなかろうか？　今じゃボロボロになっており、コケに覆《おお》われてしまっていて、かつての栄光の片鱗すら窺い知れないな……健在なときに、一度見てみたかった。

「じゃ、早速始めようか。難しいことは何もないから」

どうやら、もう少し進んだ所で儀式を行うようだ。自分達はやや速度を落としながら、ドワーフの城跡に近づいていった。

8

近づくほどに、ドワーフの城がいかに大きいものだったのかを思い知らされた。廃墟となってなお、その存在は偉大であると思わされるスケールだった。

「——魔物が忍び込んでいる様子はないわね。スライムとかがたまにいるんだけど、今回は大丈夫かな？」

クラネスさんがそんな言葉を呟く。自分の《危険察知》にもこれといった反応はないが、だからって油断はできない。突如天井が崩れて頭上から降ってくるかもしれないし、突発的な事故の可能性を忘れてはいけない。

「城の中に入るのか？　こういう場所には強い思いが残っておることが多いから、あまり気が進まぬのだがのう」

こちらは雨龍さん。もしかしたら、雨龍さんには何か自分達には見えないものが見えているのかもしれない。俗に言う幽霊とかの類だ……何せ雨龍さんの正体は神龍だから、そういった存在に感づく能力が自分よりも高くてもおかしくない。

だがクラネスさんは城の中へと進み、自分達も周囲に気をつけながら後に続く。

「もちろんむやみやたらと入ることは、私達だってしないよ。ただ今回は、ちゃんとした目的のもとに特定の場所に行くだけ。それならご先祖様も怒らずに受け入れてくれる……逆を言うと、それ以外のことをすれば一斉にご先祖様の怒りを買ってひどい目に遭うけどね。もちろん命がなくなる可能性も十分にあるよ」

なるほど。つまり過去にはそういうことで死んだ奴もいるんだろう。こういう城が廃墟になると、隠し部屋なんかに財宝が残されている可能性があり、それを狙った人がお陀仏《だぶつ》しちゃったんだろうな。本当にドワーフのご先祖の呪いなのか、はたまた残っていた罠に引っかかりでもしたのか。

そして今の説明には、そういうことをしないでほしいという警告も暗に含まれてるな。

「その特定の場所とはどこなのかな？」

クラネスさんの背中にそう問いかけてみた。

「かつてこの城がまだ健在であった頃、自分の鍛冶屋人生で最高の一品だと胸を張れる作品が出来たときに、王様にその作品を見せに行くという風習があったの。そして今では、そこで作品を見せてご先祖様が気に入ると、武具に祝福をかけてくれると言われているわ。その祝福を受けた武具は、後に『聖剣』とか『魔装』とかって呼ばれる伝説の一品になっているって話よ。今回、アース君と共に作り上げた弓は、私としても胸を張れる仕上がりになったからね……報告に来たかったの」

ふうん、ここにはそんな風習と伝説があるのか。

「他のドワーフの皆さんも、そういう一品が出来たらこのお城に報告に来てるんですかね？」

「ええ、年に数回、誰かしらは来ているようよ。詳しくは言えないけど、あの扉が開くと、私達ドワーフの大半が『あ、誰かが通ったな』ということが分かるようになっているから。それと、無理やり通ろうとしている存在がいるときもそれが分かるわ」

ほう、そんなシステムがあるんだ。どういう仕組みなのかが気にならないと言えばウソだが、そういう秘密をほじくり返そうとする人間が碌《ろく》な目に遭わないのは、もはやお約束だからな。ドワーフの皆さんと敵対したくもないし、これ以上は突っ込まないようにしよう。

「なるほど……すみません、もう一つ質問が。このお城を直そうって話にはならないんですか？ドワーフの皆さんなら、時間をかければ修繕できそうな気がするんですが」

風習が守り続けられているのであれば、こんなふうに城をぼろぼろのままにしておかなくてもいいんじゃないかとも思ったのだ。

「うん、それについては何度も話し合われたわ。でもね、修繕しようとすると、どういうわけか毎回大きな事故が起きるのよ。もちろんドワーフしか関わっていないのにもかかわらずね。だからこのままの状態であることがご先祖様と城の意思であるということになって、このままにされてるの。儀式の間に行く道だけは塞がれていないから、別に大丈夫だろうってことで」

特定の道だけは塞がれないという点も、そういう見方をするのに一役買っているんだろう。もっともこの世界だと、それが本当にこの城の意思である可能性も十分にあるのだが。

「世の中には不思議なことがいくつもありますからね、このお城のお話もその一つでしょうね」

「そうね、世の中はまだまだ分からないことがいっぱいよ。そもそもミスリル一つとってみたって、未だに分からないことが多いもの」

そんな雑談を交わしつつ歩くことしばし。ようやく儀式を行う部屋に着いた。確かにクラネスさんの言う通り、この部屋に通じる道は瓦礫《がれき》などによって塞がれてはいなかった。

「部屋の真ん中に台座があるでしょ？　あの上に弓を置いてちょうだい。あとは、私が宣言をして数分待つ。やることはそれだけだから」

部屋はさほど大きくはなかった。クラネスさんから言われた通り、飾り気のない石の台座に【八岐の月】をそっと置いて距離を取る。すると入れ替わりでクラネスさんが前に進み出て、中世の騎士が王に行う礼のような体勢を取る。

「我が先祖よ、私の力と友の力によって新しき弓が出来上がりました。この弓は、私が生み出してきた武具の中でも会心の出来と胸を張れる一品でございます。どうかご覧くださいませ！」

そのクラネスさんの言葉と共に、一筋の光が下りてきた。その光は徐々に大きさを増し、いつしか弓全体を照らし始める。そうして数分ほど弓を照らしていた光は徐々に弱くなり、完全に消えた。

「お待たせ、これで儀式はお終い。弓を返すね」

クラネスさんは台座から弓を持ち上げ、自分に渡す。これで終わりなのか。ずいぶんと静かだったけど……祝福とやらはかからなかったみたいだな。武器を確認してみても、何かが追加された様子はない。

「じゃあ引き揚げようかの。見送りも来たようじゃしな？」

この雨龍さんの言葉に、こんな廃墟に見送りをするような存在がいるのかと自分は首をかしげる。その一方でクラネスさんは「あ、気がついたのね」と返していた。雨龍さんは「うむ、結構多いな」と言うが……《危険察知》には何の反応もないのだが……

とにかく部屋の外に出て、来た道を引き返していく。そして城の入り口まで戻って来たとき、自分は目を見開いた。そこには、鎧を着てハルバードを手に持った、沢山のドワーフの騎士達がずらりと並んでいたからだ。

彼らの体は透き通っているので、おそらくは幽霊なのだろう。この人々がさっき言っていた見送りということか？

と、ドワーフの騎士の一人が自分達の前に進み出て、こっちの後ろを指さした。その指の先に顔を向けると——立派な服を着たドワーフが宙に浮いていた。頭に王冠をつけているその姿から、王様なのだろうとあたりを付ける。

その王様がゆっくりと自分達の目の前に降りてきたので、自分は魔王様に初めて謁見をしたときのように膝を折り、頭を下げた。

「アース君、そんなことはしなくていいって言ってる」

クラネスさんが自分の肩を叩きながらそう言ってきた。だが、自分には何も聞き取れなかった。同族であるクラネスさんにしか聞こえない声で喋ったのかもしれない。

ともかく言葉に従って、自分は立ち上がった。

「王様が、もう一度近くで弓を見たいって」

そういうことならば……弓を背中から降ろして、王様の前に差し出す形でご覧になってもらう。王様は最初、弓のあちこちを興味深そうに見ていたが、やがてどこからともなく現実の職人さんも使っているような目に付けるタイプのルーペを取り出して右目に付け、より細かく観察を始めた。

「これだけの素材を惜しみなく投入した弓は見たことがない、って王様は言ってる。形も、奇妙だが面白いってさ」

まあ、普通の弓の形状じゃあないね。何せ先端が上下四つずつ、合計で八つもあるんだし。弦も四本張られているから、冒険中盤の頃の自分の筋力だったら引くこと自体ができない。今はもう限界まで鍛えられたそうだから大変ではないがね。

「こういう武器が時々見られるから、ここに留まることをやめられないんだってさ……付き添ってこっちの世界に留まってる騎士の人達は大変だよねえ」

そんなクラネスさんの言葉に、周囲にいるドワーフの騎士達が笑う仕草をする。自分には声は聞こえないが、ついつい噴き出してしまったんだろう。王様に命令されて仕方なく従っているんだという感じはしない。

「そして、アース君に武運があることを祈っているってさ。こんな弓を作り上げるのにはそれ相応の理由があるんだろうって」

まあ、理由がなきゃ、趣味の範疇に収めただろうな。少なくとも、各地を回ってトンデモ素材をかき集めて、神龍様の鱗とかをはじめとするあらゆる素材を全力で全部突っ込むなんてことはしなかった。

「良き武器を見せてくれたことに感謝する、ここから出るまでの間、我の騎士達に見送らせる、だって」

満足するまで見てもらえたようなので、弓を背中に背負う。その後、ドワーフの王様に向かって一礼。ドワーフの王様も一回大きく頷いた。

そうしてドワーフの王様に背を向けると、ここに来るまでに使った道の両側にずらーっと騎士達が整列していた。彼らは右手にハルバードを持ち、左手は青く燃える炎を宿した松明《たいまつ》を掲げている。

「それでは行こうかの、アースよ」

雨龍さんの言葉に頷いてから、歩き始める。左右の騎士達の掲げる青い炎の松明はとても美しかった。

騎士達の見送りは、クラネスさんが開けたあの石扉まで続いていた。クラネスさんが再び石扉を開き、それをくぐってから後ろを見ると、騎士達はこちらに向かって松明を振っていた。言葉がなくても分かる、頑張れよという応援だ。そんな彼らの姿も、石扉が下りて見えなくなる。

「じゃ、私のお店に帰ろうか。今日も宿として部屋を貸すから」

そうして駅に戻り、列車に乗る。

その車内で、今日見たことはドワーフ以外の種族には言っちゃダメだからね、とクラネスさんから注意を受けた。最初から言いふらすつもりはなかったけどね……下手に情報を広めて、じゃあ俺も行きたい私も行きたいと皆が言い出したら、ドワーフの皆さんに多大な迷惑をかけてしまう。

「うむ、そうじゃな。べらべらとしゃべるようでは品位を疑われるからの」

雨龍さんもそんなふうに頷いている。

どんな場所でもどんな世界でも、要らぬ迷惑をかける存在が煙《けむ》たがられるのは当然のこと。それはひいては種族や国家全体の悪評に繋がる。それに、それぞれにそれぞれのルールがあるのだから、郷に入れば郷に従え、だ。

「ですね、自分もドワーフの皆さんに迷惑をかけたくはありません」

自分と雨龍さんの素直な同意に、クラネスさんも満足げに頷く。自分の目に狂いはなかったと感じているのだろうか？　なら、その信頼を裏切るような真似は絶対にするものか。

それからは雑談に切り替えて、列車の目的地到着を待つ。まあ、他の人達が乗ってきたので先程までの話を続けることができなかったのだが。

「そういえば、この後アース君はどうするの？」

雑談の中で、クラネスさんにそんな話を振られた。

「そうですね、とりあえず薬草集めです。かなり手持ちを減らしてしまい、補充しないといけない状態になっていまして」

今の在庫では、とてもとても空には行けない。

「あとは、この新しい装備を使ってモンスターと戦い、より体に馴染ませていくのがとりあえずの目標でしょうか」

素晴らしい武具も、使い手がへっぽこじゃ泣くしかない。もちろん自分はへっぽこではないと信じたいが——信じるだけではなく、修練を積んでこそ意味がある。

ステータスなどの数字上はもう限界に達したが、武具を用いる使い手としての技術のほうに限界はない。自分はここら辺が限界なんだと決めつけてしまった時点で、そこが本当に当人の限界となってしまうのだ。

「そしてこの武器にふさわしい持ち主となることが、終わりない目標となりそうです」

【八岐の月】の持つ異様な空気に、使い手である自分が呑まれているように見えるようではダメだ。あの弓もあの使い手が持ってこそだと、周囲に認められるようにならないとな。この場合の『認められる』ってのは、無意識に納得させられるだけの風格を備えるべきだという意味だ。

「そうね、私の持てる技術をとことん突っ込んで作り上げたんだもの、使いこなしてくれなきゃ私も泣くわよ。それに、その弓にはアース君の発想も多く含まれてるんだから、使いこなさなきゃ君は君自身の顔に泥を塗ることになるわよ？　頑張ってちょうだい」

「うむ、良い得物があっても使いこなせなければ意味がないからな、しっかり励むのだ」

このとき、【八岐の月】を三人の間に置いて雑談を繰り広げていたわけなのだが、そこに一人の男性の影が落ちた。そしてその男性は、じろじろと【八岐の月】を眺めた後にこう言ってきた。

「なんだこの弓、すげえ外見してるな……でも強そうだ。面白えな。この弓、俺に売ってくれ。金なら出すぜ？」

——今の話は聞いていなかったんだろうな。もしそうでないなら、売り物ではないことなど簡単に理解できるだろうに。

まあ、いい。ちゃんと意思表示をしておけばいいだろう。

「申し訳ありませんが、これは売り物じゃないです。自分で使うためにこちらのドワーフの方と共同で作り上げた弓ですので」

自分はそう口にしながら、アイテムボックスの中に【八岐の月】をしまい込んだ。これ以上この人に見せていたくもない。

「そうつれないこと言うなって。金なら出すからよ、一〇億か？　一五億か？」

売り物じゃないって言ったのに諦めないのか。だが、いくら金を積まれたって売らないよ。もう二度と手にできない素材ばっかり使った弓なんだから。

「悪いけど、諦めてちょうだい。あの弓はその一〇倍だって売れないものよ。共同で作った私が断言するわ」

男性が諦めない様子を見たクラネスさんが、そんな支援をしてくれた。まあ、個人で一〇〇億グローもの大金を持っている人がそうそういるはずないだろうけどね。

「まじかよ、そんな値打ち物か……じゃあ、この魔剣と交換でどうだ？　魔剣なら交換できるぐらいのレア物だろ？」

今度は物々交換ときたか。やれやれ、なんでこうもひと目見ただけの弓に粘るんだ、この人は？

「話にならぬ。その魔剣が良い物であることは認めるがの、その魔剣と同等の物が一〇〇本あっても釣り合わぬわ」

今度は雨龍さんが口を挟んできた。うん、そもそも自分はもう【真同化】以外の魔剣を握るつもりは全くないから、交換条件に出されても自分が頷くことはない。

「おいおい、この魔剣だってすげえものなんだが……じゃあ、材料があれば作れるんだろ？　そこのドワーフのお姉さんに頼めばいいのか？」

今度は製作依頼か。うん、まあ素材があれば作れるだろうね。素材があ・れ・ば。

「素材を集めることができるなら、作ってあげられるわ。素材の一覧表は必要かしら？」

「おう、頼めるか？」

ということで、クラネスさんは取り出した紙にさらさらとペンを走らせてから男性に手渡す。紙に書かれた内容を見ていた男性だったが、徐々にその表情が困惑の様相を深めていく。

「は？　各色ドラゴンの鱗？　骨？　加工された【蒼海鋼《そうかいこう》】製の弓？　ちょっと待ってくれ、本当にこんな素材が存在するのか？　ドラゴンってレッサーじゃなくてか？」

「レッサーじゃダメよ、本物のドラゴンの鱗や骨じゃないとね」

男性の問いかけは即座にクラネスさんに否定される。っと、そろそろ目的地に着くな。

「とにかく、そこに書いた素材が集まれば私が作るわ。流石に私も素材がないんじゃどうしようもないからね？　じゃ、私達はここで下りるから」

出口に向かうクラネスさんに自分と雨龍さんも続く。男性は自分達を呼び止めようとしたようだが、こちらがさっさと立ち去ったことで声をかけ損ねたようだ。

駅から少し離れた頃、クラネスさん、あの紙に、本当に全部の素材を書いたんですか？」

するとクラネスさんは……

「もちろん書いてないわよ。でもあそこに書いてある素材を集められるのなら、レプリカ止まりにはなるけど【八岐の月】を作れるわね。もっともまず集められないでしょうけど」

そうか、神龍の鱗のこととかは流石に書いてなかったようで、ほっとひと安心。バレたらまずい物が色々使われているからな……ドラゴンの素材もまずいかもしれんが、普通は接点がないから狩ろうにも狩れんだろうし、ドラゴンの皆さんに迷惑がかかることにはならない……多分。もし迷惑がかかってしまったら、首をかけて謝るしかないが。

「今日はもう休みましょ？　ゆっくりしてね」

まあ、あの紙の情報をガセと断じて破いてくれればいいんだけど……今日はもうログアウトしよう。

9

翌日からは地上に戻り、薬草集めを再開。各国の知り合いにも頭を下げて協力してもらった甲斐あって、十二分な量が溜まったので、薬草集めはこれで終わりとする。一人で必要以上にがめてしまうのはよくないし。

そして空の世界が開放されるアップデートを三週間後に控えた今、自分はあるメンツを人気《ひとけ》のないエリアにある小屋に呼び出していた。

「アースの呼び出しだから来てみたけど、なんか珍しい取り合わせだな？」

「それはこっちのセリフだ、『ブルーカラー』の初期メンバー。まあアースからの呼び出しがあること自体が珍しいんだがよ」

そんな言葉を交わし合うツヴァイとグラッド。そう、自分は『ブルーカラー』の中でも付き合いが長いメンツと、グラッド達のパーティを呼び出していた。

具体的に言えば、『ブルーカラー』側はツヴァイ、ミリー、ノーラ、レイジ、コーンポタージュ、カザミネ、カナ、ロナ。

グラッド側はグラッド、ゼラァ、ガル、ジャグド、ザッドの五名。ゼッドだけ除外させてもらったのは理由がある。

「急に呼び出したことと、こんな狭い家の中に押し込めてしまったことは最初に謝る。でも、このメンツ以外の耳には入れたくないことをこれから話すので、今だけ我慢してほしい」

自分がそう言うと、全員が雑談をやめてこっちを見る。

さてと、ここに集まってもらったメンツにはある程度の情報開示をした上で、話を進めないとな。あと、自分はヒーローチームにも声をかけていたんだが……彼らは絶対に外せない用件があるとのことで、申し訳なさそうに断ってきていた。無理は言えないので仕方がないとはいえ、彼らにもぜひ来てほしかったな。

「呼び出した理由は、アップデートが三週間後に迫った空の世界に関係することになる。現時点で詳しくは言えないが、もしかしたら空の世界では、プレイヤー同士が戦う羽目になる展開が待っている可能性がある」

この説明に対する反応は様々だったが、目つきが変わった点は共通だな。

「で、ここに呼び出したメンツとは自分は戦いたくない。敵に回られたら正直勝ち目が薄いということもある。だが問題はそこじゃなく、とんでもなく大きな被害を出しかねない危険性が高いからだ。この場合の大きな被害というのは、『ワンモア』世界に住む住人達に与える被害のこととなる」

グラッド達はあまり表情を変えなかったが、『ブルーカラー』側は分かりやすく変わった。『ブルーカラー』の面々は自分と行動を共にしたことをきっかけに、こっちの世界の住人と色々繋がりを持ってるものな。

「なんでそうなるってこの時点ではっきり言えんだ？　そんな情報全然流れてねえぞ、ガセ情報の可能性が高いだろうが？　俺達だって、戦うだけじゃなく独自の情報を仕入れるルートぐらい作ってるぜ」

これはグラッド。うん、むしろ今知られていたら情報の漏洩が起きているってことになるから、それでいい。

「そりゃこの情報がトップシークレット扱いだからに決まっている。自分がそこに食い込んでいるだけだ――そして、ここにいるメンツ以外に話すつもりはない。ここに集まったメンツは十分な口の堅さを持っていると考えている。もっとも、これ以上の詳しい話を聞きたいというのであれば、協力をしてくれることを誓約してもらわなきゃいけない」

グラッド達が胡散臭《うさんくさ》げな視線を向けてくるな……まあ、無理もないけど。

「アースならそういうことに食い込んでても不思議じゃないか。今話していることも当然、口外しちゃダメなんだろ？」

その一方で『ブルーカラー』側は、今まで散々自分のあれなところを見てきたために、すでに納得したようだ。今発言したツヴァイも、自分を疑うような様子を一切見せない。

「まあ、ツヴァイ達にとっては『またアースがやらかした』って認識だろうが……今回もそれだと思ってくれていい。だが今回は規模が大き過ぎる……本当は一人でも多くの協力者が欲しい。だが、ある事情があって人数を絞らざるを得なかった。その結果が、ここにいる一三人というわけだ」

自分の説明を聞いて、今度はガルが口を開く。

「その事情ってさ、この一件が終わるまでは絶対に協力するって約束すれば教えてくれるのかな？あと、なんでゼッドだけは抜いたのかな？」

この質問に、自分は正直に返答する。

「もちろん協力してもらえるとなれば、事情を包み隠さず教える。教えるのは自分ではないが……ゼッドを抜かせてもらったのは、彼個人の実力も人柄も自分はよく知らない。ここに呼んだ五名とはかつて戦ったことがあるし、自分のあの変身について吹聴しなかったことから、一定の信頼を置けると踏んだんだ」

するとガルは「ああ、あのオークのときだっけ。ゼッドのバーサーカー病が全然治っていなかった頃だねー」なんてことを口にする。なんにせよ、納得してくれるならそれでいい。

「返答はアップデート一週間前まで受け付ける。準備があるので、それ以降では余裕がなくなってしまうから。自分が信用できない、話がおかしいと思うなら、もちろん今回の話は断ってくれて構わない。ただ、ここで話したことをよそに漏らさないでくれ。他に質問はあるか？」

グラッド達は無言で手だけを動かしてやり取りを始めた。おそらくパーティチャットで話し合いをしているんだろう。その一方で……

「アース、こっちは全員、お前の話に乗るぜ。お前がわざわざこうやって呼び出すんだ、とびっきりの冒険が楽しめそうだからな！」

とのツヴァイの言葉に、他の『ブルーカラー』のメンバー全員が頷く。よかった、これでこのメンツと敵対する可能性は大幅に下がる。万が一があるからゼロではないとしても、困難な展開を迎える可能性を下げられるのは助かるってものだ。

「決断が早すぎねえか？」

「そうかもな、だがアースとの付き合いは長いからな。アースがこんな風に言ってくるときは、何かでっかい出来事が必ずあるんだぜ？」

グラッドの問いに、ツヴァイはほとんど即断だった理由をこう返した。確かにツヴァイの言う通りかもしれないなぁ……例がいくつもあったようななかったような。

そして、それを聞いたグラッドは、腕組みをしながらしばし考える様子を見せた後……

「よし、アース。こっちの代表者一人とこの後ＰｖＰ《対人戦》を一回だけしてもらおうか。その戦いぶりで、本当に俺達を仲間に引き込みたいのかを見せてもらう。俺達がいたほうが楽できる、なんて甘っちょろい考えなら願い下げだからな。最強を目指す俺達に対してそんな扱いをしやがったら、てめえを許す気はねえ」

っと、そう来ますか。うーん、過去に何かあったのかもしれないが、こっちとしても今回はグラッド達を仲間に引き込めないと困る。この五人が洗脳を受けてしまい、地上の街中でその力を振るってしまったりしたら……惨劇なんて言葉では到底表現できない地獄絵図が広がることになる。そんな展開は絶対に阻止しなければ。

「——分かった、そちらが今回の話に乗る乗らないは別として、ＰｖＰをやること自体は受け入れる。こっちもそれなりの理由を抱えているから、たとえ最強と名高いグラッド率いるパーティが相手といえど、容易く引くつもりはない」

この自分の返答に、グラッドがにやりと笑う。

「てめえとは一度やり合ってみたかった！　よし、俺が——」

相手をする、と言いたかったと思われるグラッドを寸前で止めた人物がいた。グラッドのパーティでレンジャーを務めるジャグドだ。

「待て待て、アースとやり合いたいのは俺だって同じだ。これはリーダーだからって譲るわけにはいかねえぞ」

続いて手を挙げたのは、紅一点の格闘家であるゼラァだ。

「アタシだってやり合ってみたいよ。アースのような搦《から》め手《て》が得意な奴とはなかなかＰｖＰができないからねぇ。はいそうですかと簡単に譲るつもりはないよ」

更に手が上がる。今度は魔法使いであるガルだ。

「こっちだって譲れないよー？　以前共闘したときからずーっと戦いたいって思ってたんだからさー？」

そしてグラッドパーティ最後の一人、重装甲に身を包んだ戦士であるザッドも手を上げる。ザッドは無言の威圧で譲らないと主張していて、ある意味一番強い意志を感じる。

「てめえら、全員引くつもりはねえってことだな？」

グラッドの言葉に、他のメンバーが頷く。おいおい、これはもしかしなくても、長くなるパターンか？

そう思ったのだが、数分後には自分と戦う相手がさくっと決まった。その人物とは――

「よっし、これは厳正なるくじの結果だからな！　楽しみだぜ！」

レンジャーのジャグドだった。楽しみだぜ、か……期待してくれたようだが、きっとその期待には応えられないだろう。なぜなら……酷くつまらないやり方にするつもりだからな。

「というわけだアース、早速やろーぜ！　ルールは回復関連なし、変身なしでいいな？　回復があるとだらだらと続くことになるし、変身も同じ条件じゃないといまいち面白くねえ」

ジャグドの提案に自分は頷いた。

早速ジャグドがＰｖＰ要請を飛ばしてきたので、ウインドウのＹＥＳのキーを押す。

観戦可能になっているので、この場にいる他の面々もこの戦いを見ることができる。

「こんな形で勝負できるとは思わなかったが……やるからには楽しんでいこうぜ？」

——そうだな。対戦も楽しんでこそだ。普段ならそれを否定するつもりはない、むしろ肯定する。

だが、今回だけは事情が違う……失敗すれば、敗北すれば、長く旅をしてきたこの世界が地獄と化す。今までに出会い、話をして、ときには共闘してきたこの世界の人々が戦火に焼かれ、命を落とすことになる。

自分にとって、この世界に住む人々がただのデータだという見方をすることは、とっくの昔にできなくなっている。彼らを戦火に巻き込もうとする連中は何としてでも排除する。だから、このＰｖＰをはじめ、今後の戦いは全てが終わるまで負けるわけにはいかない。

そんな意思が無意識のうちに外へと零れ落ちたせいだろうか——

「いくぞ」

ジャグドに向けて放ったその言葉が、威圧ではなく殺気を纏ってしまったのは。

ジャグドは浮かべていた笑みを消し、一歩後ろに後ずさった。

そんなジャグドを見ながら、自分は【八岐の月】を構えてカウントダウンを見つめる。心が静かに冷えていく中、やるべきことを冷徹に実行するイメージを組み立てる。

カウントがあと三、二、一――

『GO!!』

その文字が見えた瞬間、自分は弾かれたようにジャグドに向かって突進。右腕からは【真同化】の刃を二本出す。しかし、ジャグドに見せるのは片手剣として振るう一本だけだ。もう一本は鎧の内部を通して、ジャグドには見えないように地面の下に潜り込ませる。

ジャグドはこちらが突っ込んでくることが想定外だったのか、矢を番えるのが一瞬遅れた。そこを狙って袈裟懸けに【真同化】を振るう。

「っとお!?」

が、ここは流石と言うべき反応で、ジャグドは左に飛んで回避してみせた。

が、もう詰んでいる。地面にもぐらせていた【真同化】の刃を、回避行動のせいで一瞬の硬直を強いられたジャグドの足元から出現させ、そのまま体を這い上がらせる。

ジャグドも【真同化】に絡みつかれたことは分かっただろうが、僅かな時間では何もできまい。

「《サドンデス・ピアース!》」

這い上がっていく【真同化】の刃の先を伸ばしながら、この魔剣専用のアーツを発動させ、ジャグドの心臓を穿つ。容赦なく表示されるクリティカル・ヒットの判定――即死だ。

そして浮かび上がる『YOU　WIN』の文字。

【真同化】の能力を知らない相手だからこそ通用する、魔剣の持つ性能による理不尽をもろに押し付ける一撃必殺の初見殺し。今までは修練にならないので使わなかった奥の手、だ。

「——俺は、何にやられたんだ？　何をされたんだ？　体に何かを絡みつけられて動きにくくなったのは分かったんだが」

ＰｖＰが終了し、元の場所に戻ってきたジャグドの第一声がそれだった。今まで受けたことがない攻撃故に、どういう倒され方だったのか理解できていないのだろう。初見殺しを受けた人にはよくあることだ。

「うーんと、多分だけどあれは魔剣だね。ただ、一般的な魔剣とはかけ離れているってことまでしか分からなかったな。ますますアースに興味が出てきたよ」

これはガル。魔法に精通する彼にとっては興味深いものだったらしく、色々と考察を始めたようだ。

「ＰｖＰでジャグド相手に即死を通すとはね、やるじゃないか。魔剣の性能でもなんでも、体術に優れているジャグド相手に決めてみせるってのは、武器をよく使いこなしてるってことの証明だ。それだけの腕を持っているアンタの要請なら、アタシは今回の話に協力するよ。面白いことになりそうだからね」

そう言ってゼラァは、肉食獣を思わせる笑みを浮かべながら自分を見てくる。

「まさか弓ではなく魔剣で勝つとはな。それに、使わなかったとはいえその弓も普通じゃねえな？

いいぜ、ＰｖＰに勝ったら話に乗るって決めたのはこっちだ。今回の一件が終わるまで、俺達のパーティはてめえに全面的に協力してやるよ」

グラッドの言葉に、ザッドも頷いていた。これで今回の一件、グラッド達が敵に回る可能性は大きく減った。自分はひとまず目的を達成したことに安堵しつつ、【真同化】を右腕の中に収める。

「ありがたい。ではアップデートの一週間前に、もう一度この場所に集まってほしい。どういうことを頼みたいのか、そこで全て説明できるようにしておくから」

自分の言葉に全員が頷いた。これでひと安心だ、アップデートまでの残りの時間は、雨龍さんと砂龍さんのもとで修業を重ねながら過ごせばいいだろう。少しでもプレイヤースキルを伸ばさなければ。

「しかし、そういう魔剣かよ……てめえの厄介さが一層増しやがったな。あの燃え上がる瓶なんかも相変わらず持ってんだろ？」

グラッドの問いに、自分は「もちろん」と返す。それを聞いてグラッドは「そうかよ」と言いながらにやっと笑った。

「再戦は時を改めてやらせてもらうぜ……次の集合の時間は午後九時でいいんだな？　必ずここに来るから心配すんな。じゃあ行くぞお前ら」

そう言い残してグラッド達は立ち去って行った。そして――

「アース、その魔剣には正直ぞっとしたぜ……」

とツヴァイ。まあその感想も無理もない。蛇のように忍び寄って急所を食い破るという、ショッキングな使い方だったからな……

「あのようなこともできるとは……アースさん、ちょっとよろしいでしょうか？」

考えるそぶりの後で話しかけてきたのはカナさん。なんだろう？

「ぜひＰｖＰでひと勝負していただきたい人がいるのですが……お時間を頂けないでしょうか？」

「ひと勝負？」

カナさんの申し出に、自分は首をひねる。うーん、なんでまたそんなことを言ってきたのだろう？

「正直、自分の持ち手は初見殺しや搦め手が中心だから……その方が不愉快になるだけじゃないかな。対戦相手なら、カナさんやカザミネが務めたほうがよっぽどいいのでは？」

自分と戦ってもあんまり面白くないと思うんだよね。先程のジャグドとの戦いは、負けられないからあんな不意打ち＆即死の初見殺しを遠慮なくやったけど、普通の対戦ゲームで回避を失敗したら体力満タンから即死負けなんてことがあったら、クソゲー扱いだろう。

格闘ゲームとかにも即死技ってのは確かにあるけど、ちゃんと前提条件があって段階を踏んで一発だけ打てるってのが基本だ。勝負開始と同時に発動されるなんてことはない。

「いえ、その方はすでに私やカザミネさんだけではなく、ツヴァイさんやロナさん。ミリーさんやエリザさんとも戦っています。そしてその方が仰っていた言葉が『魔法相手も面白いが、もっと変わり種と戦《や》りたいな』でして……」

このカナさんの言葉に、ツヴァイ達が「あー、あの人か」「あの人は～モンスターよりも対人戦がお好きみたいですからね～」「あー、ボクとも散々戦ったあの人のことかぁ。三度のご飯より戦うことが好きだって感じがしたねえ」なんて零している。

「そうか……分かった。ではいつ頃がいい？」

「では、明日の午後九時、この街の北門に集合でよろしいでしょうか？」

「了解、じゃあまた明日」

「お手数おかけしますが、よろしくお願いします」

この日はこれで『ブルーカラー』のメンツともお別れ。

しかし対人か……変わり種と戦いたいと言っているし、アイテムや魔剣もフル活用していいんだろう。一日ぐらいなら付き合ってもいいかな。戦った後に「もう一回」を連呼されて数日付き合わされたりしたら困るが。


「そんな話を受けまして、この街にもうちょっとだけ滞在することになりました」

合流した雨龍さんと砂龍さんに、ツヴァイやグラッド達の協力を取り付けるのに成功したことと、対人を申し込まれたことを報告する。

「修業にもなるじゃろうから、それは構わんぞ」

「うむ、話し合いが上手くいったのは僥倖《ぎょうこう》。それに、普段戦わぬ相手と刃を交えるのは、雨龍の言う通り良い修業となるだろう」

とのことで、お二方はもうしばらくの滞在を許可してくれた。これで心置きなく明日の対戦を行える。

さて、プレイできる残り時間が中途半端なので、今日はもうログアウトして早めに寝てしまおう。お休みなさい。

10

そして翌日、時間通りに集合地点に行ってみると、『ブルーカラー』のメンツがすでに待っていた――一人の知らない人と共に。

「貴殿が拙者と試《し》合《あ》ってくださる御仁《ごじん》か？　拙者はオサカゲと申す。様々な戦いを見て、試合うことを楽しみとする風来坊《ふうらいぼう》。よろしく頼む」

おおう、なんとまあ、カザミネよりも武士っぽい喋り方をする人だな。装備も戦国時代の武将のような鎧兜だし、顔には立派な髭《ひげ》を生やしている。背中には大太刀が一本。なんだかこのまま時代劇にぽんと出ても違和感が全くないぞ。

「自分はアースと申します、カナさんより一度戦ってみてほしい方がいると伺い、ひと勝負することになりました。本日はよろしくお願いします」

お互いの自己紹介が終わって、一度握手を交わす。それから、ＰｖＰの設定を話し合う。

「回復禁止、変身禁止でよろしいですかな？」

「ええ、構いません」

「先に申し上げておきますが、道具などはどんどん使っていただいて結構ですぞ、戦場において刃一本だけで戦うことなどありませんのでな」

ふむ、様々な戦いを見ることを楽しみとするってさっき言ってたし、道具などもどんどん使えと来たか。これは、卑怯と言われやすい戦い方をしても構わないってことを暗に匂わせているのか？お行儀よく勝てる戦いなんぞ現実にはない、と言っているようにも受け取れるが。ま、それを望むのであればそれでいいか。

「カナ殿やカザミネ殿から貴殿のことは伺っておる、実に楽しみだ」

うん？　なんかさっきから、カナさんとカザミネに落ち着きがないな？　なんかこう、妙にそわそわしている。珍しいこともあるもんだ、いつもあの二人は他のメンツより落ち着いた雰囲気なことが多いのに……このオサカゲさんが原因なんだろうけど、リアルでも何らかの繋がりがあるのかもな。

「ご期待に添えるか分かりませんが……では始めましょうか」

五〇メートルほどの距離を開けての開始となった。これは自分が弓を使うことを考慮しての間合いなのだろう。

なので最初は【八岐の月】を左手に持って、いかにも初手は矢を放つと見えるような構えを取る。一方のオサカゲさんは、ゆっくりと背中の大太刀を抜刀して構えた。そんな中、対戦開始までのカウントダウンが進む。三、二、一……

『GO！』

そのシステムの音声とほぼ同時に、オサカゲが一気に距離を詰めてきた。弓兵相手に距離を取っていたら何もできないままハリネズミにされるだけだから、その行動は間違ってはいない……が、分かりやすく読める展開でもある。右手に【真同化】を具現化して、袈裟懸けに振り降ろされた大太刀の刃を受け止める。

「むう、やはりこの程度の強襲など読まれているか」

オサカゲの呟きに応じるように、自分は左手に握っている【八岐の月】の先端にある四本の爪を、下から上へと振り上げる。気がつくのが一瞬遅れたオサカゲの顔が薄く切り裂かれ、鮮血が僅かに宙を舞った。

「ぐ、その弓の、上下についたものすら武器か！」

顔に四つのひっかき傷を作ったオサカゲが、後ろに飛びのきながら驚きを口にする。もちろん自分としては、それにより生まれた空間を無駄にする気はない。

【真同化】をすぐに腕の中に仕舞いこんで【八岐の月】に矢を番え、頭を狙って放つ。この矢は大太刀による矢切りで対処された。が、オサカゲの表情が渋くなる。

「この重さ、拙者は何を切ったのだ……ただの矢ではないな。いや、その弓か？」

ぶっ飛んだ攻撃力を持つ【八岐の月】から放たれた矢を切ったんだ、そりゃ相応の負担になるだろうよ……〈百里眼〉で見えているぞ、その大太刀の刃が僅かながら欠けたのを。

「申し訳ないが答え合わせはなし、だ」

続けて二射、三射とオサカゲに矢を射かける。オサカゲも最初の一射で矢切りをするのはまずいと感じ取ったんだろう、回避に徹するが、五射目でその左肩に矢が突き刺さる。

「ぐ、ぬうっ……」

苦悶の声を上げるオサカゲだが、大太刀を手放すそぶりは見せない。いや、むしろ目はよりギラつきを増している……いい獲物に出会ったと言わんばかりの目だ。油断したらこちらが一瞬で食われるだろう。

――こういうことが感覚で分かるようになってしまったんだな、自分も。良いことなのか良くないことなのか。

矢を再び番えるが、今度は放たない。おそらくそろそろ向こうが次の手を打ってくる頃合いだと読んだからである。

その読みは当たった、オサカゲは大太刀を自分に向けて投擲してきたのだ。

（受けるのはまずい！）

何かを投げつけた後、追撃のために距離を詰めてくるというのもよくある手段だ。なのでここでは直撃はもちろん、盾によるガードも避けるべきと判断。《大跳躍》を用いて後ろに大きく逃れた。と、背後から殺気が。その殺気の方向へと振り返りながら【真同化】を具現化させて振るうと、金属同士のぶつかり合う音が響く。

「見事、これを防ぐか」

小太刀を右手に持ったオサカゲがそう口にする。一瞬で背後に回っていたらしい……縮地ってやつだろうか？　風魔術の《ウィンドブースター》よりも速く動くことができる手段を持っていたか。もし今の大太刀を盾で防御していたら、背後に回っていたオサカゲに背後からぐっさりと小太刀で貫かれていたわけだ。そして背後から心臓を貫かれたなら即死もありえた、な。

「容易く攻撃が決まっては面白くない、そうだろう？」

この自分のセリフに僅かな笑みを浮かべるオサカゲ。さて、ここからどう攻めようか。

オサカゲの大太刀と自分の【真同化】が鍔迫《つばぜ》り合う中、重力に従って自分の体が地面に降り立つ。その途端、オサカゲが大太刀を力任せに振り払い、こちらを吹き飛ばそうとしてきた。自分はそれを【真同化】の刃の上を滑らせるような形で受け流してから、右足で反撃のローキックを振るう。

が、これはオサカゲの足によって阻まれる。

（しかし、それは流石に体勢的に無理があるだろう）

力任せに大太刀を振るった直後に片足を使って蹴りを防げば、当然バランスを保つのは難しくなる。事実、僅かながらオサカゲの体がぐらついた。好機と見た自分は、右足を戻して軸足とし、回転しながら左足でロー、ミドル、ハイキックをオサカゲの体に次々と叩き込む。

「エルフ流蹴術、《風華蹴《ふうかしゅう》》！」

技名を叫ぶと同時に、飛び蹴りをオサカゲの頭部に叩き込んだ。エルフ流蹴術を使うのは本当に久々だが、あれだけの修練を積んだこの体が動きを忘れているはずがない。手ごたえもばっちりで、オサカゲはまともに食らって吹き飛んだ。かなりのダメージが入ったはず。

そして、追いうちを仕掛けるべく、自分は体の硬直が解けたらすぐに《ウィンドブースター》で吹き飛んでいくオサカゲを追いかける。

オサカゲの吹き飛ぶ勢いが弱まってきたところに、《スライディングチャージ》でダメージを与えながら追いつき、《ハイパワーフルシュート》でオサカゲの体を宙に浮かせる。この辺は格闘ゲームの追いかけてから打ち上げるコンボの感覚だ。

《大跳躍》はまだクールタイム中で使えないので、ここからは弓のアーツでコンボを繋ぐ。

打ち上げたオサカゲの体を狙って、《アローツイスター》を一発、更に《ガトリングアロー》で追い打ちをかけ、その隙に蹴りのアーツである《エコーラッシュ》のチャージに入り、落ちてきたオサカゲの体に叩き込んだ。

が——《エコーラッシュ》を食らって再び吹き飛んだオサカゲが、素早く体勢を立て直した。おいおい、あれだけ打ち込んで効いてないの？

「効いた、効いたぞ！　いいな、実にいいなあ！　これでこそ血が滾《たぎ》るというものよ！」

効いてはいたらしい。が、オサカゲがそんな言葉を口にした途端、彼の体に青と赤のオーラがまとわりつく。なんだこれ⁉　いや、あれは条件によって発動するアーツかもしれない。今回は、体力が残り僅かになったら発動するタイプなんだろう、瀕死になると超強化されるキャラってのは、いろんなゲームにちょくちょくいる。オサカゲもそういうタイプだったというわけか。

「ここまでやられたのは久方ぶりよ、この《窮地《きゅうち》の活力《かつりょく》》が発動するのもな！」

よく見ると、オサカゲの右目が青に、左目が赤に染まっている。どういう効果を持つのかが分からない以上、油断はできない。こういう窮地に追い込まれると強化されるキャラは、純粋にステータスがガツンと上がるタイプ、あるいは特定の技が強化もしくは解禁されるタイプってのがよくあるパターンかな。もちろん、そういうのを全部盛ってるってこともある。さて今回はどうか。

「ふんっ！」

速い、そして重い。大太刀の一撃を再び【真同化】で受け止めたが、先程までとは威力が段違いだ。大太刀をまるで片手剣のような速度で振るい、一撃一撃が大剣のような重さを持っている。間違いなくステータスが強化されている。さて、それだけで済むのか……？

そこから数合刃を交え合ったところで、オサカゲが一瞬で距離を取る。これまた速い、気がついたら距離を開けられているなんて、どういう速度だ。しかし、なぜ近接攻撃がメインのオサカゲが距離を——そこまで考えたとき、自分は左に飛ぶ。

そう、強化によって飛び道具を手に入れている可能性があるからだ。だから危険だと思われる真正面に立つことを嫌ったのだが……

「甘いぞ」

しかし、オサカゲは自分の動きをよく見ていた。大太刀を横に構えたままで、自分の動きをじっくりと見据えていた。そしてこちらが着地すると同時に、オサカゲの大太刀が横一閃に振るわれる。

「《山斬《さんざん》》！」

その大太刀から、バカでかい目に見えるオーラが自分に向かって放たれる。回避は……無理だ。両手の盾を構えて《シールドガード》を発動して耐えるしかない。あとはドラゴンスケイルメイルの防御力と裏魔王のマントの能力を信じるしかない。目の前まで馬鹿でかいオーラが迫り、自分は覚悟を決めた。

オーラがぶつかった途端、激しい痛みが自分の体を襲った。と同時に吹き飛ばされそうになる圧力も。それらをひたすらに歯を食いしばって耐える。

まるで台風の暴風圏を思わせる攻撃だったが、自分の体力を相応に持っていきこそすれど、致命傷には程遠い。これは装備のおかげだな。

「——耐えるか、我が渾身の一撃を！」

青と赤のオッドアイをこちらに向けながら、驚愕と賞賛が入り混じった声を発するオサカゲ。そのオサカゲを見ると、彼の体を取り巻くオーラの量が大きく減っている。なるほど、あのオーラを飛び道具として放ってきたということか。そして、そのオーラが減ったということは……確認すべく、防御態勢を解いて素早く矢を放ってみる。

(明らかに先程までと比べて動きが遅い！)

もちろん鈍足というほどに遅いわけではない。が、先程の気がついたら距離を取られていたほどの突拍子もない速度ではない。これならばいける。

いつ接近戦になってもいいように【真同化】を右腕の中で待機させながら、再び矢を放つ。ただし、【真同化】を出しっぱなしで徐々にMPを減らしているため、ここではアーツは使わずにMPを温存する。

「抜かった、まさか《山斬》を耐える猛者《もさ》がいるとはな」

そんな言葉を発しながら自分の放つ矢に対処しているオサカゲ。だが、抜かったと言いながらもその表情は楽しそうだ。

そして、その体を取り巻くオーラは徐々に回復してきているようだ。このままではまた、馬鹿でかいオーラを放つあのアーツをぶっ放されてしまう。

(あまり時間をかけるのはよくないな)

このままオサカゲのオーラが回復するのに付き合う必要もないだろう。自分が矢を放つ手を止めて前方にダッシュすると、オサカゲは後ろに下がった。やはりオーラの回復待ちか。しかし、大太刀持ちなら接近戦は望むところのはず――

そう考えたとき、自分の頭に一つの仮説が浮かび上がった。

（大技を撃った後の反動か！）

おそらくさっきの《山斬》という技、オーラを消費するだけじゃないのだろう。多分ステータスが一時的に下がるというペナルティも付いているんだ。それを悟られないために、こうして逃げに徹している可能性がある。そして、まんべんなくステータスが下がるんじゃなくて、筋力とか耐久力などの近接戦闘に必要なものが重点的に下がるのかもしれない。

（そうじゃなきゃ、ここまで近接戦闘を嫌う理由がない）

一合でも刃を交わせばバレるぐらいにはっきりとしたレベルで下がるとしたら、これが致命的な問題となることは言うまでもなく……そうして逃げるのを自分は卑怯とは思わない、それも戦法だ。

（それが分かっていて鬼ごっこを続けるのも芸がない。また【真同化】に頼ってしまうけど……）

右腕から服の中を通して、秘かに地面の下に【真同化】を潜らせた。ジャグドのときと同じ手段だが、さて、彼には通じるかな？

逃げるオサカゲを追いながら、自分は手に持っている（ように見える）ほうの【真同化】を伸ばして切りつけてみた。これなら射程範囲内だ。

「なんとっ⁉」

オサカゲは驚愕の声を上げながらも、大太刀を使ってこの攻撃で対処した……が、軽く振っただけの、牽制程度の威力しかない一撃だったにもかかわらず、ぐらりとよろけた。ふむ、どうやら、こちらの読みよりも反動が随分とでかい大技だったようだ。

「なるほど、逃げを打つわけだ。一撃で相手を倒しうる大技であるが故に、反動も大きいか」

オサカゲの表情に変化はない……が、雰囲気で分かる。すぐ持ち直したものの、威圧感が揺らいだからな。

「そして、足を止めてしまったか。遠慮なくいただく」

地面に潜らせておいた【真同化】をオサカゲの右の足元から出現させた。そのまま足元に絡みつかせて逃げられないようにする。弱っている今のオサカゲならば振り払えないだろう。

事実、「しまった、このような手を!?」と言いながら逃れようとするが、拘束系のアーツも使っていない【真同化】を振り払うことができない。

その様子を確認した自分は高く飛び上がる。今回はこの技で決着をつけよう。

空中で蹴りの構えを取った自分の周りに、いくつかの幻影が浮かび上がる……今回は六体か、とどめを刺すには十分だろう。

「奥義、《幻闘乱迅脚《げんとうらんじんきゃく》》!」

「痛風《つうふう》の洞窟」で何度も戦った氷のワーウルフから教えてもらった技。これも使うのは久々だ。『ブルーカラー』のメンバーには初お披露目《ひろめ》だっけか? 見せる機会がなかったからな。

ともかく、【真同化】に右足を掴まれて回避のしようがないオサカゲに対して、自分＋幻影六体分の飛び蹴りが容赦なく突き刺さっていく。

「うおおおおっ⁉」

オサカゲは大太刀を盾のようにして防ごうとしたが……そんなか弱い防御で守れるほどやわな技じゃない。その大太刀ごと自分の飛び蹴りが叩きつけられた後、幻影達の追い打ちが地面に倒れ伏したオサカゲの体を完全に踏み抜いていった。そして浮かび上がる『ＹＯＵ　ＷＩＮ』の文字。

(【八岐の月】の能力は全部なしで戦ってみたが、素の攻撃力だけで十分強いことが再確認できた。相手の大技も余裕を持って防ぐことができて、新しいドラゴンスケイルメイルの性能も証明された。オサカゲさんには悪いが、装備の確認をするような戦いになってしまったな)

武具の能力で一方的に押しつぶすような戦いをしたら、プレイヤースキルを磨けないから、そうしたのだったが……それでも結局そんな感じになってしまったかな……言い訳になってしまうのだけれど、【強化オイル】とかも使わなかったのだから、勘弁してもらいたいところだ。

「――いや、お見事。見事に負けてしまいましたわ」

っと、ＰｖＰフィールドから元の場所に戻ってきて、そこには完全回復したオサカゲさんの姿が。差し出された手を握り、握手する。

「弓と蹴りと変わった剣を用いた連携、実に見事ですな。良い経験をさせてもらいましたぞ」

オサカゲさんは笑顔でそんなことを言ってきたので、自分も「それならばよかったです、こちらこそ良い経験をさせていただきました」と返しておく。

「いや、この世界も良いものです。拙者は最初『作り物の世界で動いても何にもならぬだろう』と思っていた人間なのですが、なかなかどうして、こうした得難い経験をできるのは実に素晴らしい。現実では真剣を用いた果し合いなどできませぬが、こちらなら何度でもやれる。しかも死んでもこうして蘇れるとは、多くの剣豪、猛者と何度でもいくらでも手合わせが叶う。実にぜいたくな話ですな」

この人も、カザミネやカナさんのように、リアルでは何か武道を嗜《たしな》んでいる人なんだろうな。

「ですが、オサカゲ殿の望む戦いにできたかどうか。こちらは搦《から》め手《て》を中心とした戦い方でしたが」

自分の言葉に、オサカゲさんは「いやいや、そんなことはない」と前置きした後で話を続ける。

「虚という面で考えれば、現実でも暗器という物がありますからな。それに鎖鎌《くさりがま》や手裏剣など、刀の間合いの外から攻撃してくる武具も多数ありますぞ。流石に貴殿の持つ剣のような変幻自在な物はなかなかありませぬが、良い経験をさせてもらったことに感謝の念しかありませぬ」

それならばよいのだが。

「アースさん、今回は急なお願いであるにもかかわらず、話をお受けしてくださりありがとうございました。そして先程の戦いを見て色々気になるところもあるのですが……特に、あの《山斬》を受けたにもかかわらず体力があんなに余裕を持っていられた点をはじめ、新調なさった各種装備に、蹴り技などなど……」

そんな言葉をカナさんからかけられた。まあ気持ちは分かるよ、気持ちは。

「装備についてはノーコメント。これはこれからやってくるだろう戦いを見据えて、ドワーフの協力のもと作り上げた弓ってことしか言えない。フィニッシュに使った蹴り技は、ある場所で仲良くなったある人から教わった技だね。《山斬》のダメージが抑えられたのは、装備の能力が運よく発動したからだ」

最後のは嘘だ。もし本当に発動していたら、あの《山斬》がそのまま反射されてオサカゲさんにただいまーしていたところである。そうならなくてよかったよ、そうなっていたら質問攻めがもっとひどいことになっただろうし。

「これこれ、あまりそう人に詰め寄ってものを訊くものではないぞ。とにかく、実に面白い手合わせであった。数多くの見たことのない技や戦い方を見せてもらえるという、実に良き日だ。もっと世界を巡り、様々な事柄を学んでいかねばなるまい」

オサカゲさんはこの世界をもっと旅してみる気になったようだ。ぜひそうしてほしいところだ、いろんな場所に足を運べば、その分いろんな出会いがある。それが常にいいものであるという保証はできないが、そんなことは多分言われなくても分かっているだろう。このオサカゲさん、それなりに年を召した人なんじゃないかと自分は見ている。

「じゃアース、アップデートの一週間前にまたここでな。あ、もちろんその前でも、用事があるなら気軽に呼んでくれていいんだからな？　変な遠慮はなしだぜ？」

そんなツヴァイの言葉に頷いた後、今日はお別れ。もし何かあったらまた声をかけよう。

「という感じで、手合わせには勝利しました」

その後、雨龍さんと砂龍さんに合流して、事の次第を伝えておいた。

「うむ、そうか。【八岐の月】の力に頼らなかったか。その弓は強力だが、それに頼ると腕が腐る。そのようなことは弓も望まぬだろう……今の心構えを忘れるな」

砂龍さんの言葉に頷く。武器は使う物であって、使われるんじゃダメだからね。

「追い込まれてからが本番の猛者もいるということを実際に手合わせして知れたのは、お前にとっても良い経験となったじゃろ」

そこは間違いなく大きな収穫だった。追い込まれてオーラを纏ってからのオサカゲさんの、あの強さときたら。もしかしたら、この先にそういう奴が出てくる可能性は十分にあるのだ。その予行練習ができたのは幸運だろう。

「はい、この体でよく味わいました。あの一撃は忘れられません」

こういった経験は必ずどこかで生きてくる。やってよかったと思わせる手合わせだったな。

11

　オサカゲさんとの手合わせの翌日、自分達は魔王城にやってきていた。そして魔王様のもとへと顔パスで通らせてもらう。

「以上の一三名が、私が推薦する戦士達です。十分な口の堅さと、洗脳されて敵に回ったときに脅威となるレベルの高さを考慮した結果となります」

　そして今、魔王様と四天王の皆さんは、自分の提出した名簿に目を通している。

「このグラッドという者と、その仲間である戦士達の名前は私も知っています。確かに、彼らが洗脳されて敵に回った場合、作戦が台なしにされる可能性は高いと見ます。魔王様、彼らは何としてもこちらに引き込むほうがよろしいかと」

　メイド長を兼任している四天王の一人、リビングアーマーさんがそんなことを言う。そういえばリビングアーマーさんは外の情報にも通じているんだっけな。

「ツヴァイやミリーという者達は、我々に嫌悪感を抱いていない善性の人物でしたね。そして実力も高かったはず……彼らを敵に回すのも愚策と言えるでしょう」

　こちらはエキドナのマドリアさん。ま、反対するとは思っていなかったけどさ。

「つまり、彼ら一三人にだけは作戦を伝えて協力してもらうのに異論はない、ということでよいのだな？」

魔王様の確認に、四天王の皆さんの全員が深く頷いた。これでどうやら、ツヴァイ達とは今回の件で味方として協力し合うことができそうだ。そうじゃなきゃ、普段使わない初見殺しまで使った甲斐がない。

「ありがとうございます。四天王の皆さんもご存知の通り、彼らは味方であれば心強いが、敵に回せばこの上ない恐怖となります。そんな彼らが洗脳されて各国の人々を襲い始めたらどれだけの悲劇が積み重なるか……想像したくもありません。それだけに、彼らのことを受け入れていただけてほっとしております」

この言葉は自分の本心だ。何せプレイヤーだからね……何回倒しても何回でも復活できてしまう。今回は初見殺しで倒せたジャグドだって、次はまず引っかからないだろう。

「なに、心強い勇士の参戦はありがたい話だ。こちらも、作戦に参加する兵士の選抜が先日終わり、例のアンクレットの配布も終わったところだ。アンクレットはそうした行先が決まっている分を除いて、一四個ほど残してある」

よかった、配る数が足りないということは避けられそうだ。以前一四人までの枠はとっておくと言われていたが、状況は常に動くもの。素材不足で物資の確保が難しくなるなんてのはよくある話だ。ましてや今回の素材は、魔王様の遺体という替えが利かないやつだったからなぁ。

「して、この勇士にはどうやって渡す？　貴殿に預けても構わんが？」

魔王様の質問に、自分は予め用意しておいた答えを返す。

「それについてですが……魔王様のお力をお貸しいただけないかと思っております。具体的に申し上げると、この一三人を魔王城に魔法で招いていただき、そこで魔王様から直々にお話をしていただけないかと。彼らも、私から話を聞くよりも魔王様から聞いたほうがより危機感を感じ取り、心を引き締めると思うのです」

つまりは魔王様に話を全部ぶん投げ……いやいや、話をしてもらうことにより、自分が仕掛けたどっきりとかであるという疑いを消す狙いがある。魔王領のトップである魔王様が直に話すことによって、本格的にまずい状況であるとよく理解してもらえるだろう。

「ふむ、貴殿の狙いは分かった。ならば望む時間を教えてもらえれば、こちらで調整するとしよう。いつがよいのだ？」

魔王様に時間を伝えると「うむ、分かった。よい具合にその時間は空いているな。やはり困難に立ち向かう勇士との出会いの場は用意されるものなのだな」と魔王様。

本来ならば魔王様の都合を聞いてからセッティングすべきだったが、色々やっていたこともあって手が回りきらず、順序が逆になってしまった。ありがたいことに今回はたまたま都合が合ったが、これは自分の失態だな。

「急な願いにもかかわらず、快諾して頂けたことに感謝いたします」

自分が頭を下げると、魔王様が「気にすることはない」と言ってくれる。

「先程も言ったが、こちらこそ良い話を持ってきてもらったと思っている。だから気に病むな、貴殿は貴殿でよく動いてくれている」

魔王様の言葉に、自分は一礼する。

あの一三人とは、空に上がった後も連絡を密にとって——と自分が今後の展開を考え始めたところで、再び魔王様が自分に声をかける。

「それともう一つ、ちょうど貴殿がこちらにまで出向いてくれたから聞いておきたいことがある。以前貴殿は、初日に奴らの本拠地に忍び込むと言っていたな？　どういう流れを考えているのかを教えてもらえないだろうか？　現状では意見が真っ二つに割れていてな、決め手がないのだ」

ああ、じゃあ今考えているイメージを魔王様に話そうか。

「分かりました、では空に上がった後にしたいことをお話しします」

まず初日というのは、大勢の人が詰めかけるため、その人混みが個人の特定を阻害する幕となってくれる。そして一斉に様々な所に入るために警備が緩くなる可能性が高い。

これは、イベントの立案から実行までやった人には分かりやすいかもしれない。どんなに念を入れてプランを練りこんでも、想定外は起こるのだ。

「私は、そういった初日にしか生まれない隙に付け込もうと考えています」

次にどこまで忍び込むかだが……無理はしないこと、情報の切れ端を集めるにとどめること、中枢に入り過ぎて全体の警備レベルを上げるような真似をしないこと。これらを前提とする。

「本拠地で得られる情報ならば、切れ端を知るだけでも何らかの計画のしっぽを見つけることが可能であると考えています。警備が一番厳しい本拠地中枢に事前情報もなく飛び込むのは、無謀を通り越して愚かとしか言いようがないですからね。浅い所であっても本拠地であることには変わりはありませんから、通常なら手に入らない情報も得ることができる、と考えました」

この自分の説明に、魔王様は「ふむ……」と呟いた後にしばし思考。そしてもう一つ質問を投げかけてきた。

「話を聞くに、奴らが初日に自分達の中枢に人々を呼び込むことを前提としているように感じる。なぜそのような考えを持つに至った？」

ああ、そこか。うん、それは。

「あいつらだからですよ、魔王殿。あの自信過剰で、地上に生きる我々などいつでもどうにでもできると考えている奴らなら、おそらく初日は自分達の本拠地で、自分達の威光と強大さを示すための盛大なパレードなり演説なりをやるはずだと考えたのです。傲慢が服を着て羽根をつけて空に浮かんでいるような奴らですから」

これは【真同化】の記憶をもとにした仮説だ。こちらのことなど遊びの駒くらいにしか考えていない連中だ。初日にいきなり忍び込んでくる奴がいるとは、夢にも思っていない。万が一いたとしても、自分達の力の前では何もできないと考えてふんぞり返っているだろう、と自分は読む。奴らがそんな考えを改める前に、蟻の一穴を開けてやる。そこから奴らを崩すのだ。

「なるほどな、確かに残された資料を見ても、誠実のせの字もない連中ではあるな。確かにその傲慢さ故に細かい隙はありそうだ。そしてその点を突いて最初の傷を作り、徐々に腐らせるか……分かった、今の話を考慮して相談を進めてみよう。ただし言っておくが、極端な無茶はしてくれるな。貴殿も立派な戦力なのだからな、欠けることは許されんぞ」

そんな魔王様とのやり取りも終わり、この日は魔王城を後にした。

◆
◆
◆

そして時間は流れていき、ついにアップデートの一週間前、ツヴァイやグラッド達が魔王城に呼び出される日を迎えた。

「来たぞ」

グラッド達と、少し前にやってきていた『ブルーカラー』の面々が軽い挨拶を交わす。

「あれ？　まだ時間前だよね？」

ガルの確認に、自分は頷く。今は午後八時五五分、約束の五分前にやってきているのだから、十分早いと言えるだろう。

「ゼッドに『俺だけ別行動かよ』と少し恨みがましく言われたけど、今日はしょうがないわよねぇ？」

ゼラァの言葉にまた頷く自分。ゼッドだけ省くのはちょっと悩んだんだが、それでもやっぱりゼッドという人物が分からん以上は、今回の話に噛ませるわけにはいかなかった。彼には申し訳ないとも思うが、ドライに割り切らせていただく。

「じゃあ、すまないがこの小屋の中に入ってほしい」

再び集まった一三人を二週間前に使った小屋の中に招き入れ、最後に自分も入ったら、内側から簡素なカギをかける。そしてメンツをもう一度確認した後、小屋にある窓全てに布をかけていく。

「――ふむ、こうしてまで他の者には見せたくないことを、これからやるということか」

自分の行動を見たレイジが言う。

それにあえて返答はせず、全ての窓に布をかけたこと、そう簡単には取れないように固定されたことも確認。《危険察知》で確認しても、この小屋に急いで近づいてくる存在はないな。始めるか。

「待たせて申し訳ない。では円陣を組む感じで、自分の周囲にぐるっと集まってもらえないかな？」

自分の要請に首をひねりつつも、一三人は言った通りにしてくれた。

自分は懐から小さな水晶の呼び鈴を取り出す。映画などで、館の主人が鳴らすとどこからともなく執事が「ご主人様、なんでございましょうか」と出てくるあれだ。

「呼び鈴？」

ロナの疑問の声が聞こえても気にせず、自分はその呼び鈴を軽く振る。呼び鈴は涼やかな音を立ててその役目を果たす――と同時に魔法陣が足元に出現し、自分達を瞬間移動させた。

これは魔王様との事前の話し合いで、この小屋の中に魔族の技師の力で魔法陣を仕込み、一回だけの使い捨てで瞬間移動を可能としたものだ。その移動先は——

「来てくれたな、勇士達よ」

魔王城の外に急遽建てられた小さな建物。そこに現れた自分達を出迎えてくれたのはマドリアさん。これも魔王様との打ち合わせ通りである。

「えっ、魔族の四天王の一人であるあなたがなぜここに⁉」

カザミネはマドリアさんの登場に驚いている。大物がいきなり出てくれば無理もないか。

「ふむ、そこの剣士らと会うのは久しぶりか。だが半数は初対面だな。私はマドリア、現魔王様の補佐をする四天王の一人だ。そしてここは魔王城の敷地内だ。驚いたかもしれんが、嘘ではない。大声を出したりせぬように頼むぞ」

説明しろ、という一三の視線が自分に一斉に向けられる。気持ちは分かるが……

「そのあたりの説明も、この先にいる方が全部してくれる。それに、自分から聞くよりよっぽど気が引き締まるから」

そう言っておき、魔王城の中に入ってもらう。その際に、みんなの武器は兵士に預けてもらった。自分は預けなくてもいい立場なんだが、一人だけ預けないでいいのはなぜかと質問が続きそうなので、同じくそうした。

「魔王城に入る日が来るなんてな」

「初めて入りましたよ〜、すごい所ですね〜」

「ゼッドが聞いたら悔しがるだろうな」

「さすが魔王城、メイド達一人ひとりが生半可《なまはんか》な強さじゃねえ。力押しだと絶対に勝てねえな」

「こんな綺麗な場所、縁がないと思ってたよ」

グラッド達がそんな会話をしつつ、マドリアさんの後について歩くこと二十分ぐらいか？　ある扉の前でマドリアさんが足（エキドナだから下半身は蛇なのだが）を止め、こちらを振り返る。

「この先に、貴殿らが連れてこられた理由を説明してくださる方がいらっしゃる。大体予想はできると思うが、決して粗相《そそう》のないようにな。過ぎた真似をすれば、勇士といえど叩き出して私が首を狩るぞ、よいな？」

これで扉の向こうにいるのが魔王様だと全員が理解し、素直に頷く。そしてマドリアさんの手で扉が開けられると、そこにはすでに魔王様がスタンバイしていた。

「勇士達よ、よく来てくれた。まずはそのことに感謝を。そなたらがなぜここに連れてこられたか、この私から説明させてもらう。ひとまず椅子に腰を下ろし、紅茶で喉を湿《しめ》されよ」

魔王様を前にして数人が軽く固まったが、それでも何とか全員が長いテーブルに一列に並んで座り、紅茶に手をつけた。

「落ち着いたか？　では、話を始めさせてもらおう」

そして魔王様の口から、空にいる有翼人についての説明と、奴らが洗脳技術を使って地上を支配しようとしている可能性が高いこと、そして今日一三人がここに集められた理由などが伝えられた。

「ま、魔王様。無礼を承知で質問いたします。間違いないのですか？　その、有翼人というのがそんな大悪党であるというのは？」

カザミネの震えが入った声での質問に対して、魔王様は――

「残念ながら事実だ。その兆候が魔王領をはじめあちこちに出てきている。そして……お二方、こちらに来てほしい」

魔王様に呼ばれて出てきたのは雨龍さんと砂龍さん。これも事前の打ち合わせ通りである。

「彼らは見た目は龍族だが、その実体は龍神。龍神は本来、龍の国の外に出てはならぬという鉄の掟がある。しかし、今回はその鉄の掟を曲げてまで、我らと連携を図りながらこの後に始まる戦いに備えているのだ。そして、秘かに動いている国は我ら魔王領と龍の国の他にもある」

次はレイジが手を挙げた。

「魔王様、恐れながら私からも質問があります。それだけの悪党だというのであれば、万人に向けて広く発表し、連合軍を作って対抗すべきではないのでしょうか？」

この質問に、魔王様は首を横に振る。

「その意見も分からぬことはない。だが、そういう動きを見せてしまうと、奴らがどう動くのかが分からなくなってしまう。なのでこちらの初手では奴らの狙いを知らないように見せかけておき、その間に情報を集めねばならぬのだ。そして――アレを勇士達の前に用意せよ」

魔王様の指示で、例の洗脳対策のアンクレットが一三個、テーブルに置かれる。自分はすでに装備しているのでその分はなしだ。

「洗脳に抵抗できるこのアンクレットの数が絶対的に少ないのだ。決して奪われぬように気をつけてくれ。このアンクレット自体が機密の塊でもあるからな」

早速アンクレットを手にしたグラッドが手を挙げたが、それをゼラァが無理やり降ろさせた。

「ゼラァ、何を――」

「あんたは敬語ができないんだから黙ってな、アタシが聞くから。えーっと魔王様、このアンクレットはなぜ数が少ないのですか？　もし材料が足りないというのであれば、こちらも伝手を使って集められるだけ集めますが？」

「無理だ。そのアンクレットの材料となったのはな、数代前に魔王の座についていた者の遺体なのだ。そしてその材料は全て余すところなく使い切った。数が少ないのにはそういった理由があるのだ……そしてその数代前の魔王こそが、空の者達が悪事を企てていることを、特殊な方法で今を生きる我々に伝えてきた当人でもある」

魔王様の返答に「このアンクレットが……遺体から!?」と驚きの声が上がった。それに対してマドリアさんの眉毛がピクッとしたが……こちらがアンクレットを汚い物のように扱うのではなく、恐る恐る触れるようになったのを見て、それ以上の動きを見せなかった。

「そのため、少数精鋭という形にせざるを得なかった。他の共に戦う者達にもすでにこのアンクレットを渡している……そして、これも身に着けてもらいたい」

　更にもう一つ、ブロンズ色に鈍く輝くブレスレットが出てきた。ぎりぎりで完成した、魔王様の作品だ。

「こちらは装備した者同士で会話ができるという魔道具だ。言うまでもないが、これらを空の者に取られるのは絶対に避けるのはもちろんのこと、他の者に見せたりすることも禁じさせてもらう。今回の一件、情報を集め終えて決戦を仕掛けるところに持っていくまでに作戦がバレてしまえば、全てが終わる。推薦人のアースからそなたらの口が堅いとは聞いているが、念を押させてもらう」

　この魔王様の発言で、再び自分に突き刺さる視線。まあしょうがないんだけどさ。

「ごめん魔王様、僕からも一つ質問があるんだけど」

　今度はガルが手を挙げた。

「話は大体分かったし、空の連中を放置しておけばとんでもないことになるってのも分かったよ。でもそうなると、ここまでの話を先んじて知っているアース君はいったい何者？ってところが気になるんだけど。こんな機密に深く関わっているだけじゃなく、参加させる人員を連れてくることを許されているってところが特に」

　あー、ついにそこを突いてきたか。うん、無理もない。一プレイヤーとしておかしい点が多々あることは自分自身も自覚してるし。

　自分が、話してもよろしいですか？という意思を込めた視線を送ると、魔王様は頷いた。なら、このメンツにだけは話そうか。

「それに関しては自分から。まずは見てもらうのが早いか……《偶像の魔王》！」

自分は変身を発動して、魔王状態へと姿を変えた。その姿に視線が集まり、説明しろ！という雰囲気がプンプン漂う。十分に見せたら変身を解除して元の姿に戻った。限りある変身時間を節約したいからね。カザミネやレイジはこの姿を知っているが、あれこれ言うつもりはなさそうだ。

「と、まあ……変身中だけとはいえ、自分も魔王になれちゃうんだよ。だからこそこの一件に関しては、現魔王様と連携して水面下で事に当たってきたんだ」

自分の発言に数人ほどが顎《あご》が外れそうなほどに大きな口を開けている。分かるよ、言っていることが無茶苦茶だからね。元々知っていた『ブルーカラー』の一部メンツは苦笑しているが。

「彼の言ったことは、見ての通り本当だ。いや、彼を魔王にしたのは他ならぬ私なのだ」

今度は、この発言をした魔王様に視線が集まる。そして魔王様は、国家機密である魔力の暴走に関してははぐらかしながらも、自分が魔王の力を得ることになった一件をかいつまんで説明した。

「――――ということでな。つまり緊急事態を打破するために危険すぎる賭けに乗った結果というわけだ。貴殿らは試そうなどと思ってくれるなよ？　彼は百に一つの確率を掴み取っただけであって、大半は消滅するか制御できない化け物になるかの運命だ。魔王の魔力をその身に受けるとは、そういうことなのだ」

話を聞いたツヴァイが、自分の肩に手を置きながらボソッと呟いた。

「事情は分かったが、また無茶してるなぁ。じゃああのときの光は、アースがやらかした結果だったってことか」

「やらかしたって、そりゃないよツヴァイ……」

それしかなかったんだっての、あのときの勝ち筋は。

「彼の貢献がなければ魔王領にどれだけの被害が出ていたか分からん。無茶だとは思うが、あのときにとれる手段は確かにその一つだけだった。だから私は、彼が魔王を冠した変身を得たことに対して何の制限もかけていない。もっとも、彼は自らその変身を多くの人に見せないようにしてくれていたようだがね」

仮初《かりそ》めの魔王だとしても、むやみやたらと人の目に見せるものではない。目立つ目立たない以前に、現魔王様に迷惑をかけるわけにはいかない。

「アースさんは、見事に人間をやめたんですね～」

「いや、半分だけだから、半分」

「半分でもやめてるって時点で十分にぶっ飛んでるよ……」

ミリーの言葉に反論したら、すかさずノーラから突っ込みが飛んできた。そのツッコミには反論しようがないので言葉に詰まる。称号にすら、人間半分やめましたってのがあるからなー。

「まあ、そういうことがあって彼は我々との繋がりが深い。だから勇士を選抜して連れてくることも認めたというわけだ。この点も内密に頼むぞ？」

魔王様がいたずらっ子みたいな表情を浮かべながら、右手の人差し指を自分の口に当てるジェスチャーをする。

その表情が不意打ちだったのか、ツヴァイとジャグドの顔が明らかに赤くなった。ちなみにツヴァイはその直後、ミリーに後頭部をビンタするように叩かれて、机に顔を強《したた》かにぶつけていた。

「正直なところ、彼が動いてくれなければ未だに対抗策や攻め込む段取りができていたかどうか怪しい。今回の戦いに勝てば、彼は地上の人々を護った功労者の一人となるだろう。もっとも、彼自身はそうして目立つことは避けたいようだが」

魔王様の言葉に、自分は頷く。自分は今まで知り合った人々が悲惨な目に遭わないように動いているだけであって、英雄になりたいとか功労者として認めてほしいとかって気持ちはない。英雄になりたい人がいるなら止めはしないが、自分がなるのは御免蒙る。性《しょう》に合わないってやつだ。

「なので、彼の貢献はその大きさに比してごく僅かな者しか知らぬわけだ。様々な活躍や戦いで、大々的に名を広めてきた貴殿らとは正反対の生き方と言えるだろう。むろん、どちらが正しくてどちらが間違っているという話ではないぞ？　勘違いをせぬようにな」

魔王様の言う通り、これは考え方や生き方の違いってだけの話に過ぎない。

「なるほど、妙に長い間アースの音沙汰《おとさた》がないときってのは、やっぱりそういうことをしていたわけだな」

レイジはそんな風にうんうんと頷いていた。そればっかりじゃないんだけど、まあ言わなくてもいいだろう。

「なんにせよ、魔王様。ここに集まったお……私達『ブルーカラー』のメンバーは、魔王様と協力して、空の連中の侵攻を食い止めるよう協力することを、ここで改めて表明します。このまま放置はできない」

これはツヴァイ。危うく『俺《おれ》』と言いかけたようだが、何とか修正できたようだ。

今の言葉を聞いた魔王様は満足げに頷く。

「こちらも同じく、今回の一件の終息まで協力することを誓いますわ。いいわよね、グラッド？」

「構わねえ。ふざけた連中を放置はできねえし、そもそもアースがこっちのつけた条件を呑んだ時点で、協力すると決めていたんだからよ。ここで掌《てのひら》を返すような真似をするなんて選択は、はなっからねえな」

「グラッド、魔王様の前なんだからもうちょっと言葉の使い方をよ……魔王様、すみません」

ゼラァの言葉にグラッドの言葉が続き、ジャグドがグラッドの言葉遣いを窘《たしな》める。まあ、協力を改めて申し出る内容だったこともあって、魔王様が不快感を示すことはなかった。むしろマドリアさんが少々危うかったが、制裁するレベルではないと判断されたのか、大事にはならずに済んだ。素早いジャグドのフォローもよかったんだろう。

「うむ、勇士達の協力を嬉しく思う。貴殿らには遊撃戦力として、こちらではやりにくい行動を担当してもらうことになる。先程渡した連絡用の魔道具で情報のやり取りを行う故、今すぐに身に着けてもらい、今回の一件が完全に終わるまで外さないように頼む」
魔王様の言葉に従い、通信魔道具のブレスレットを全員が装着する。
〔ではテストだ、聞こえているか？〕
全員が装着し終えて再び椅子に座り直したところ、右の耳元でそんな声が聞こえた。
〔右耳にこの声が聞こえているのであれば、左手を上げてほしい〕
素直に左手を上げる……他のメンバーも全員上げているな。
〔よし、問題はなさそうだな。では、次は話すほうを試すぞ〕
聞きとれるだけじゃなくて、重要な情報を掴んだときはこちらも話せないと困るからな。ここで使い方をきちんと学んでおかなきゃな。
〔まずは話したいという意思をしっかりと持ち、カチカチカチと三回歯を噛み鳴らせ。アース殿、試しにやってみてほしい〕
ふむ、ではやってみるか。通話したいとしっかり考えてから、歯を三回噛み鳴らす。すると、何かが右耳に触るような感覚がある。これで繋がったということなのかな？　とりあえず試しに——
〔あーあー、マイクテスマイクテス。本日は晴天なり、本日は晴天なり〕
自分がこう言うと、数人がずっこけるような仕草をした。いや、最初のマイクテストと言ったらこの言葉でしょ？
〔もうちょっと、他の言葉はなかったのかよアース……〕

おっと、この声はツヴァイか。この後も各自めいめいに会話に参加できたことで、通信魔道具が問題なく使えることが分かった。

〔では最後に通話の切り方だ。通話を終了したいと考えながら、舌で下の歯を左側から右側へと舐《な》めるように動かしてくれ〕

言われたようにやってみると、右耳に感じていた微《かす》かな感覚がなくなった。どうやら無事解除されたらしい。

「起動中、右耳に僅かな感触があったと思うが、それは感じたかな？　もし感じなかったならば言ってくれ、再調整を行う必要がある」

この魔王様の問いに手を挙げる者はいなかった。全員の魔道具がきちんと動いたようだ。

「ふむ、ならばよい。一つ付け加えると、聞くのを止める方法はない。時としてやかましく感じるだろうが、重要な情報を聞き漏らすことがないようにするためだ。理解を願いたい」

ああ、いつ何時どんな情報が入る分からないものな。

「なお、この通信魔道具が正式に稼働するのは、空の奴らがそなたらを誘い始める当日となる。今日はあくまでテストのために起動させていただけに過ぎない」

これだけ融通が利く通信を可能とする魔道具、運用するにはそれなりのコストが掛かるはずだ。どういう風に支払っているのか分からないが、それだけのコストを本番前から消費するのはもったいないってのは自然な考え方だ。

「それまでの間は、魔王城で英気を養っていてもらって構わない……と言いたかったのだが。すまないがこの後はすぐに転送で戻ってもらう。何せ奴らのいる場所は空の上だ。もし貴殿らが魔王城から出ていくところを上から見られていたら、奴らに警戒される理由を作ってしまうことになる。できるだけ警戒されずに奴らの柔らかい所に噛みついてもらうためにも、今は我慢をしてもらわねばならぬ」

魔王様がこう言うと、「もてなしは勝った後でお願いします」なんてことをジャグドが口走ったが、魔王様は「むろん、勝利した後の宴《うたげ》は盛大に行うつもりだ、期待していてくれ」と茶目っ気のある顔で返していた。

なんにせよ、険悪な空気にならずに話し合いが終わってほっとした。

「それとアース殿、貴殿から以前聞いた例の作戦に対する認否の結果が出た——これを読んだら即座に燃やしてほしい」

と、一通の手紙を渡された。初日に潜り込む件に関してか。受け取った手紙はすぐにアイテムボックスの中に仕舞っておく。

「では、案内の者の指示に従い、転送にて帰られよ。此度の戦い、くれぐれもよろしく頼む」

そう言って、魔王様は頭を下げた。一国の王が頭を下げるとは、それだけこちらに大きな期待をかけているのがよく分かろうというものだ。

「では、こちらへどうぞ」

帰りの案内役はメイド長でもあるリビングアーマーさんのようだ。

多分防犯上の理由で来た時とは別の通路を案内されて歩くこと数分。いかにもという部屋に通された。下には魔法陣が描かれ、調度品が何もない。おそらく魔法を阻害する物を取り除くとこんなシンプルな部屋になったのだろう。

なお、雨龍さんと砂龍さんとはいったんここでお別れ。あとで合流することになっている。

「転送先は皆さまが元いた小屋の中となっております。それでは皆様、作戦決行時まではどのような方に話を振られても、今回の件を喋らぬようにお願いいたします。ごく一部ではありますが、各国のトップには話を通しておりますので、万が一あなた方から話を聞き出そうと近寄ってくる者達がいた場合、それは空のスパイと考えていただいて結構です」

リビングアーマーさんの言葉に頷いた後、魔法陣の上に移動。この魔法陣の上に立っている人を転送することができる仕組みだそうだ。

ちなみに転送先は街中限定で、ダンジョンとかフィールドの特定の場所に飛ばすことはできないと、ここに来るまでの間に説明を受けた。

やっぱり魔法もそこまで便利なものじゃないんだね……いや、転送ができる時点で十分すぎるほどに便利か。

「では、転送を開始いたします。作戦などは皆さまにお渡しした魔道具を通じて伝えられますので、それまでの間は自由行動になります。空の上では補給がままならぬことになる可能性もございます。

事前準備を怠《おこた》らぬようにしてください」

そう言い終えたリビングアーマーさんが手を軽く振ると、足元の魔法陣が発光。その光に包まれたかと思うと、自分達は今日集まったあの小屋の中にいた。少しだけ目が回る感じがしたが、すぐに収まる。

「本当に、帰ってきたのか……」

ツヴァイが布をかけて目隠ししてある窓から少しだけ顔を出して周囲を確認し、無事に元の場所に戻ってきたことを実感しているようだ。

「アース、てめえの誘いに乗って正解だった。これで次のアップデート後ががぜん面白くなってきやがったぜ……じゃあ俺達は行くぜ、次に会うのは奴らとやり合うときだな。お前ら、行くぞ」

グラッドはそう言い残すと、パーティメンバーの五人を連れてさっさと小屋を後にした。

「んじゃ、こちらも出ましょうか。ここに長居したら、誰かにいらぬ探りを入れられるかもだし」

自分の言葉に『ブルーカラー』のメンバー達が頷き、一緒に外に出る。ここからはもう先程までのことは口にできない。他のプレイヤー達に事の次第を喋れるのは、全てが終わった後だなぁ。そもそも話す機会もないだろうけど。

「じゃあ、アース。アプデ前に手伝ってほしいことができたら遠慮せず呼べよ？　できる範囲で力は貸すからよ！」

ツヴァイの言葉に「そのときはよろしく頼むよ」と返してお別れする。

この日はこれでログアウトだ。アップデートが来るまでの数日間、有意義に過ごさないと。

12

アップデート三日前。公式サイトや各種掲示板は、今回のアップデートに関連する話で盛り上がっている。何も知らなきゃ、自分も一緒に盛り上がれたんだがなぁ。

「アース、僅かな時が過ぎればいよいよ始まる。やり残しは今のうちに片しておくのじゃぞ？」

雨龍さんの言葉に頷くが、思いつくやり残しはない。薬草は各協力者のおかげで所持数限界までアイテムボックスに入っているし、装備も異常なし。もし何かあっても、【復活玉《ふっかつだま》】という装備回復アイテムもまだ残っている。先日魔王様から受け取った手紙はちゃんと焼却処分済みだ。

「やるべきことは全て済ませました。あとは始まるのを待つだけです」

雨龍さんに答えながら、魔王様の手紙を思い出す。そこには『可。ただし深入りは否』とだけ書いてあった。あと、その手紙に挟むようにして、何かの粉末を包んだ紙が五つ入っていた。これは使い捨ての魔道具で、この粉末をまき散らすと認識されにくくなる効果があるそうだ。潜入の手助けにということだろう。

「そうか。ならば今やるべきは、休息して体にまだ残っている疲労を抜くことじゃな」

雨龍さんと砂龍さんに体をチェックしてもらったところ、この様子ならアップデート完了の一日前に疲労が完全に抜けるとのことだった。間に合いそうになければ薬を用いる予定だったらしいが、そうせずに済んだのは良かったとは砂龍さんの言。薬で無理やり疲労を抜くという方法があまりよろしくないのは、こちらの世界も変わらないようだ。

「しかし雨龍よ、その盾はもう一つ用意できぬのか？」

「もう何べんも無理と言うておるじゃろ、作ることはできても、戦いが始まる前に用意するには時が足りぬわ」

そう言われても砂龍さんは、雨龍さんがクラネスさんに作ってもらったガトリング（？）機構付き大盾をチラチラと眺めている。実はこのやり取り、今日に始まったことではない。

自分と合流する前、雨龍さんは砂龍さんにこの盾がどういう物なのかを説明し、一回使わせたそうだ。すると、龍神にとっては大した魔力消費でもないのに、無数の弾が次々と撃ち出されて目標をすり潰す光景に、砂龍さんは魅了されてしまったという。

で、そこから砂龍さんの欲しがりが始まった。雨龍さんにとってこれは誤算だったらしく、少々疲れた顔を隠していない。

少々のやり取り（なお、そのやり取りの内容は一切聞いていない。藪《やぶ》をつつきたくはない……蛇どころか龍が出てくるのが分かっているのに）があった後、諦めはした……が、さっきの感じからすると、自分用のやつが欲しいという考えに移っただけなんだろうな。

「こんなことであれば、地下へは我が行くべきであった。空の一件が終われば我らはすぐさま龍の国に帰らねばならぬ……注文に行く時間はあっても受け取れぬ……」

砂龍さんはそんなことを言いながら、ちらりちらりと自分を見るのだ。子供か！　まるで友達が持っているおもちゃが気に入ってしまい、買ってほしいと親にねだるような姿だ。その一方で雨龍さんは余裕の笑みを浮かべつつ、わがままを聞いてやる必要はないぞ？という意味を込めた視線を自分に送ってくるのだ。

「それも縁よ。潔《いさぎよ》く諦めるがよい」

という雨龍さんの言葉に、砂龍さんがぐぬぬと声を漏らす。今まで見てきた砂龍さんのイメージなんか木っ端微塵である。

「では聞くがな、逆の立場だったとして、お前なら潔く諦められるのか？」

をい、これは完全に不毛な戦いが始まる流れなんですが。

「――あ、諦められるとも。お主とは違う」

雨龍さん、それだけ絞り出すのに数分かかってますよ。更に言えば声が震えてますよ。

「その言葉に説得力を微塵も感じぬのは我だけか？　アースもそう思うだろう？」

ぎゃー！　そしてやっぱりこっちに話を振ってきた！　静かにお茶を飲みながら部屋の置物と化していたのに！

誰であっても、こんなときはどう返答すれば角が立たずに済むかを考えるだろう。だが無情なるかな、そんなものはどこにもないのだ。

　片方の肩を持てばもう片方はつまらない。かといってどっちつかずのことを言えば、両者から白黒はっきりするべきだって責められるんだ。今までの人生経験ではいつもそうだった！　そしてきっとこれからもそうだろう。

「アースは関係ないではないか。この話はお主とわらわだけの話じゃろう？」

　第三者を入れてなるものかと雨龍さんが止めに来た。だが砂龍さんは止まらない。

「アースとて新しい盾を手にしているではないか。しかもそちらはそちらで非常に興味深い能力を持っている。ならば我にも何かしら作ってもらってもよかったのではないか？」

　おいおい、今度はこっちのアンカー付き盾にも食いついてきちゃったぞ……砂龍さんってこういうメカ的な機構も好きなのかね？　いや、多分メイドのときと同じパターンだな。元々知らなかったが、見た途端に火がついたんだろ、リアルの知り合いでも数人いた。見ただけだとふーん、ぐらいの軽い反応だったのに、手に持ったらめちゃくちゃ嵌っていった奴が。一人はダーツ、一人はビリヤード、もう一人は対戦系の爆弾ゲームだったかな。

「だったら我らが行くときにそう言えばよかったではないか。言わずに感じてくれというのは無茶な要求じゃぞ？　話さねば相手には意思が伝わらぬ、これは当然じゃろうが」

　ああ、雨龍さんの意見には賛成だ。たまにいるんだよ、言わなくたってやってくれればいいじゃないかって言ってくる人が……たとえ同じ現場で働き続けたって、阿吽《あうん》の呼吸になれる人なんてめったにいないんだ。あれをくれ、これ出して、なんてハッキリしない言い方で全て通じるなんて思わないでほしいんだよな。なのにそんなことを当たり前に要求してくる……その頭、カツラだって知ってんだからな？　いつか思い知らせ――いかんいかん、黒い部分が出すぎた。

「確かにアースには無理な注文だろう。そこは分かっておる。故に我が言っているのはアースにではなく雨龍、お前だ。それに我らは念話もできるのだから、こういう物があるが欲しいか？と確認くらいできたはずだろう？」

こう砂龍さんに迫られ、再び言葉に詰まる雨龍さん。ああ、ドラゴンさん達と同じことがこのお二人もできるのね。

そして無言になる二人。だがお互いに視線は一切逸らさず、二人の間に火花が散るような緊張感が……って、本当に物理的に火花が散ってるんですが!?

「やるのか？」

「当然じゃろ」

この会話の後、二人の姿が消えた。多分どこかで殴り合いでも始めたんだろ。流石にここらでおっぱじめたら周りに大きな被害が出ると分かる理性は残っていたようでよかった。

さて、静かになったし、じっくりお茶を楽しむか。あの二人は本気で殴り合っても一日経てば治る生命力を持ってるはずだから、心配するだけ無駄だ。そう思ってのんびりし始めたところに――

『聞こえるか？　アースよ』

この声は。なんとドラゴン族の王様から念話が飛んできた。

『お久しぶりでございます、王様。何かありましたか』

なんだろ？　何か問題でも起きたのかな？

『いやいや、これといった問題があったわけではない。ただ、我らは空の上で共に戦う戦友となるわけだろう？　だからお互いの武運を祈っておこうと思ってな』

そういうことか。普段話しかけてこない人……じゃなかった、ドラゴンさんから念話が来たから、またお姫様が国から抜け出したとかの問題でも発生したのかと思った。

『そうですね、お互い無事に戦い抜いて生還できるように、武運を祈りましょうか。もちろん、空の連中を止めることが最優先ですが』

自分の伝えた言葉に同意が返ってくる。

『此度の一戦に負けは許されん。かつてのゲヘナクロスとの戦いのときよりも敵は強大、しかも共に戦う友は少ない。それでも、選《え》り抜《ぬ》きの精鋭が集《つど》ったと私は信じている。次に言葉を交わすときは、戦勝の宴としようではないか』

そう、だな。そういう結末でめでたしめでたしとできるのが一番いい。

『ええ、そういう結末で終えられるように全力で戦いますよ』

『うむ、我も全力で事に当たろう。では、またな』

そうして念話は切れたが、まだ雨龍さんと砂龍さんは戻ってこない。ま、のんびり待つか……

いよいよ）雑談掲示板　No.5471（大型アプデ！

211：名無しの冒険者 ID：Fwf5wdAs4
はーい、ついにメンテ入りました！
メンテが明けたらついに空の世界が実装ですよー！

212：名無しの冒険者 ID：j32i5E2wD
あー楽しみだ
早くメンテ終わってくれ！

213：名無しの冒険者 ID：wadd6wFTw
しかし無情！
今回もメンテは丸二日がかりでございます

もう「ワンモア」のお約束だね、大型アプデ前のメンテに数日かかるのは

214：名無しの冒険者 ID：パーティ h52gWd1
まあしょうがない、慣れた
ＶＲだから不具合出たときの対処が大変なんだろう

215：名無しの冒険者 ID：Pyj5bgdWs
不具合出て雰囲気ぶち壊されるよりは、
時間かかってもしっかりメンテしてくれたほうがいいよ

216：名無しの冒険者 ID：d5gRw52dw
長い！
丸二日、俺は何をすればいいんだ

217：名無しの冒険者 ID：RHTTsdra6
同じく、誰か教えてくれ！

218：名無しの冒険者 ID：5edf5edfd

テンプレっぽいけど学校行けよ、勉強しろよ、仕事しろよ、寝ろよ
生活習慣ガタガタになってねーだろうな？　リアルが一番大事なんだぞ？

219：名無しの冒険者 ID：Usrt2fdnb

だな、リアル優先は当たり前
寝不足気味な奴は、この二日間は早めに寝ておけばいいじゃないか
俺はそうする、お前だってそうするだろ？

220：名無しの冒険者 ID：OF21cE67w

寝れる人は寝てくれ
俺か？　俺は、その、仕事だ
ついでに言うと、今忙しい時期だからアプデ後もちょっとしか遊べない

221：名無しの冒険者 ID：oGD2dV3zX

な、なむ
お仕事はしょうがないよね、働かなきゃご飯食べれないんだし

222：名無しの冒険者 ID：UJrd52wdf

そこが社会人の辛いとこよ。でも遅かれ早かれみんなそうなるんだ

223：名無しの冒険者 ID：Xd3fWQ2ed

やめて！　そんな現実を突きつけないで！
就活、お祈りメール、うっ、頭が痛い！

224：名無しの冒険者 ID：Hes65xasw

切実な叫びがこだましてそうだ

225：名無しの冒険者 ID：UJIsd52iW

そして見事にアップデートの話はなし、とw　皆さん話すことはないの？

226：名無しの冒険者 ID：RUYery5qx
　ここまでで大体出尽くしちゃってるっしょ
　あとはいかに準備を整えられたかどうか次第か

227：名無しの冒険者 ID：Otrsdg2dw
　スキルレベルの追い上げしてました

228：名無しの冒険者 ID：fd2jFWw1c
　同じく
　片手剣のスキルレベルがあとちょっとで上位になりそうで必死でやってた

229：名無しの冒険者 ID：Ff5wdvcwX
　そこもみんな一緒か
　空の世界にもモンスターはいるだろうから、鍛えておかないとまずいよね

230：名無しの冒険者 ID：DX32dQf8w
　モンスターに関しては、公式もちょっぴりしか情報出さなかったよーな

231：名無しの冒険者 ID：THarg2uir
　いつものこといつものこと
「ワンモア」は自分で実際に行ってみて戦って知れって感じだからね

232：名無しの冒険者 ID：Otdg59dxc
　だな
　ただやっぱり空を飛んでる敵は多そう
　対空能力が低いとかなりつらいことになりそうなのが怖い

233：名無しの冒険者 ID：Irsf32dww
　スキル構成によっては近接オンリーの人もいるからなあ
　特に片手剣と片手斧がそうなりやすい

234：名無しの冒険者 ID：dfsd2rXwd
　タンカーなら味方に任せりゃいい、一人で全部やる必要なし
　ソロの奴は……うん、頑張れ

235：名無しの冒険者 ID：CWr3dgOur
　でもソロだと、一人で色々な状況に対応できなきゃいけないから、
　飛び道具が一切ないって人は逆にいないでしょ

236：名無しの冒険者 ID：OFZDcdP29
　だな、道具なり魔法なりで一つ二つは打てる手を持ってるのが普通だよな
　そのおかげでスキルスロットの管理がすげー大変そうだけど……

237：名無しの冒険者 ID：oid23Lf41
　フレンドの一人がソロプレイヤーなんだけど、四苦八苦してるよ
　一〇枠じゃ足りないって

238：名無しの冒険者 ID：IEFA2cCww
　でもそれを楽しんでるんだろうから、枠を増やす変更はしないでほしいよ

239：名無しの冒険者 ID：EFaf52eBe
　結局今までスキルスロットの枠が一〇個ってのは変わらなかったよね
　まあ装備によっては疑似的に枠を増やせるようなものもあったけど

240：名無しの冒険者 ID：Cscx3gfwG
　ああ、装備についてるアーツ次第でな
　回復魔法が使える魔剣とか、一部の攻撃魔法が使えるようになる盾とか

241：名無しの冒険者 ID：fdf9c3wDw
　高レベルのアーツが使える武具はガチのレア
　億単位での取引だもんな～

242：名無しの冒険者 ID：u32cs9c5w
しょーがないぜ、あれはめったに出ないから
でも、近接武器で他武器の初期アーツが使えるだけでもかなり強いけどな
特に対人では意表をつける

243：名無しの冒険者 ID：FEeaf12dw
個人的には、空を飛べる装備が出ないかなって
今までもある程度浮いたりすることはできたけど、
完全に自由自在に飛ぶってわけにはいかなかったから

244：名無しの冒険者 ID：dsa39fwW1
飛行能力、確かに欲しいよね
場所が場所だけに、空が飛べないとかなり辛い所がありそう

245：名無しの冒険者 ID：ltdy2efsd
今までのパターンから想像すると、
何かしら一定の貢献をすれば、
向こうからそういうアイテムが贈られるってのが一番ありそう

246：名無しの冒険者 ID：aOgdf3fvw
一番質の悪いやつなら販売されてるかも
いいやつほしいなら素材集めて製作とか

247：名無しの冒険者 ID：f3w5dWcza
だとしたら、また生産職の地獄が始まるな

248：名無しの冒険者 ID：Org3fwEv1
むしろ天国じゃないの？
物を作るのが楽しくてしょうがない人が
生産職をやってる気がする

249：名無しの冒険者 ID：THsg5ewGe

そりゃ自分の作りたいものに没頭できるならいいけど、
注文によってはあれこれ細かい指示出す人もいるのよ？
そういうのが続くのは流石にきつかろう

250：名無しの冒険者 ID：Itgsd65fw

客の要望に限りはないんだよなぁ……
時々無茶苦茶言ってくる奴いるぜ
例えばＭＰ消費軽減が付いてて、火魔法と回復魔法が使えて、
耐久力が高い剣作ってくれって言われたときはぶん殴りたくなったね

どれか一つだけならまあ分かるのよ
だけどＭＰ消費軽減がある上で魔法二種を更に付与？
そこに耐久まで要求しちゃう？
無茶言うなと。そんなの狙って作れたら苦労はねーわ

251：名無しの冒険者 ID：PRGZsdaf3

狙って付く能力は一つか二つまででしょ、今の状況下の限界は
あとは運次第っていうか三つ目とかまず付かないっての
無知ってのは怖いね
250 さんはその人の相手はもうしないほうがよくない？

252：名無しの冒険者 ID：Fwd2yEfwX

新規エリアに行くからいい得物が欲しいって気持ちは分からんでもないが、
それにしたってひどすぎるだろう 250 の例は

253：名無しの冒険者 ID：DRTgsgr2g

そんな魔剣買えるんなら三〇〇億グロー以上出すわ
そもそもＭＰ消費軽減は普通アクセサリーに付くもんであって、
武器に付くことはめったにねーって知らないんだろうな

254：名無しの冒険者 ID：Odfg23dsf
付与されることのある能力を知ってるだけなんだろうね
まあＭＰ消費軽減はなかなか付かない、そこそこのレア能力なんですが

255：名無しの冒険者 ID：Kfea7wegd
しかしその「そこそこのレア能力」付与のアクセを二つは装備しないと
スタート地点にも立ってないと言われるようになってしまった、
魔法使い系の厳しさよ

256：名無しの冒険者 ID：UTYRDgwa1
戦士でも一つは欲しいところ
アーツを使える回数が目に見えて増えるし、
ＭＰポーションを飲む回数も減るから、
ポーション中毒になる危険性も下がる

257：名無しの冒険者 ID：uf3gdfjp7
それだけにお値段はそれなりにつく
アクセ職人のドル箱扱いされてるからなー、ＭＰ消費軽減系は
特に軽減率が二五%オーバーだと、
お値段が一気に素晴らしいことになってくる
有用性が分かるだけに納得はできるのだが

258：名無しの冒険者 ID：PGFcd65dw
新規エリア攻略は引き際の判断が難しいからね
ＭＰ消費を抑えられる装備の有無の影響が大きすぎる

259：名無しの冒険者 ID：YIUerdt21
さっき取引掲示板見てきたんだけど、ものすごい勢いで値上がりしてた
駆け込みで買いたい人が多すぎて、
オークションになっちゃってたからなんだけどさ

260：名無しの冒険者 ID：IYfeas5ef

買えた人はごく一部だろうけどね

さて、買った人はその出費に見合うだけの成果を上げられるのかなー？

13

長いアップデート作業が終わり、ついに空の世界が開放された。

その当日、自分は残業があったため、ログインできたのは午後九時を少し回ったところだった。まあこればっかりは仕方がないよな。

明日の準備を終えた自分は、仕事に行っている間にアップデートを完了させるように設定しておいたVRメットを被る。さて、長かった様々な準備を乗り越えて、いよいよ実戦を迎えるわけか。

ログインはスムーズに済み、いざ「ワンモア」の世界へ。

「来たか、少しばかり寝坊したようじゃな」

アースとして目覚め、宿の個室から出て出口に向かう途中に、雨龍さんと砂龍さんはいた。

「まあ、大した問題ではないだろう。しかしここからは少々急がねばなるまいな」

砂龍さんの言葉に頷く。今日は初日ということで、空の世界のトップからの挨拶があるんだそうだ。それに間に合うように、多くのプレイヤーやこちらの世界の放浪者の皆さんが空の世界へと移動するべく、足早に目的地を目指している。

その目的地とは、人族の街であり、プレイヤーにとって冒険の始まりの地であるファストの街の北側。そこに空からひと筋の光が下りてきており、その光の中に入ることで地上と空の世界を行き来できるんだそうだ。宿を出ると、確かにその光の筋が目視できた。

「申し訳ありません、急ぎましょうか」

トップがわざわざ表に出てきて挨拶をするというんだ、当然そこに警護の者達が多く配置されるだろうから、他の場所を警護する人員は少なくなるはず。最初で最後であると思われる、絶好の侵入チャンスを逃す理由はない。初日にいきなり忍び込むことを、雨龍さんと砂龍さんにも伝えてある。だからお二人が急いだほうがいいと言っているのだ。

『誰が聞いているか分からんから、ここからはこの方法で話すぞ』

雨龍さんからの念話だ。これに頷いてはいけない。そういうジェスチャー自体が、言葉以外でやり取りしていることを教えるきっかけになってしまう。話している内容が分からなくとも、秘かに何らかのやり取りをしていると分かるだけで、疑う奴は疑うものだ。些細なヒントも与えるべきではない。

『心得ています、誰かに聞かれでもしたら全てが破綻します』

自分の返答に、雨龍さんから『うむ』と短い返事が。

『アースは予定通り忍び込むのだろう？　トップとやらの挨拶が終わりそうになったら、この方法でお前に伝える。連絡があったら絶対に脱出に移れ。情報が何も掴めていなくても構わん、お前が捕まってしまうほうがまずい。分かっているな？』

こちらは砂龍さん。もちろん分かっています。功を焦ってはいけない、たとえ何も得られなくても、ここで何かを失うわけにはいかない。通信のアンクレットなどの機密が相手の手に渡ってしまったら取り返しがつかない。

こちらの動きや情報が筒抜けになることほど怖いものはない。相手に先手を打たれ放題、狙いを知られて反撃され放題になってしまうからだ。ただでさえこちらは人数が少ないのだから、情報まで握られるわけにはいかない。

『長ったらしい話は好きではないが、今回だけはそうであるよう期待したいところじゃな……奴らのうつけさがいかほどのものかの』

雨龍さんの言う通りだ。お偉いさんの話が長ければ長いほど、忍び込める時間が増えるからな。

魔王様から貰った例の隠密用魔道具も、きちんとアイテムボックスの分かりやすい場所にある。

そういった打ち合わせと最終確認をしながら、ついに目的地に到着。周囲には大勢のプレイヤー達がひしめいている。

「すげーな」

「なんかド派手だねー」

そんな声が耳に入る。

そこには、大理石に似た真っ白い石のような何かで出来たゲートがあり、そのゲートをくぐった先に空の世界へと運んでくれる光の柱があった。

ゲートは古代ギリシャ文明……要はパルテノン神殿とかのようなシンプルな作りで、神々がその先にいそうな荘厳さを醸《かも》し出していた。ただ、サイズがデカい。だから派手に見えるのだ。

列に並んでいると、すぐに順番が来た。光の柱の中に入った自分が見たものは、かなりのスピードで地面が遠くなり、雲を抜け、空の上から地表を見下ろす景色。エレベーターのような物なのだろうが、技術面ではるかに上だ。

やがて、やや暗くなってきたかと感じたところで、自分の体は光の柱の外にそっと運び出された。どうやら、到着したらしい。

「かなり高いな、でも呼吸は普通にできる……な」

高山病などの状態異常にはならずに済みそうだ。もっともそんなことまでリアルに再現したら、冒険も何もあったものではないしな……

「うむ、とりあえず体が凍えたり息ができなかったりということはないようだな……何かしらの対応がされているのだろう」

砂龍さんも自分と考えるところは同じだったか。

「仕組みが気になるところじゃが、ひとまず横に置いておこうかの。案内に従って進むとしよう」

前を向けば、ついに直接目にする有翼人達が案内をしていた。彼らは一対の白鳥のような羽根を背中に持ち、服装はこれまた古代ギリシャ人のように白い布を体に纏っていた。

少し視線を左右にやれば、木が生え、水が流れるといった環境が整っており、ここだけを切り取ってみれば地上と大差ない。

「こちらに進んでください。皆様に向けて、私達の神からの挨拶があります」

女性の有翼人の言葉に従って進むと、行先が見えてきた。そこには相当にだだっ広い広場があり、一〇万人だろうが余裕で収容できそうなほどだ。すでにかなりの数の人がそこに集まっている。

その広場の周囲にも、やはり古代ギリシャのものに似た外見の建物が並んでいる——のだが、それを見た自分はなんとなく『薄っぺらい』という感想を抱いた。

なんというか、そう、演劇などに使われる大道具のような感じがするのだ。前面は立派だが、後ろから見れば張りぼてというあれである。演劇に使うやつは別にそれでいいんだが。

『ではアース、そろそろ行ってこい。無茶だけはするでないぞ？』

雨龍さんの念話を受けて、魔王様から貰った使い捨ての魔道具の紙袋を千切り、中身を秘かに周囲にばらまく。すると、こんなに多くの人の目がある場所なのにもかかわらず、〈隠蔽・改〉が発動可能になっていた。それを発動してから《大跳躍》で人の列を抜け出し、周囲の反応を窺う。

大丈夫、こちらに視線を向けている人はいない——それを確認した自分は、周囲の建物の一つに適当に忍び込んだ。すぐさま【真同化】を天井付近に引っ掛け、天井に張り付いて人が通れそうな隙間を探す。

（有翼人は、何を考えている？　侵入できる隙は多く、罠はない。舐めているとしか思えないな……）

そうして侵入した自分が感じたことが、これであった。アレコレこの潜入のために準備をしてきたというのに、以前危惧《きぐ》したような赤外線センサーなどの防衛設備は一切なく、落とし穴とかトリモチとかの古典的な罠もない。楽と言えば楽なのだが、いくらなんでも隙だらけだ。気味が悪すぎる。

（もしくは……どうせ洗脳して地上侵攻の尖兵に仕立て上げるのだから、本当に見られては困る、破壊されては困る所以外の警備はザルでも構わないと考えているとか。想像に過ぎないけれど、そう考えていたとしてもおかしくはないぞ）

奴らは地上に住んでいる人々を見下している。劣等種である地上人が何をしようが、自分達の優位は絶対的であり、覆されることはないというのが、有翼人達の一般的な思考なのかもしれない。我々の持つ普通的な考えが、奴らには通じない可能性は十分にある。

（何にせよ、潜入させてくれるというのであれば、遠慮なく情報を頂けるだけ頂こう）

考えるのはそこでやめ、更に奥を目指す。ほんの少しでも多く、この戦いにおける情報を仕入れなければいけない。

そこから奥へと進んだ自分が見たものは——

（なるほど、なるほど。確かに張りぼてだわ、これを隠すためだったんだな）

これまでと一転して、そこはＳＦに出てくる宇宙船の内部のような見た目へと変わっていた。

奴らは、地上とは違い過ぎるこの光景を人々の目に触れさせまいと、あんな古代ギリシャ文明のような張りぼてで覆い隠していたのだろう。これを見られれば、要らぬ関心や疑いを呼び起こしてしまうし、そういった感情が自分達の計画を崩してしまう可能性があるから。

間違いなく、ここは立ち入り禁止エリアとなっているはずだ。

（いきなりいい情報が手に入ったな。あと少しだけ内部を調べたら脱出していいだろう）

少なくとも、今までのように魔法ではなく、科学文明をもとにした攻撃をしてくるということだ。高度に発達した科学と魔法文化のぶつかり合いか……となると、やはり銃関係はあると見ていいな。それも、ドワーフ達の使っていたやつよりももっと洗練された物が出てくると考えておいたほうがいい。光線銃とかも可能性に含めておくか……

（できればそういった物の有無も確認したいところだ。慎重に潜入しよう）

足音を立てぬようにそろそろと移動を再開する。といっても、ダクトと思われる狭い通路を芋虫のように這《は》って移動しているという、人に見られるのはちょっと避けたい感じなのだが。

そんな窮屈さに耐えながら移動していると、話し声が耳に入ってきたので、動きを止めて耳を澄ます。どうやらこの先にダクトの出口があるようだ。

「では、予定通りだな？」

「はい、地上の馬鹿どもは良い感じに餌《えさ》に食いつき始めました。この調子でいけば、我らの神が天地全ての神となられる日もそう遠くありません」

へえ、それはそれは実に興味深いお話で。

「展開した装置も八基とも問題ないな？」

「はい、隷属機器も予定通り。あとはのこのこやってきた馬鹿な地上の連中を適当に楽しませていれば、全ては問題なく進みます」

「ふふ、そうかそうか。これで我が神にも喜んでいただけるというものよ……」

離れていったのか、話し声はぼそぼそと小さくなっていき、それ以上の会話は聞きとれなかった。

奴らは例の洗脳用の仕掛けを隷属装置と言っているのか。そして、適当に楽しませておけば問題ないということは、対抗策を持っていなければ気がつかないうちにやられて、最終的に奴らの尖兵にされる結末を迎える、ということか。

（こちらの抵抗できる勢力が潰されたら、そこでお終いだな……厳しいにも程がある話だ）

「ワンモア」の開発陣からしたら、そういう終わり方を迎えたとしても別に構わないという考えなのかもしれない。そうでもなきゃこんな種族を作らないだろう。

まあ、開発陣の考えなんぞどうでもいいか。こちらはこちらのできる範囲で動いて、有翼人達の考えを阻止するまでよ。

静かになったことを確認して、またダクトの中をもぞもぞと進んでいくと……出口には格子のような物が嵌っていた。これではもう進めない……もちろん格子を壊せば別だが、そんなことをしたら侵入者が来たという証拠を残してしまう。格子は錆《さ》びついていたりもしていないので、劣化による破損というふうに誤魔《ごま》化《か》せそうもない。

（仕方がない、せめてここから見える範囲で手に入る情報だけでも……）

格子越しに眺めた内部には、金属の壁に、何らかのメッセージが浮かんでは消える画面らしき物、いくつもの光が壁の中にあるラインに沿って動いていることなどが確認できた。地下や地上と比べると、文化、文明レベルが完全に別物だ。

ボードの文字は英語でもフランス語でも、ましてや日本語でもないので、何が書いてあるのか読めなかった。もっとも自分に学があれば読めるのかもしれないが。

いくつか浮かび上がっていた文字をＳＳ《スクリーンショット》に収めておき、後で誰かに聞くことにする。

（人の気配……）

そんなことをしていると、再び人が歩いてくる気配があったのでダクトの中をもぞもぞと後ろに後退し、息を殺して様子を窺う。自分の存在がばれたとは思えないが。

「まったく、いっつも俺を使いっぱしりにしやがって……仕事が遅いとか言うなら、もっと人手をよこせってんだよ……」

そんな男性の声が聞こえたかと思うと、何かを叩いた音が聞こえた。これは壁か何かに八つ当たりしたのだろうか？　数回その音が聞こえたかと思うと「急がねえとまた何か言われるか……くそっ、やってらんねえが逃げ出せもしねえ」なんて悪態を残して、声の主は去っていった。どうやらここにも仕事を多く押し付けられる人はいるらしい。

（ま、別に欲しい情報じゃないな。さて、ここに居続けてもこれ以上情報は得られないか……）

ダクトの中は狭くて向きを変えるのが難しいので、後ろに伸ばした【真同化】を引っ掛けて体を引っ張ってもらいながら戻る。そうしてダクトから出たところで時間を確認。潜入してから七分弱が経過といったところだった。

『雨龍さん、砂龍さん。そちらの様子はどうですか？　話はまだ続きそうですか？』

ひと息つきつつ、外の様子を聞いておく。

『おう、そろそろ戻ってこい、話も締めの段階に入っておる』

おっと、そんな状況なのか。ならば急いでここから脱出しないと。雨龍さんにお礼を言ってから念話を切り、大急ぎで建物の外へ。建物から脱出する直前に、例の魔道具を使って気配を薄くすることも忘れていない。

そのまま人が集まっている場所に何食わぬ顔で合流。誰も自分が潜り込んできたことに気がつかなかった。この魔道具、便利だな……残り三つ、使いどころはよく考えないと。

「――話が少し長くなってしまったな。まあ、せっかく来たのだから冒険なり遊技なりで楽しんでいってくれればよい。それでは各地を開放する、気が済むまでゆっくりしていくがいい」

そして、ちょうどタイミングよく神とやらの話が終わったようだ。

その背中を見た自分は、瞬間的に沸き上がったある感情を必死で抑えた。その感情とは……怒り。そしてそれに伴う殺気だ。

あの背中、あの羽根……間違いない。あのとき、【真同化】の世界で霜点さんの前に降り立ち、霜点さんを殺《あや》めたあいつだ。翼が七枚もある……いや、元々は八枚あった。だが一枚だけ、右側の下から二番目のものが根元近くからなくなっていた。

（あのなくなっている一枚って……霜点さんが斬ったからだな）

【真同化】の世界は、彼女自身が見た事実がもとになって出来上がっていたはず。だからもしかしたら、本当の世界でも、霜点さんは命と引き換えにあいつの翼を切り落としたのだろう……

『アース、戻ったのか？』

っと、そんなことを考えていたら砂龍さんから念話が。居場所を教えてもらい、合流する。

そして、これからどうしようかと話し合いを始めようとすると、ここで更にウィスパーチャットの要請が届いた。これはグラッドか。

雨龍さんと砂龍さんにひと言断りを入れてから、ウィスパーを繋げる。

【アース、今後の話だが。俺達は最後の決戦までお前と合流はしねえってことでいいか？　ガルとジャグドが、俺達には繋がりがないように見せておくほうがいいんじゃねえかって言ってるがよ、てめえの意見も一応聞きてえ。どうだ？】

――なるほど、そのほうが相手に警戒されない可能性が上がり、お互いが動きやすくなるか。向こうのパーティに一人だけ内情を知らないゼッドというメンバーがいることも考慮すれば、そうするべきだろうな。

【了解、なら最後の最後まで、表面上は関わらないという方向で。とにかく情報が今は欲しいから、固まって動くより分散していたほうがいいし】

【てめえも同じ意見か。いいぜ、ならこっちはこっちで好きにやらせてもらう。情報だけはしっかり回すからよ、その点は心配すんな。てめえもドジ踏むんじゃねえぞ？　いいな？】

そんな言葉が返って来た後、ウィスパーは切れた。

うん、彼らの戦闘力と生存力は高いからな。彼らの嗅覚を信じて好きに動いてもらったほうが、思いがけない情報を持ってきてくれるかもしれない。

「すみません、お待たせしました」

改めて、雨龍さんと砂龍さんに声をかける。さて、ここからどう動くかが肝心なわけだが。

「ひとまず、こちらの様子を見て回ろうではないか。遊んでいけというのであれば、遊んでみようということよ」

「その遊技に適した場所は他の島にあるそうだがな。ではそこへ向かおうか」

演説を聞いてなかった自分にはそこら辺の情報がないので、ここはお二人の提案に頷く。

ちなみに、この有翼人の領域は、空に浮かぶ幾つもの島から構成されている。

その島と島を移動する手段は、地上からここまでやってくるのに使ったあの光の柱を横に倒したような感じの筒だそうだ。自分はてっきり飛行する何かの機器を使うのだと思っていた。

早速そのポイントに来てみると——

「今日は初日ゆえ人は多いが……そう待つ必要はないようだぞ」

ただ光の中に入るだけで移動できるようなので、砂龍さんの言う通り、人は多いが列の進みは早い。

やがて自分達の番がやってきたので、案内役の有翼人に従って光の筒の中に足を踏み入れれば、滑るように体が移動していく。さっきまでいた島はすぐに遠ざかり、目的の島がぐんぐん迫ってくる。そして出口に近くなると速度が徐々に遅くなり、最後は自分の足で筒の外に進み出る形なので、安全性も問題なかった。

「あっという間じゃの。さて、ここが遊びの島ということじゃが……まずは正面にあるあのデカい建物の中に入ればよいようじゃな」

雨龍さんが言うように、自分達の目の前には古代ギリシャ風の宮殿がデデンと立っている。だがこれにはネオンのような飾りが多数ついており、何と言うか、見た目からしていかにもＲＰＧに出てくるカジノを連想させる。まあ連想というよりそのものなんだろうけど。

ただ、賭け事に嵌る人ってのは一定数いるものだから、確かにこの手は、金を巻き上げてその後で言うことを聞かせるのに有効だなとも思った。『ブルーカラー』のエリザもそういう性質《たち》だったな。

中に入ると、やっぱりそこはカジノそのもの。ブラックジャックやポーカーといった定番が遊べるプレイングカード（ちなみにトランプと呼ぶのは日本だけ）のテーブル、ルーレット台、先にはスロット台まである。こりゃ、嵌った人はとことん搾《しぼ》り取られるぞ。

どれも現金そのままではなくグローをチップに換えて賭けるようで、スロット台もチップを投入する仕組みだ。

そしてチップは現金でのリターンではなく景品との交換となり、交換所には各種武具や道具がズラリと並んでいる。もちろんどれも最高峰の性能の品ばかりだ。

自分は手持ちの武具のほうが性能が高いため、特に欲しいとは思わないけれど……その景品を見た雨龍さんが、念話でこんなことを伝えてきた。

『あの武具や道具、悪意まみれで気味が悪いのう。使い続けると使用者が何らかの異常をきたすようなカラクリが見えるぞ。おそらく、この感じからすると洗脳の類じゃろうな……賭けに勝っていい装備を手に入れたことに喜び、使い続けるうちにいつ間にか奴らの尖兵にされてしまうのか。何とも悪辣《あくらつ》な仕組みよ』

もちろん景品の説明の中にそんなことはひと言もない。言われなければ自分も分からなかった……雨龍さんや砂龍さんだからこそ気がつけたわけで、それぐらい精巧に隠されているわけだ。

『そんな景品を得ても仕方ないですから、交換したチップは適当に全て使い切ってしまう方向で』

『そうだな、負けてチップを使い果たす光景は別段珍しくもないだろうから、そうしてもいちいち疑われることはあるまい』

自分の提案に雨龍さん達も同意してくれたところで、二万グローをチップに交換。カジノに来てまったく遊ばないのも変なので、遊びながら情報を集めることにした。

14

さて、何から挑戦しよう。とりあえず、比較的簡単なブラックジャックのテーブルに行ってみるか。

「雨龍さん、砂龍さん、ブラックジャックのルールは？」

「問題ないぞ」

「うむ」

どこで覚えたのか知らないが、お二人ともできるのか……

ブラックジャックとは、簡単に言うと親役（ディーラー）と子役（プレイヤー）に分かれ、それぞれが手札の合計を二一、もしくはそれ以下でより近い数字にすることを目指すカードゲームだ。

数字のカードはそのままの数でカウントし、ジャックからキングは一律で一〇。エースが特殊で、一と数えてもいいし一一と数えてもいい。そして、このエースと一〇と数えるカードが最初に配られる二枚で揃った場合を、ブラックジャックという。

基本的に、手札で作った数字がより小さい者、もしくは手札がバースト――合計が二一を超えてしまった者が負けになる。

その他にも少々特殊ルールがあり、例えば同じスート（スペードとかハートとかのマーク）同士でブラックジャックが成立すると、掛け金の配当が通常の一・五倍ではなく四倍となる。

更に、カードを五枚引いてバーストしなかった場合も勝ちとなる。これの配当率は三倍。

そして、七を三枚引いて二一にできた場合はラッキーセブンで配当が七倍と高い。

特殊配当を設定することで射幸心を煽《あお》っているのだろう。そういうハウスルールが多いな。

「三名、参加できますか？」

「ええ、どうぞ」

適当なテーブルに雨龍さん、砂龍さんと共に腰を落ち着ける。当然ディーラーは有翼人だ。

チップをテーブルに置いて勝負の意思を示すと手札が配られる。自分の手札を見てみると……スペードの三とハートの四だった。

そしてディーラーが自分の手札の最初の一枚をめくって見せる――クローバーのエースだ。

「インシュランスしますか？」

インシュランスとは、ディーラーの最初のオープンカードがエースだったとき、つまりブラックジャックを成立させている可能性があるときに言われる言葉だ。賭けたチップの一部を掛け捨ての保険にできるというもので、ディーラーのもう一枚のカードが一〇に相当するカードだろうと予想するなら乗り、そうでないなら乗らない。さて……

「します」

「させてもらおうかの」

「不要だ」

おっと、自分と雨龍さんが乗って、砂龍さんは乗らなかったか。自分と雨龍さんがインシュアランス用のチップを積んでから、ディーラーが手札を確認する。

「ブラックジャックでした。インシュランス成立です」

ディーラーのもう一枚のカードはハートのジャックだった。自分と雨龍さんは掛け金の一部を回収できたが、砂龍さんは賭けたチップを全没収される。

手札のカードが回収され、続行しますかとディーラに聞かれたので、しますと伝える。

そして再びカードが配られて……今回はスペードの二とクラブの八だった。合計一〇ならまあまあいい。追加で一枚カードを引いても、即バーストして負けとなる危険がないからだ。

ディーラーの最初のカードはスペードの四。

「ヒット」

「ヒットじゃな」

「スタンドだ」

自分と雨龍さんはもう一枚カードを引き、砂龍さんはなし。またしても砂龍さんだけ違うな……

自分の三枚目は、クラブの二。うわぁ、これは微妙すぎるところを引いてしまった。合計一二なので、もう一枚引いて一〇とカウントするカードだったら、バーストで負けだ。

かといってここでやめると、ディーラーのバーストに期待するしかなくなってしまう。ディーラーは、合計が一七以上になるまで引かなければならないからだ。

うーん、自滅するよりはいいか……引くのはやめとこう。

「スタンドで」

「ヒットじゃ」

自分は止めて、雨龍さんはもう一枚引いて……

「ダメじゃ、バーストじゃ」

雨龍さんが表にしたカードは合計二三。四枚目がスペードのキングで一気にバーストしたようだ。

さて、ここからはディーラーの番。次々とカードが引かれて……四枚目でディーラーがストップ。カードの合計が一九だった。

「一二なので負けです」

「二〇だ」

自分は負けたが、砂龍さんはクラブのジャックとキングが最初に配られていたので勝ちである。

こんな勝負をしながら、自分は《危険察知》を用いて周囲の状況を探っていた。おそらく雨龍さんと砂龍さんも、何らかの方法で情報を得ているはずだ。

道具を持ち出したりするわけではないから、咎《とが》められることもない。

(——裏にかなり人がいるな。運営スタッフにしても多すぎる。それに、なーんかこう……監視カメラかなんかの設備を動かしている者がいるのが分かるし、ごたごたがあったときに出てくる用心棒がいるってのも分かる。が、かなり離れた場所に一〇人以上が集中している点がどうにも気にかかる。それも、こっちの《危険察知》で探知できるぎりぎりの距離ってのがどうにもな)

用心棒やスタッフならば、すぐに出てこられるようにある程度近くにいる必要があるだろう。監視システムを動かしている人達だって、そこまで距離を開ける必要はないはずだ。

ならば、あんなに離れた場所で何をやっている？　どうしても引っかかるな、調べに行きたいぞ。

（このことは後で雨龍さんと砂龍さんにも確認だな。もちろん念話で）

盗聴器を警戒するのは基本だからね。ここの連中なら、十中八九こちらが行動できるエリアの全てに仕掛けているとみるべきだろう。こういった人の集まる場所や、ひと息ついて油断しやすい宿泊施設などは、特に盗聴を仕掛ける絶好の場所だからな。

『周囲の違和感はこちらも感じておる、その話は後でじっくりとな』

雨龍さんからの念話が飛んできた。やっぱりそこら辺は自分が考えるまでもなかったか。

なんにせよ、いい感じにゆっくりと手持ちのチップは減っている。この程よく負けるカモ客という姿を見せたまま、周囲を探ろう。こっちを疑う有翼人族もまだいない。遠慮なく探らせてもらう。ただ、目で見てるわけじゃないから、探っている先の有翼人達が何を見ているんだとかは分からないんだよな。ウーム、やっぱりさっき反応があった場所に忍び込むしかないか？

「どうしました？」

「ああ、いえ。微妙な数字だったのでどうしようか悩んでしまいまして」

あぶない、意識を《危険察知》に向けすぎて、カードゲームをする手が止まっていた。言い訳にはなる手札だったのが幸いだ。何せまた手札の合計が十二……勝ち目も薄いし、バーストする危険性もあるという数字なのだから。今回は引いてみるか。

「ではヒットで」

そして引いたのは……ハートのクィーン。二二になったのでバースト負けである。

しかしクィーンを引いてバーストって、めっきり顔を合わせることがなくなった妖精国のあの御方の幻影がチラチラするが……流石にそれは考えすぎだろう。

「バーストです」

自分の手札を見た有翼人さんは苦笑。残念でした、ということなんだろうか。なんにせよ、疑われはしない、もしくは疑われることを回避できたことは実にいい。

今はまだ潜伏する時。相手に探っていることを悟られてはならない。警戒心を抱かせてはいけない。油断を消してはいけない。

「スタンドじゃ」

「こちらもスタンド」

雨龍さんと砂龍さんはどちらもスタンド。その結果、ディーラーの数字が一九、雨龍さんが一八で砂龍さんが一九。数字が同じならディーラーの勝ちとなるのがここのハウスルールらしく、今回は全員負け。

そんな感じでこの日は程よくチップを減らしながら、出来る形で情報を集めていき——

そして自分がログアウトする二〇分前。最初の報告会が始まった。

〈先発隊の者達、聞こえているな？　これより報告会を行う。周囲に人気《ひとけ》がある者は、ただ聞くにとどめよ。無理に一人になろうとするな、そんな行動をとれば必ず疑われるからな〉

魔王様の声が頭の中に響くようにして聞こえてきた。アンクレット型通信魔道具はこの場所でも問題なく稼働できているようで、まずは何よりだ。

〔今は雌伏《しふく》の時であるということを忘れてはならん。打って出る機会は必ず来る、それまでは頭を下げたくない相手であっても下げろ。よいな？　では、報告がある者は遠慮なく発言せよ。どんな些細なことでも構わぬ〕

今はこちらの動きを悟られないようにしながら準備を整える段階だ。奴らをぶん殴るのはもっと後、あらゆる情報を手にしてからでも遅くはない。

〔では私から。まず、空の世界は中央の一番大きな浮島を中心として、八つの島を専用の通路を用いて繋ぎ、気軽に行き来できるようにして成立しているようです。各島には娯楽施設と宿泊施設が整えられ、過ごしやすい環境が作り上げられています〕

誰かの声が報告する。八つ、か。八つ、ね。その数は、忍び込んだときに聞いた言葉と一致するな。

そしてまた別の声が報告する。

〔南にある島は、貸し出し式の、何と言いましょうか……箱のような物に乗って空を飛び、八つの島以外の通路が繋がっていない浮島へと冒険に出られるようになっていました。そうした浮島にも降り立ってみたのですが、私が行った先ではこれといった発見はありませんでした〕

ふむ、その他の浮島へ行ける手段も存在している、と。例の空のどこかにいるというドラゴンさんを探しに行くときは、そこから出発することになるのかね……しかし、そうなると追跡されそうだ。何かしら追跡を受けない別の方法はないものか。

〔こちらも他の浮島へ渡ってみましたが、そこには魔物が存在していました。甲殻類系というか、大きな角を持っていたり、大きなカマを持っていたりという大きな魔物達です。ただ、彼らはその外見に反して実に温厚です。そちらが手を出さぬ限りはこちらも出さぬといった感じで、逆に優しく撫でたりして好意的に接すると、向こうも体をすり寄せてきたりしました〕

甲殻類、ねえ。聞いた感じからは昆虫をイメージした。大きな角はカブトムシ。カマはカマキリ、かな。しかし、かつて戦った殺人シリーズとは違ってノンアクティブモンスターのようだな。そして刃を向けなければ友好的に接することが可能か……これは良い情報だ、こちらからは手を出さないようにしよう。

〔ちょっと探ってみましたところ、賭けはほとんどイカサマが入っています。大金を賭けることは避けたほうがよいでしょう〕

また別の人からの報告。ああ、どういう仕組みか分からないが、こりゃスロットマシーン系は全部真っ黒だな。カード系もイカサマの手段ってかなりあるんだよね。やっぱり周囲に交じって楽しんでいるふりをして、情報収集に徹するべきだな。景品もいらないし。

〔ただ、闘技場だけはイカサマなしのようです。あそこは地上から来た人も参加できるようになっているため、何か仕掛ければ即座にバレると考えているのでしょうね。景品が欲しいなら、闘技場一択でしょう〕

闘技場もやっぱりあるのか。純粋な勝負をしたいならそこに行けと。しかし、そこで砂龍さんが発言する。

〔その景品に関して、一つ報告がある。絶対に手にするな。近くで見る機会があったのだが、全ての景品に怪しげな呪いがかかっていることを感じ取った。あれはおそらく、洗脳の類だろう。我々は魔王殿の製作してくれた対抗装備を身に着けているが、あれらを手にするか、もしくは口にすれば、問題が発生する可能性を否定できん。特に薬系からはかなり強めの呪いの力を感じ取った〕

通信魔道具の向こうが一気に騒めき、改めて真偽を問う者も多数いた。が、この報告に雨龍さんも加わり、あれらの景品には手を出してはいけないということを一貫して訴えた。

〔くそ、あの景品は魅力的だったが、そんな仕掛けがあったか。あれらを欲して金をつぎ込む者は、たった一日の中でもかなりいる様子だった。その先は勝っても負けても罠しかないと知っても、止めることができんとは……言えぬ歯がゆさが初日からこうも強くなるとはな〕

誰かが発したこの呟きは、この通信を繋いでいる皆の共通した気持ちだろう。止めたいのはやまやまだが、その理由を言うわけにはいかない。ならば放置するしかなく……洗脳をかけられていくのを見ているほかないというのは、何ともやりきれないものだ。くそったれが。

〔気持ちは分かる、我も腹立たしさを抑えきれぬ寸前だ。しかし、それでも今は堪《た》えよ。ここで奴らに目を付けられれば全てが台無しとなる。この怒りは、発することができるようになるその時まで、しっかりと心の奥底にとっておくのだ。我もそうする、皆もそうせよ〕

魔王様の声にも怒りとやりきれなさがにじんでいた。
その意見は正しい。ここで感情のままに動けば、有翼人達を止めることができなくなってしまう。
さて、今度は自分が報告かな。
〔私からもよろしいでしょうか。私は今の報告をした方と共にカジノで遊ぶふりをしながら、周囲の様子を探っていたのですが……引っかかることがありまして。私は盗賊の能力に少し覚えがあるのですが、その能力が不自然な場所を捉えました。カジノの奥深くに、やけに人が集まっている場所がありました。ちょっとどころではなく怪しいです、そこに何かがあるのかもしれません〕
先程までの空気が収まったことを確認して、話を続ける。
〔更に続けて報告があります。実は事前に魔王様の同意を頂いた上で……僅かな時間ではありましたが、私は単独で奴らの本拠地に潜入してきました〕
自分の話を聞いていた全員に緊張が走ったのを感じる。
〔見つからなかったろうな？〕
誰かがそう短く問いかけてきた、当然の質問だろう。
〔ええ、もちろんです。危険なほど奥深くまでは行ってませんし、証拠を残すような真似もしていません。それでですね……まず、有翼人達の建物についてですが……石造りの古代神殿を思わせるような外見、あれは全部張りぼてです。奴らの本拠地は、自分が今まで見たことのない奇妙な金属で出来ており、光り輝く管が無数に走るなど、これまでの常識が全く通じないと十二分に思わせる

ような、異質な場所でした〕

ＳＦチックなんて言っても、こっちの世界の人には通じるわけないもんね。だからこういう表現を用いるしかなかった。とにかく、地上の他の国とは違う文明であるということが伝わればいいのだ。

〔そして、そこでたまたま聞いたのです。こちらを隷属させる機器……魔道具のような物であると推測されますが、それが八つ、すでに起動しており、あとは時間をかければいいと話しているのを。証拠は何もありませんし、その言葉が嘘である可能性もあります。しかし、他の方の報告にあった行き来できる島の数が八つ、そしてその人を隷属させるという機器も八つ。そして、自分がカジノで感じ取った、奥深くにある反応。これらの情報が集まれば、なんだか臭いなとは思いませんか？〕

空気が一気に静まり返った。皆が皆、色々な可能性を頭の中で検討しているのだろう。

ややあって、魔王様の声が聞こえてくる。

〔各自、報告に感謝する。この調子で情報を集めよ。特に最後に報告があった、他者を隷属させるという恐るべき魔道具が本当に存在するのか、存在するのであればどこに仕掛けられているのか。それらの情報を探せ。ただし無理はするな、あくまで可能性として、大雑把な当たりをつけられるだけでいい。それらの情報を集めた上で、私が色々とやってみよう。忘れるな、貴殿らは誰一人として欠けてはならぬ存在なのだということを〕

その言葉を最後に、今日の報告会は終わった。

明日は別の島に行ってみるか。

空の世界）雑談掲示板 No.6210（落下死怖い

147：名無しの冒険者 ID：EFew52edf
もう落下死の報告が結構上がってきてるんだが……
おまえらふざけすぎじゃないのか？

148：名無しの冒険者 ID：WD5g56rew
ガードレールみたいなものがあるかと思ったらなかったんです
そこまでのサポートは流石にしてくれんかった

149：名無しの冒険者 ID：5pRTSg12w
有翼人から「自殺しに来たのですか？」と
冷たい視線を貰うことになってんだがどうしてくれる！
特に南の島から集団で飛び降りた連中！

150：名無しの冒険者 ID：Tase20ef5
ひもなしバンジーだーとか言いながら飛び降りてた連中だな
そのままこの世界からも旅立ってくれればいいのに

151：名無しの冒険者 ID：TRYUJgser
まったくだ
有翼人の皆さんからの視線がめっちゃいてえのなんの
アホやるなら他の人の迷惑にならないように考えてくれよ

152：名無しの冒険者 ID：ef2wdF2q8
そんなことがあったんか
北にある闘技場に参加しまくって
ＰｖＰやらモンスター相手の一騎打ちとかばっかりやってたんで
全然知らなかった
景品欲しいが故に一心不乱でした

153：名無しの冒険者 ID：Hrdzd2wdg
闘技場、最初っからめっちゃ盛況だよね
最初は参戦費用がかかるけど、
勝利を収めるごとに分かりやすい速度で安くなるし、
逆に貰える報酬は高くなる
いろんな武具が手に入るのもおいしい

154：名無しの冒険者 ID：Jstdh2efW
今までこれといった武器が手に入ってなかったから、速攻で乗り換えたよ
二段階ぐらい強くなったからすげえ楽だ

155：名無しの冒険者 ID：QWEDwq3wd
どんな武器でもＡｔｋが 400 台後半はあるし、
両手持ち近接なら 700 いってるのもあったよね
火力増強がすさまじい

156：名無しの冒険者 ID：ESGe52wdg
職人との関わりが持てなくて、
今まで量産品レベルで我慢してた人が、
装備更新のために闘技場に詰め掛けてるよね

157：名無しの冒険者 ID：SEGaeW2yH
やることも単純で、タイマン張って勝つのみだからなぁ
素材探しに右往左往しなくていい
そして勝ってればいつかは手に入るという分かりやすさですよ

158：名無しの冒険者 ID：Idrgg2Erh
これ、救済措置かもしれんよね
いい武器取れなかった人にもチャンスを与えて、
強い武器を持たせましょうって感じで

159：名無しの冒険者 ID：UYefd2sQW
「ワンモア」の運営がそんな優しいかな？
　とはいえ単純なＡｔｋ増加だけでなく特殊能力も付与してるから、
　自分も欲しいってのが正直なところ

160：名無しの冒険者 ID：EWAFg65f0
　逆にこれまでしっかりと職人さんと関わりを持って、
　装備を十分整えられてた人にとっては、
　どうしても狙いに行くってレベルではないね
　あくまで量産品で我慢してるしかなかった人用かな

161：名無しの冒険者 ID：WDdew52fW
　特殊能力も、やっぱり一流職人の作ったものと比べると見劣りするからね
　それでもそういうレベルの装備を持っていない人にとってはやっぱ救いかな
　火力も装甲も大幅に改善されるし

162：名無しの冒険者 ID：FWEa2ff3g
　ただ、空の世界にいるモンスター、大人しくない？
　こっちから攻撃仕掛けない限り手を出してこないし
　撫でることだってできたぞ

163：名無しの冒険者 ID：GEf2vHre2
　カブトムシとかノコギリクワガタとかがいたよな
　サイズはでけえけど……でも攻撃しなきゃ大人しかったな

164：名無しの冒険者 ID：Kjzrsgh2g
　え？　そうなん？
　一回攻撃したら、その後で別個体と出会っても即座に攻撃されるぞ？
　めっちゃ狂暴でかなり強い
　中途半端な装備だと地面を何度も舐めることになるよ

165：名無しの冒険者 ID：fus7vWfdw
まあモンスターだから殴りかかるのも分かるが、ちょっと気になるな
基本はノンアクティブだけど、一回でも攻撃仕掛けたら、
その後はずっとアクティブに変わるの？

166：名無しの冒険者 ID：lrgs1efav
流石に現時点では情報はあんまりねえけど、
検証班からはそういう仕組みになってるらしいって報告も上がってる
乗ったり撫でたりしてみたいというのであれば攻撃しないのがいいみたい

167：名無しの冒険者 ID：Uefa2fewn
攻撃しなけりゃ大人しいってのは確定かも
現に今、銀色に輝くカブトムシの背中に乗せてもらってるけど、
嫌がりもしないし攻撃もしてこないよ

168：名無しの冒険者 ID：rg2fhrdc4
まじかよ、もったいないことしたかもしれねえ

169：名無しの冒険者 ID：aewfFEQ5t
まあ馬鹿でかい昆虫だから、苦手な人は即攻撃しちゃうだろうけど
自分はそのタイプだった……ドロップは甲殻かな？　防具の素材に使えそう

170：名無しの冒険者 ID：fHJrgs2wf
あと、角とかもドロップするよな。そっちは武器の素材になりそうな感じ
ただこっちにまで来て鍛冶をしてくれる職人がいるだろうか？

171：名無しの冒険者 ID：Gaw2ge5e9
空の世界、娯楽施設とかには力入れてるけど、
そういう生産系の支援をしてくれるエリアってないんだよね
生産は地上に降りて頼むしかないかも……

172：名無しの冒険者 ID：GWagw5efw

カジノと遊園地を合体させた感じがするね
冒険したいなら、南のエリアから小さな戦闘機みたいなやつに乗って、出撃できるようになってるぐらいで……

173：名無しの冒険者 ID：AwdD2WEwD

庭園とかも力が入ってるよな
リアルではなかなかお目にかかれないレベル……ＶＲの強みだな

174：名無しの冒険者 ID：Of5wCw2fW

今までの国とは全然雰囲気が違うよね
建物は、えーっとなんていったっけ
ギリシャあたりの神話に出てきそうな感じのものばっかりだし

175：名無しの冒険者 ID：i2dFD1fQd

何ていうか、これまで開放されたエリアで一番平和って感じがするわ
もめごとも少ないし、何より綺麗だもんね
楽園をコンセプトにしてるんじゃないかな、これ

176：名無しの冒険者 ID：Hrrsag5we

カジノに入り浸ってる人達は毎日戦争だろうけどね
スロットやってる人を見かけたけど、鬼気迫る空気で一心不乱に回してたよ
間違いなく景品目的なんだろうけど

177：名無しの冒険者 ID：WEFrewg8g

なぜか闘技場だけカジノのある島とは別なんだよな。チップは共通なのに

178：名無しの冒険者 ID：WDwef5fD6

血なまぐさい空気が出やすいから、闘技場だけは隔離したのかもしれん
そういうのが苦手な人もいるだろうし

179：名無しの冒険者 ID：KYREAR5sc
そうなのかもな
大半の人が散々戦ってきたこの世界で何をっていう声もあるだろうけど、
住み分けしておくほうが無難っちゃ無難か

180：名無しの冒険者 ID：Ksdfavf5u
でも飛び交ってる声はどっちも大差ないけどw
当たれーとか負けんなーとかふざけんなーとかね

181：名無しの冒険者 ID：Uger2wdwd
勝負事の世界はどこまで行ってもそんなもん
賭けてるものがデカければ声もデカくなるってのはやむなし……うん

182：名無しの冒険者 ID：effe4wF5w
うるさいからなぁ……
特に闘技場のあの罵声交じりの応援（オブラートに包みまくった表現）が、
ブラックジャックとかポーカーやってるときに聞こえてきたら確かに嫌だわ

183：名無しの冒険者 ID：EGwAEG5xe
こっちが次の一手を考えてるときにあんな声が聞こえてきたら、
確かに集中力が乱れるな

184：名無しの冒険者 ID：FWEA5dfQw
隔離されてて正解、ってことでよさそうだね
一緒だったら喧嘩どころじゃ済まなかった可能性もあったなこりゃ

15

ログインしてベッドから起き上がると、すでに雨龍さんと砂龍さんが緑茶を飲みながら待機していた。緑茶は空の世界にあるとは思えないし、多分お二人が持ち込んだんだろう。

「来たな、今日もこの世界を見て回るぞ」

「ええ、そうしますか」

砂龍さんは口で話しかけながら、同時に念話も送ってくる。ちょっと混乱しそうになるが、盗聴対策なんだから慣れるしかない。

『魔王殿より依頼があった。先日のカジノのような怪しげな場所をできるだけ見つけてほしい、とのことだ。他の者もカジノの問題の場所を個別に探ったようなのだが、我々ほどの探知能力があるわけではなく、言われなければ分からなかったそうでな。なので観光客を装って、ひとまず全ての島を巡ることになった』

自分はある範囲内の異常を知ることはできるが、雨龍さんや砂龍さんのように怪しげな術がかかっているかどうかを見極めることはできない。だからまず自分が怪しい所を見つけて、そこを雨龍さんと砂龍さんが念入りに探る方法がスムーズであると、魔王様は考えたんだろう。

『了解です。まだこちらに来て日が浅いから、変な所でない限りは「観光している」のひと言で追及もかわせるでしょう。では、今日はどこへ行きます？』

雨龍さんが出してくれたお餅《もち》みたいなものを口に運びながら、砂龍さんへ問いかける。方針が決まっているなら、あとは行動するのみ。のんびりしている時間はないのだから。

『この島の場所は、最初の島から見て南西方向に当たるらしい。ならば、ぐるりと右回りで各島を巡るのがよかろう。南の島を最後にするのは、空の旅に出るために一番人が多く集まる島ゆえ、人混みに紛れ込みやすいからだ』

ログイン前に掲示板をちらりと見てきたところ、南の島は飛行機の発着所がある関係で一番人が多いという。次に多いのが、この島と闘技場がある島だったっけか。まあ、とにかく自分としても反対意見はない。

『それも了解しました。では、これからすぐに移動開始を？』

自分の言葉に、砂龍さんは頷かない。ん？　どうしたんだろう？　そう思ったところに雨龍さんから念話が届く。

『アース、もう一つお前に伝えておかねばならぬことがある。この場では全てが見られておる……ここに限った話ではなく、ありとあらゆる場所にこちらを監視する目がついて回っていると見ていいようじゃ。ゆえに筆談もできぬぞ。だから、今何も口に出していないのに砂龍が頷くところを頭のいい者が見れば、声を出さない方法で会話していることを感じ取る。ゆえに迂闊な行動は慎《つつし》め、よいな？』

――盗聴だけではなく盗撮もセットとは。まあ、龍のお二人には簡単にバレたようだが。

もちろんここで周囲を見渡すような真似をしてはいけない。こっちが盗撮に気がついているとバレてはいけないからだ。ああもうなんて面倒くさい、こうもガチガチに監視してくるとはな。

『一つ確認ですが、こちらが空の連中のことを嗅ぎ回っているというところまでがばれたわけではないのですよね？』

そう念話をしながら、いつも通りの雰囲気を維持する。

『いくらなんでもこれまでの僅かな時間では、向こうも疑いを持つには至らぬだろうよ。動くべき時が来るまでは、このままバレぬように立ち回らなければの』

雨龍さんは念話でそう返しながら、言葉のほうでは「ずっと賭け事に興じているというのはあまりに芸がないからのう。今日は西のほうでも見に行こうではないか」と答えていた。実に自然、流石である。

「そうと決まれば、早速ここを出るか。西の島は庭園が広がっているそうだ。我ら龍の国とはまた違った趣《おもむき》があるのだろう。そういう意味でも、一度見ておきたいと思っていたものだ」

さらっと砂龍さんがそれっぽい理由を挙げて、行く理由を強調したな。話そのものは引っかかる点もないと思うから、疑われないはず、だ。

「了解、庭園ですか。地上だと旅をするばっかりで、そういう場所に足を運ぶ時間がなかったですからね、自分としても楽しみです」

会話しながら宿を発つ準備をする。準備といっても、忘れ物がないか確認するだけなんだけどさ。今まで何度もしてきたことなんだが、この空の世界では特に注意しないと……何が原因でこっちの狙いを知られるか分かったもんじゃない。

「それでは行くかの。忘れ物はないな？」

「はい」

「うむ、問題ないぞ」

雨龍さんの最終確認に自分と砂龍さんが頷き、三人で宿を後にする。

そして、この島に来るときに使った移動装置で、一度中央の島へと移動。理由は知らないが、各島々は中央の島以外とは繋がっていないのだ。

『やれやれ、この中央の島に長居は無用だ。この島からは嫌な呪術のような空気が特に強く出ているからな……鬱陶《うっとう》しいことこの上ない』

砂龍さんからの念話が入る。もしかして、ここには洗脳装置のメインシステムのようなものがあるのか？　ここのやつを破壊するのが一つの目標かな。でも、さすがにここは有翼人達の中枢、攻めるときは相応の防衛機能があるはずだから、いきなりここを攻撃は無茶だろう。

『アースよ、すでにここのことは魔王殿に伝えてあるからの。初日はこんな感じはしなかったのじゃが、今はこうしてそう感じるということは、何かしらの魔道具か呪具のようなものを動かしたと考えてよさそうじゃ』

ああ、自分がこっちにログインしていない間にも、状況は確実に動いていると。やっぱりもたもたしてたらまずいことになりそうだな——できるだけ早く、各島の洗脳装置がある場所を見つけ出さねば。

『気持ちは分かるが、焦るでない。焦りは失敗と悔いしか呼びよせぬ。アースもそのあたりは分かっておるであろうが。どんなに切羽詰まった状況であっても、心の片隅には余裕を置くのじゃぞ。余裕がない中で出す結論や行動など碌なことにならんからの』

むう、こちらの心情を読まれたんだろう。そんな念話が雨龍さんから伝わってきた。

難しいことではある。しかし難しいからといってできないままでもまた困るんだよなぁ。だからできるように挑戦する心がけと行動は必要だ。結局、人は死ぬまでそうして自分を鍛え続けなければならないんだろう。課題なんか無数にあって、それらを全て修める前に寿命が来る。人間の人生ってそんなものなのかもなぁ。

そんなやり取りをしながら、西にある島へと三人でやってきた。

島に足を踏み入れると、無数の花びらが宙を舞っていた。その花びらに誘われて奥を見れば、そこには色とりどりの花が咲いている。白が多いが、赤や黄の花もある。

近寄ってよく見ると、それらは蓮《はす》の花のような形をしていた。しかし蓮は水に浮くものだが、ここは地面。ただ花の形が似ているだけのようだ。

他にも、チューリップやダリア、カーネーション、アジサイ、コスモスもどきの花が無数に咲いていた。地球の花の季節の感覚でものを考えると混乱しそうだ。

「ようもまあ、ここまで様々な花を咲かせたものじゃ。見事というしかないのう」

雨龍さんは口でそう感想を言いつつ、念話では別なことを伝えてきた。

『一部じゃが、ここの花の中に悪意を感じるものが混じっておる。ここもただ美しい花畑というわけではないようじゃぞ……いくつか紫色の花をつけている花があるじゃろう？　形は関係なく、紫色の花は一種の麻薬のような成分があるようじゃ。空中にまき散らされる分、効力は薄まっておるのじゃが、それでもずっとここにいればただでは済みそうにないのう』

はあ、こんな綺麗な花畑の中にもそんな仕掛けを入れているのか。風流を楽しむ暇もないな。

『無粋《ぶすい》にも程がある。ただ穏やかに花を愛《め》で、その色彩を楽しむことすらさせないとは……そしてそんな連中の片棒を担《かつ》がせられる花があまりにも哀れだ』

こんなに美しい花畑すら、奴らにとってはただの兵器というわけだ。いやだね、まったく。

花畑の裏事情を知ってしまい、こんなに綺麗なものを純粋に楽しめないことに内心ではげんなりしているが、それを表には出さずに花畑の中を通っている歩道を歩き続ける。

『雨龍さん、参考までにお聞きしたいのですが、その麻薬のような成分はここにどれぐらい滞在していると影響を及ぼし始めます？』

念話でそう問いかけてみたところ、雨龍さんからのお返事は……

『そうじゃな、まず老人や幼子といった弱い存在じゃと、二日前後で影響が少しずつ出始める。健康な青年でも四日ほど滞在すると、ちぃと厳しくなってくるかの。もっとも、自覚なくじわじわとやられてゆくので、当人には全く分からんじゃろうが。そうして弱ったところを、例の洗脳の魔道具で意識を乗っ取るというのが狙いじゃと予想するがの』

二日、か。「ワンモア」の二日なんてあっという間だぞ。一日大体五時間だからな……

周囲を見渡すと、大勢の人達が花畑の美しさに感嘆《かんたん》の声を上げている。そこには冒険者だけではなく、子供や老人も多くいた。

彼らは多分、冒険者の護衛付きでに空の世界に来た人達だろう。南の発着所から他の島に渡らない限り、モンスターはいない。そうして安全にのんびりできると観光旅行でやってきた先が、実は悪徳に満ちた世界なわけなのだが。

『拡散してその強さですか。直《じか》に体に入ったら、中毒になる前に死亡しそうですね』

予想以上の時間のなさに歯噛みしそうになるが、何とか落ち着きを取り戻す。今は、この花畑に人々が長居しないことを祈るしかないか。

いらだちを胸の中に抱え込みながら花畑を散策し続けたが、カジノのときに感じたような違和感のある場所はなかなか見つからない。この島にも絶対あるはずなのだが。

『雨龍さんと砂龍さんのほうはどうですか？』

『こちらにも引っかからんの』

『こちらもだ。今のところこれといった手ごたえがない』

自分だけでなく雨龍さんと砂龍さんのお二人も感じ取れていないってことは、今まで歩いてきた場所にはないってことでいいだろう。この花畑は非常に広いからなぁ……とにかくヒットするまで散策し続けるしかない。

『今日はやってきた当日ですから一緒に行動しましたが、次からは分かれて探しましょうか』

『うむ、そうじゃな……手分けせねば見つけられそうにないわ』

『あまり時間をかけてはいられぬからな。そうしたほうがよいだろう』

見渡す限り花、花、花だからなぁ。三人で固まって動いていたら、発見がいつになるか分かったものじゃない。

カジノはある意味、行ける場所が限られていたのがよかったのかもしれない……こうもだだっ広いと、砂漠の中で一本の針を探しているような気分にさせられるよ。それでもやらないわけにはいかないんだが。

この日は太陽が沈む寸前までひたすら歩き回ったが、残念ながら目標を見つけることはできなかった。三人とも暗い中を歩き続けることも可能とはいえ、夜通しで花畑の中をうろついていては目立つので、宿屋へと引き揚げた。

宿屋の部屋で今日の連絡会に出たが、全般的にこれといった報告も情報もなく、すぐに終わった。

「それでは、自分は寝ます」

「うむ、よく休め。我らもそろそろ休むことにする」

この日はこれでログアウト。

16

翌日、リアルでの仕事をこなした後、いつも通り明日の準備をしてからログイン。「ワンモア」世界で目を覚ますと、ちょうど朝日が出てくるタイミングだった。

「む、起きたか。食事は用意してある、今日も嫌という程に歩くことになるから、しっかりと食っておけ」

砂龍さんがそう言いながら、ご飯と味噌汁《みそしる》、漬物《つけもの》に焼き魚という朝食を出してくれた。

「ではいただきます——参考までに聞くのですが、この朝食はいったいお二人のどちらが作ってるんです？」

有翼人達はおそらくこんな朝食を作らないだろう。有翼人のやっている飲食系のお店もちらっと見ているが、基本的にはパン＆スープ系で、こんな和食風のものは今まで見ていない。

それに、食材を持ち込んでいるってことは分かっている。そもそも、この空の世界で手に入る食べ物の中に何が入っているか分かったものではないしな。

「今日は我だ。先に言っておくが、我と雨龍の料理に関する腕前は大体同じだ。だからどちらが作っても不味《まず》い物にはならん」

あ、そうなのね。でも料理ができるってのはいいことです。それにこの朝食、不味いどころかとっても美味しいです。活力が湧きます。

「何を言うか砂龍、腕前は多少こちらが上じゃ。この味噌汁には僅かに塩が足りぬ」

砂龍さんの言葉に、突如雨龍さんが噛みついた。その途端、砂龍さんの目が一瞬光った。

「ふっ、雨龍よ、それはお前個人の好みに過ぎん。味噌汁の塩加減はこの量が最良なのだ。むしろお前が作る味噌汁は、その僅かに強い塩味のせいで具材の風味が微妙に、しかし確実に失われているのだ。それに気がつかぬとは、修業が足りぬのではないか？」

今度は雨龍さんの目が光った。あ、これは長くなるパターンに入ったかもしれない。

「何を言うか、その塩気に合う具材を選び、調整していることに気がつかぬうぬのほうこそ、修業が足りておらぬぞ。同じように切っているように見えて、全く違うことに気がつかぬとは、まっこと情けないのう」

始まってしまったので、自分の分のお膳《ぜん》を持ち、部屋の隅っこに避難する。耳栓も付けて、と。

「何を言う！　味噌汁の塩加減は、数百年の試行錯誤の末に辿り着いた境地だぞ！　お前の味覚がずれているのだ！」

「たわけが！　数粒の差じゃが、我が胸を張って一番美味いと言える感覚で作るのが、わらわの作る味噌汁の味じゃ！　そちらこそ味覚がずれておるのではないか⁉」

ずずーっと部屋の隅で味噌汁を味わいながら食す。

うーん、この味噌汁はとても美味しいし、不満なんて一切ないんだよね。昆布の出汁《だし》も上手にとってあって、出汁の材料まで持ち込んでるっていうことには、なかなかの熱意を感じる。だいたい自分は一流料理人じゃないから、塩数粒の違いなんて分かりませんよ……しかし目の前でエキサイト中なお二方はそうではないようで。耳栓してても声が聞こえるなぁ。

「健康的な献立といえど、塩分が濃すぎればかえって毒となる！　数粒であれ少ないほうがいい！それにいくつもの素材が脇を固めている以上、それらの旨味を引き出す程度の塩加減でよいのだ！」

と、砂龍さんが持論を展開すれば……雨龍さんも当然反論する。

「数粒程度では健康への影響など大差ないわ！　それよりも、その数粒でより具材の味を引き立てたほうが良いではないか！　そこがなぜ分からぬのだ！」

しかし、この二人って結構こういう譲れない一線が色々あるみたいなんだよなー。そして言い争ってるときは触らぬ神に祟《たた》りなし、だ。お二人は龍『神』だからなおさらね。

それではごちそうさまでした。大変美味しゅうございました。満足満足、ということで早速出発だ。昨日回れなかった花畑で目的のものを捜すとしよう。

「では、先に行ってきますねー」

自分の声かけに、お二人揃って生返事をした後、再び睨み合いが始まった。

さてと、まだまだ島は残ってるんだし、早いところ怪しい場所を見つけたいな。喧嘩を続ける二人（二龍？）を放置して宿の外へ。えーっと、昨日歩いた道がこうだったから、今日はこっちか……

マップを閉じて、早速行動開始。花を愛でているように見せかけなければならないので歩くのはゆっくりだが、その分周囲の情報収集をじっくり行えるという面もある。

（それにしてもあの二人、仲がいいのかと思いきや、結構喧嘩も多いみたいよね。本当にどういう関係なのかしら……）

今回はルエットにも協力してもらって周囲を探る。ルエットから、自分とは別の探知能力を持っているとの自己申告があったのだ。指輪の中から出る必要もないということで、魔力の消費はほとんどないため、いざというときに参戦するのにも影響はないそうだ。

（最初は夫婦だと思ったんだよな。違ったんだが……人に修業を課すときの息は合っているんだ。だが、長く付き合って見ていると、息が合わないどころか喧嘩することも結構あるみたいなんだよな。今日の食事もそうだが、例の盾についても未だに寄こせ、寄こさぬの言い合いがたまに聞こえてくる）

空の世界に来てからまだ戦いはないが、あの盾を巡る戦いは未だ終わってない。おそらく向こうが意図していない念話がたまに自分にも繋がるんだよな……具体的に言うと、ログアウトする寸前とかログインの最中に。あんまり気にしないようにしているが、欲しがる砂龍さんと譲る気のない雨龍さんの声は忘れられない。

(確かに、マスターやゴロウさんという方を鍛えているときは、これといって争ったりしていませんでしたね。他者を鍛えているかどうかの一点の有無次第で変わるのかもしれません。私達よりはるかに長い時を生きているお二人ですからね)

基本的に龍族は長生きだ。それでもって雨龍さんと砂龍さんは更にその上に位置する龍神だ。長い時を生きれば様々な出来事に出会ってきたはずだし、積み重ねてきたものも当然あるだろう。それを想像するのは無理だ、重ねてきた年季が違いすぎる。

(まあ喧嘩はしながらも、しっかりこの島を調べてくれているようだから、あれこれ言う必要はないとは思うけどね。他人の喧嘩に首を突っ込んだっていいことは何もないってのが、世の中の常だし)

夫婦喧嘩は犬も食わないなんて言葉があるけれど、あの二人はそういう関係をも超越している気がしなくもない。もちろん斜め上方向に、だ。そんな二人の間に入って仲裁なんてしようものなら、時間も労力も人間の人生では足りないだろう。故に放置しておくのが正解と——

『アースよ、我の作る味噌汁のほうが美味いよな⁉』

砂龍さん、最近キャラ崩壊が激しいです。

『何を言うか、わらわの作る味噌汁のほうが間違いなく美味いよな！　な！　なぁ！』

雨龍さんまで……コメントは控えさせていただきます。

はぁ、とため息を吐いてから自分が返した言葉は――

『私の舌は塩の数粒差を見極められるような鋭敏な味覚は持っていないので、どちらの味方もできかねます。お二方の料理の腕はレベルが高すぎてついていけません』

そんな言い争いよりも依頼を達成するほうを優先してほしいなー、ってことを匂わせるように念を込めて返答してみた。

そしてしばしの無言。少しの間、威嚇するような声がしていたが、どうにか収まった。

『――そ、そうだな。取り乱して済まなかった。こちらは今から探索を開始する』

『こちらもじゃ、朝からすまなかったの』

どちらの味方もできないと言ったおかげか、ある程度落ち着きを取り戻した念話が届く。まあ、収まれば何よりだ。そうとなれば、できるだけ早くこの島にある怪しい場所を見つけ出すだけ。

そう思いながら歩き回るが――全然見つからない。《危険察知》を最大に展開しているのに、ここまで何も見つからないなんて……いったいどこにあるんだ。たまに入る雨龍さんや砂龍さんからの念話にも、それらしきものが見つかったという報告はない。

(うーん、マスター達が三人がかりで探ってここまで見つからないとなると、ちょっと変な場所にあるのかもしれませんねえ)

ここで、ルエットからそんな意見が聞こえてきた。

(私のほうにもこれといった反応がありません。なので、探査する方向を変えてみるべきかと)

方向、ねえ。具体的に言えばどういう感じに？　そう問いかけると、ルエットからはこう返ってきた。

（いえ、もしかしたら今までは、建物の中だとか、もしくは地面の下だとか、そういう所にあると無意識に考えていませんでしたか？　ですが、有翼人達の技術力は地上をはるかに凌駕しています。そう考えると、そういった装置が不可視状態で空に浮かべてあるという可能性も考えなければならないと思うのです）

空⁉　いや、しかし……こう見上げたって、やや暗いが綺麗な青空が広がっているだけで——そうだ、こんな何もない青空だと思い込むからこそ見つからない、とルエットは言いたいのだろう。

先日忍び込んだあの有翼人達の本拠地のＳＦっぽさから考えると、俗に言うステルスをアーツなどとは完全に別の形式で実現している可能性を考えるべきだ。ルエットの言葉通り、見えないようにしてどこかに堂々と置いてある可能性はある。

（しかし、そうだったら厄介だぞ。自分の《危険察知》や、雨龍さんと砂龍さんの能力すら弾く隠れっぷりということになる。かといって花畑の中に足を踏み入れたら、それだけで目立つ。どうやって見つけろっていうんだよ……）

そうして頭を抱えたくなるのを必死に抑える自分に、ルエットから予想外の提案が来た。

（ええ、私の探索方法にも引っかかっていませんし、非常に厄介です。しかし、今までのやり取りから、この島にはないとも言い切れません。ですから、この島は一番最後にしましょう。先に他の島を調べて、疑わしい場所が他のどの島にもあった場合は、この島にだけないということは不自然ですから、もう一度調べましょう）

まあ、そうだろうね。しかし、それが分かったところで、見つけられなければどうしようもない気がするのだが。

が、ルエットは更にぶっ飛んだことを言い出した。

（ならば、この島そのものを全て破壊すればいいんですよ。ドラゴンさん達に頼んで全部丸焼き、粉砕、木っ端微塵です。そうすれば装置がどこにあったとしても、必ず壊せるじゃないですか）

——えぇ……いくらなんでも極論すぎないか!?　なかなか過激な案を出してくるね……でも可能不可能で言えば可能か。

（確かになぁ。最悪それしかないかもしれないな、この島の探索に時間がかかり過ぎると、他の島の探索に影響が出るし。でもあと二日は調べるよ、なんでもいいから情報を手に入れないと）

今の手は最終手段だ。時間も手間もかかってしょうがないからね、この島の大きさを考えれば、ドラゴンさんが一〇匹いても数日はかかる。そんな時間を有翼人がくれるか？　くれるわけないんだよなぁ。少なくとも自分が有翼人の指揮官だったら、絶対に与えないよ。

（マスターの言う通り、最後の手段ですけどね。あと二日以内に、何でもいいから情報が見つかればそれで済みます）

ルエットも最終手段だということは理解した上で言ったのか。それでも初動の大事な時間を無駄に浪費するよりは無茶な手のほうがいいときもある、と言いたかったのだろうか。

（なんにせよ、めげるには早すぎる。とにかく歩いてみよう。《危険察知》も上側を注意する比率を上げてみることにするよ）

見つからないと嘆《なげ》くよりも、今やれることは全部やるほうが有意義というもの。

時々すれ違う有翼人達に、妙な動きをしていると思われぬように注意を払いながら、探索を続けよう――奴らから、一瞬だが、こっちの動きを警戒するような気配がした。色々嗅ぎ回っていることがばれているとは思えないが、おかしいと捉えられる行動は念入りに慎もう。


そのまま何かしらのきっかけを求めて歩き回ったが、残念なことにこれといったものは何も見つからない。時々雨龍さんや砂龍さんと連絡し合っても、やはり当たりの報告はない。いったいどこにあるのだろうか、ここの洗脳装置は……

（うーむ、《危険察知》先生ですらここまで何にも探し当てられないという事態は初めてか？　この島は厄介にも程があるな）

それだけ相手が上手《うわて》ってことかもしれないが、褒《ほ》めてばかりはいられない。何としても見つけ出し、本隊がここに攻め込んだときに使う時間を減らさなきゃいけないんだから。

しかし、人工物といえば花畑を区切る柵ぐらいしかないし、その柵もきちんとチェックして、中に何かしらの仕組みが組み込まれていないことも確認済みだ。そんなふうだと、どうしても心の奥底から焦りが浮かんでくる。

（本当に、先程ルエットが提案した方法しかないかもしれないな）

歩き疲れたわけではないが、所々に設置してあるベンチの一つに座って空を見上げながら、そんなことを思う。空には太陽以外何もない……雲が出来る高さよりも更に上にあるこの場所では、空を遮《さえぎ》るものが何もないのだ。

と、思っていたら、空に何かが浮いている。有翼人ではない。かなり小さいので、ここよりだいぶ高所のようだが――

（気分転換にはなるかな？〈百里眼〉でちょっと詳しく見てみるか）

何の気なしに〈百里眼〉を起動し、その空高く飛んでいる存在を確認すると……それは、南にある島で借りられる小型戦闘機のような物であると分かった。

姿かたちは掲示板情報で見ているから――いや、肝心なことはそれじゃない。その小型戦闘機もどきのあちこちから、火の手と黒煙が上がっている。それだけではなく、後方にあるブースターの様子もおかしい。出力が安定していないようで、推進力を得るためのエネルギー噴射のようなものが出たり出なかったりしていた。

（おいおい、ちょっと待て。これってもしかしなくても、あの機体は爆発寸前⁉　もしくは墜落寸前か⁉）

先程のまでの気分は吹き飛んで、別の焦りが全身を満たし始める。あれがもしここに落ちたら、観光に来ているお年寄りや子供達が巻き込まれる可能性が出てくるぞ。そうなったら大惨事だ……大慌てで、近くにいた有翼人を呼び止めた。

「お忙しいところ申し訳ありません、ですが、空を見てください！」

自分に声を掛けられた男性の有翼人は、一瞬だが顔をしかめた。しかし、自分が指さした先に小型戦闘機もどきが存在していること、それが今にも大破・墜落しそうなことを、双眼鏡のような物を取り出して確認してからの動きは早かった。

彼は懐《ふところ》から小型マイクと思われる物を取り出すと、それに向かって叫ぶ。

「報告、Ｅエリアにて非常事態発生！　貸し出している機体の一つがＥエリア上空にて炎上、航行不能寸前に陥《おちい》っている様子！　Ｅエリアに防護フィールドの展開を許可されたし！」

その様子を見て、周囲にいた人達も次々と空を見上げる。普通の視力しかない人達は首をかしげていたが、目の良い人は状況を理解して「おいおいおい、こいつは」みたいな呟きを漏らしている。と、そんな中、島の周囲からドーム状の幕が展開されていく。その幕は半透明の白色をしていた。これが防護フィールドというやつなのだろうか？

その幕の展開が終わり、この島がすっぽりと覆われたところで、誰かが叫んだ。

「ダメだ、落ちるぞ！」

その声は正しいだろう、小型戦闘機もどきは先程より激しく炎上……というよりはもう爆発を繰り返している。その上、これまで何とか途切れ途切れながらも続いていたブースターの噴射がもう確認できない――

と思ったその途端、重力に従って、小型戦闘機もどきはこの島の上に落ちてきた。

「きゃあああああ!?」

誰かの悲鳴が聞こえてくる。自分は悲鳴こそ上げなかったが、逃げ腰になった。あの小型戦闘機が落ちてくる場所の予想地点は、自分のいる場所からそう遠くないのだから、それも仕方がないことだと思う。

パニックの起きる気配が高まるが、それを抑えたのは有翼人の男性だった。

「心配は無用、早めの情報提供により、フィールドは完全に展開し終わっている。このフィールドがあれば、たとえこの瞬間にドラゴンが攻めてきたとしても何ともない！」

その余裕を含んだ声に、ひとまず混乱は収まった。しかし、今の言葉は果たして事実かどうか……

その結果はすぐに出た。墜落してきた小型戦闘機もどきは、フィールドの上に落ちると、ふにょん、といった感じで受け止められたのだ。

直後に爆発を起こして、大量の黒煙を発生させながら大破したのだが、その衝撃は一切フィールドの中に響くことはなかった。

「この通り、いざというときへの備えは整っている。遊びに来た皆が傷つくようなことはない、安心して我ら自慢の花畑を堪能《たんのう》していってほしい」

この有翼人男性の言葉に、おおーという感嘆の声があちこちから上がる。狙ったわけではないものの……これで相手の防衛手段を知ることができた。

しかし今はそれは置いておくとして——墜落した機体に乗っていた人はどうなったんだ？

「乗ってた奴はどうなったんだ!?　まさか——」

自分と同じことを心配する声が上がったが、爆発によって生じた黒煙が収まってくると、小型戦闘機もどきの残骸の他に、一つの大きな玉が防護フィールドの上に転がっていた。そして、その球に数人の有翼人達が近づいていく。

「今確認に向かっているが……うむ、軽い気絶程度らしい。なぜこんなことが起きたのかはもちろん調べるが、ご覧の通りあの乗り物にも安全装置が組み込まれている。心配せず乗ってほしい」

玉が二つに分かれて開くと、その中から小型戦闘機もどきに乗っていた人が現れた。近づいていった有翼人達がその人の様子などを確認しており、ここにいる有翼人のところにまでその情報が届いたらしい。

その報告を聞いて、周囲にいた人達からは、無事でよかった、とか、これなら安心だ、なんて声が上がる。

やがて片付けが終わったことで防護フィールドも解除され、集まっていた人達もまた花を愛でるために散っていった。その一方で、自分は再びベンチに座ってため息をついていた。

（これは困りました、このような防衛手段があったとは……これでは、ドラゴンさん達がやってきた時点で今のフィールドが発動されることが目に見えています。そして、この防御方法は衝撃などを容易く受け止めることを、目の前で見せられてしまいましたね。ドラゴンさん達でも壊すのには時間がかかるでしょう、そして時間をかければ当然、有翼人達がやってきて攻撃を仕掛けるはずですから――）

ルエットの言う通りだ。こんな防御手段を持っているとなると、ドラゴンさん達にこの島を破壊してもらうという最終手段は使えなくなったと考えるべきだろう。

（見方を変えれば、今見た防衛手段があると事前に知れてよかったと考えられる。このことも、今日の夜の報告会で言っておかないといけない。十中八九、全ての島でこの防御幕が張れるようになっているとみるべきだ）

上空から強襲をかける手段はまず通じない。それを知っているか否かだけでもでかいのだ。不謹慎だが、あの墜落を引き起こしてしまった人には秘かに感謝しないといけない。結果として、相手の手札を一枚、タダ見させてもらったんだから。

（手札の一枚というには大きいと思いますけどね。さあマスター、気を取り直して歩きましょう！）

そうだな、休憩はそろそろ終わりだ。まだ時間はある、やれることをやれるうちに行動だ。

17

「ワンモア」の世界も夜を迎えたので宿屋に戻り、お二方と軽く雑談（しながら裏では念話で情報のやり取り）をしていた。あと少しで定期報告会のお時間なので、それまでの時間つぶしである。

『そうですか、そちらもこれといった当たりはなしと』

自分の念話に、雨龍さんはほうじ茶を飲みながら何食わぬ顔で念話を返してくる。

『うむ、どうやって隠しているのか皆目見当もつかぬ。我や砂龍の感知すらすり抜けるとはな……この島の大体七割を歩いたにもかかわらず見つけ出せん現状はよろしくない。じゃがまだ残り三割が残っている。まずはそこを調べてから考えようぞ』

うん、とりあえず全部を見てからだな。次に自分がログインするときまでには、雨龍さんと砂龍さんで巡り終わっているだろう。

〔そろそろ時間だ、皆そのままの態勢を保ったままで聞いてくれ〕

砂龍さんからの念話が届いてから数秒後、魔王様の挨拶が聞こえてきた。

〔皆、今日もよろしく頼む……では、早速本題だ。何か情報を手に入れた者がいれば、遠慮なく発表してほしい〕

とのことなので、早速自分は、今日見た有翼人達が貸し出している小型戦闘機もどきの墜落で発覚した、例の障壁に関する情報を提供する。

〔――以上です。このことから、各島には同じ障壁が展開できるようになっているとみるべきです。また、単純に硬さで相手の攻撃を防ぐのではなく、柔らかく受け止めることができるという点が恐ろしく厄介です。これだと攻撃がかなり通りにくくなるので、ドラゴンの皆様であっても容易く破壊することはできないかと〕

この一件は他にも見ていた人がいたため、補足する声がいくつか上がった。そして並の守りではないということが全員に認識されたと思う。これについては、魔王様が〔そんな守りがあるとは、厄介な話になったな〕と呟いたことも大きい。

そこに聞こえてきたのは、レッド・ドラゴンの王様の声だ。

〔硬い障壁ならば、こちらの攻撃力や重量で押しつぶせるが――よもやそんな障壁を短時間で張れるとは……もしドラゴンの力で島を破壊するとなると、人化できる私とグリーン・ドラゴン達で障壁の内部から攻めるほかないが……そうした場合、背に乗せて空まで運ぶ魔族の精鋭達の数がかなり減ってしまうことになる。それは上手くない話だろう?〕

これに魔王様も〔そうだな、空で戦う兵力は少しでも多くしたい。故にその方法はとれないな〕と同意する。

場所が場所だから、往復して運搬するのはいくらドラゴンといえども時間がかかるし、疲労も大きいので、現実的ではない。
もし往復して予定通りの数の兵士を運べたとしても、その後に待っている戦闘時にドラゴンさん達が疲労困憊だったら、有翼人達に制空権を取られてしまう。そうなったら、あとはひたすら空から猛攻を食らってやられるだけ。そんな負け戦な展開は御免蒙るなんてことは、この場にいる皆も当然分かっている。
〔いずれにせよ、実に有益な情報であったことは確かだ。偶然がきっかけとはいえ、いい情報を得てきてくれたことに礼を言う。これを知らずに本番の戦いを迎えていたら、かなり辛い展開になっていた可能性がある。他にも何かあればどんどん報告しろ、小さなことでも構わない〕
その魔王様の言葉を受けて、では、と新たな報告が続いていく。
〔では。この作戦に関わるか微妙なところだったのですが、報告いたします。北の島に闘技場が存在し、戦いを通じた賭けが行われていることはすでに報告が上がっていましたが……その闘技場の出場者の中に奴隷がいる模様です――有翼人の〕
ざわり、と場が騒めいた。有翼人の奴隷だと？　いったいどういうことだ？　そんな言葉がいくつも聞こえてくる。
〔まだ詳しいことまでは調べられておりませんが、その有翼人達は昔で言う剣闘奴隷という呼び方が一番しっくりくるでしょうか。ただひたすら毎日異なる魔物との戦いを強いられているようです。鍛冶の能力がある者に彼らの武具を見てもらったところ、明らかに我々が使っているものよりも数段劣るために、本人にはかなりの戦闘能力があるにもかかわらず敗北することが多いです。勝ったとしても紙一重の勝利ばかりで、戦闘終了後の彼らは常にボロボロになっています。ハッキリと言いましょう、使い捨てているとしか思えません。彼らがいつどんな形で死のうが構わない、そんな考えが透けて見えます〕

どーゆうことだ？　有翼人達も一枚岩じゃない——いやいや、一枚岩の組織なんて普通はないか。でも妙は妙だな。なぜそんな使い捨てるような真似を？　分からないことがまた増えたな。

〔この考えを後押しする情報があり、彼らは戦闘で負ってしまった怪我に対して、適切な手当てを受けていないようです。賭けに興じるふりをして何日も張り込みましたが、怪我が治りきっていない状態で再出場してくることが何度もありました。あの程度の怪我、それなりのレベルのポーションを飲むなり回復魔法をかけるなりすれば、すぐに治るはずです。どうも彼らは、包帯などによる最低限ぎりぎりの治療の後は、自然治癒に頼っているようです〕

確かに、そんな扱いだといつ死ぬか分からんな。リアルならともかく、「ワンモア」世界ならよっぽどの怪我、もしくは死亡状態じゃない限り回復可能な手段がある。それらをしないということは、彼らが使い捨てだという結論になるのも当然だ。

〔何かの見せしめなのでしょうか？〕

〔誰が、何のために？〕

〔有翼人内部でも争いがあって、その敗者がそういった扱いを受けさせられている、とか？〕

〔そういうことなのかもしれないが……〕
報告会の参加者が、今の報告について口々に話し合い始めた。自分も一つ気になることがある。
〔すみません、一つ質問です。その奴隷らしき有翼人が、そのようなボロボロの姿で闘技場に参戦していれば、あちこちで噂が立つはずです。しかし――自分の知る限りだと、そんな声は上がっていないのですが〕
ざっと雑談掲示板などを確認してみたが、闘技場はモンスター同士や参戦を希望した人達が出るものであって、今の話のような目撃情報は一つもない。この報告者はいったいどこからそんな情報を見つけてきた？
〔そうでしょうね、一般的に地上から来た人々が案内されるのは『表』の闘技場ですから。私が見たのは『裏』の闘技場です。実は、闘技場には地下がありまして……金払いが良くて、嗜虐的《しぎゃくてき》な性格をしている人を選抜して、ごく少数のみを招いているのでしょう。私も情報を仕入れてから数日、そういった人物になりきって行動していた結果、有翼人から誘われて直接目にしたというわけです。なお、地下闘技場は全ての壁に鋭い棘《とげ》が設置されており、一定時間が経つとその壁が中央に向かって動き出します。戦いが長引けば、戦っている者達は串刺しという結末を迎えるようになっています……そんな残虐な戦いが毎夜繰り返され、そしてどちらが死ぬか、もしくは両方死ぬかの賭けが行われてます〕
うげっ、想像しただけですっぱいものが口の中に広がりそうだ。少なくともどちらかは生き残る表の闘技場とは違って、裏は完全に死ぬまで戦えという殺し合いじゃないか。

〔地下闘技場への入り方は分かりません、出入りするときは目隠しなどをはじめ様々な方法で、あらゆる感覚を封じられた状態で運ばれましたので。ただ、有翼人曰く地下にあるということなので、そのように報告させていただきました。正直、調査でなければ行きたいとは思えない場所ですよ……なお、この地下闘技場のほうには大勢の有翼人達が観戦に来ています〕

奴らはそんな殺し合いを喜んで見ている、と。吐き気がするね。自分がそんな場所に行きたいか？と問われれば、即答でＮＯ！と叫ぶよ。

〔他の島にも、こういった裏の施設が隠されているかもしれません。そして、そこも同じように虫唾《むしず》が走るにも程がある場所である可能性があります。行く前に心構えだけはしっかりとなさったほうがよろしいでしょう〕

――これ以降は大した話は出てこず、今日の報告会は解散となった。

しかし、地下闘技場か。そこで行われている行為こそが、奴らの本性ってわけだ。で、奴らに負ければ今度は地上全体がそうなる未来が待っているのだろう。そんな話は、全力でお断りだよ。

◆　◆　◆

翌日、再び花畑を回る……が、昨日までとは状況が異なっている。

なんでも、探し物が見つからないことに雨龍さんと砂龍さんの両名が業《ごう》を煮やして、ちょっとだけ龍の力を使ったとか何とか。本人達の言う『ちょっと』だから本当にちょっとなのかどうか実に疑わしいのだが、そこを突っ込む勇気はない。

とりあえず、花畑を見ている人達や有翼人達の動きに大きな変化が見られないので、ひとまずは深く考えなくてもいいだろう。

『我と砂龍が少しだけ龍の力を開放して探った結果、この二か所から反応が感じ取れた』

『なので今日は、我ら二人と共にこの二か所の確認に来てもらう。よいな？』

宿の中で地図を広げて、表では今日の予定を立てているふりをしながら交わした念話によると、この島の中央と、その中央から見て西南側の二か所に引っかかりを覚えたとのこと。雨龍さんと砂龍さんの二人が同じ意見だったので、そこに何かがあるってことは間違いないと見ていい。

「この花畑も今日で見納めにして、次の島を見に行こうかのう」

「そうですね、大体見て回りましたから、そろそろ移動しましょうか」

表面上ではそんな会話をしながら目的の場所を目指す。まずは中央から……砂龍さんが「あの花はやはり何度見ても見事だな」と言いながら指をさす。自分はすかさず、砂龍さんの指が示した方向に向かって《危険察知》を発動して念入りに調べてみる。

そのまま二〇秒以上かけたところ、数秒だけであったが『何か』を感じ取れた。

「確かに大きさといい形の整い方といい、良い花ですね『感じることができました。そして多分ですが……ここの物は違うと思います』」

口で会話しながら、念話でも感じた物に対する意見を述べた。確かに、空中に何かがあるのは分かった。だが感じ取った物からは、カジノのときに感じたような気味悪さがなかったのだ。

多分だが、これは障壁を張るためのシステムの一つなんじゃないだろうか？　なんにせよ、洗脳に関する物じゃないというのが、自分の感覚から導いた答えだ。

『そうか、我らと同じ意見だな』

『ならばもう一つのほうじゃな。そちらに移動するかの』

どの花が綺麗だったの見ごたえがあっただのと雑談を交わし、のんびり観光するふりを崩さず、もう一つのポイントへ移動。

走ればすぐの距離を歩かなきゃいけないのが面倒だが、こういう場所で緊急事態でもないのに大人が走れば嫌でも目立つ。じれったい気持ちと戦いながら目的の場所に到着し、早速調べにかかる。ここが当たりだといいのだが。

「ここにある花は大輪ではないが、穏やかな趣がある。我はそんな花も美しいと思うのじゃが、どうじゃ？」

今度は雨龍さんが、花畑のほうに指をさしながらそんなことを口にする。自分はその言葉に頷いて、花を見るふりをしながら再び《危険察知》を発動。

先程よりも時間がかかったが、ここにある物を感じ取った瞬間、自分は崩れ落ちた。地面に右膝と右手をついて、何とか倒れ込むことだけは回避する。

「ど、どうしたのだ⁉」

雨龍さんの慌てた声に「大丈夫です、ちょっと立《た》ち眩《くら》みがしただけです」と返す。

それよりも、何だ今のは……気持ち悪いどころではなく、生理的な拒絶感、本能的に避けたいと思わせる恐怖感、そういったものが一気に押し寄せてきた。今はもう何も感じないが……一つだけ分かったことは、ここが当たりだということだ。

『多分、ここです。とてつもない気持ち悪さを感じ取れました。カジノのときよりもはるかに強い……もしかすると、カジノのほうはまだ準備段階だったのかもしれません。本格的に稼働すると、これほどまでに見つけにくく、かつ強烈な拒絶感を押し付けてくるのかも』

念話でそう伝えておき、自分のステータスを見たらびっくりした。［脱力：一定時間最大ＨＰが二割減少］や［抵抗力減少：状態異常に対する抵抗力が低下］など、いくつかの状態異常が付与されていたからだ。

そして何より、これらは魔王様から貰ったマントやクラネスさんが作ったネオ・ドラゴンスケイル装備の耐性を抜いてきたことが恐ろしい。ネオ・ドラゴンスケイル装備の精神状態異常を無効化する能力がなければ、更なる状態異常が付与されていた可能性を否定できない。

（肉体系の状態異常は、精神系と違って完全無効にできないとはいえ、それでも非常に高い防御性能を持っているんだぞ？　それを抜いてくるなんて……これは、のんびりしてたら取り返しがつか

ない事態に追い込まれかねない）

今後も、例の物を調べるとこういう状態異常を付与される可能性が高いが、この任務から逃げ出すわけにはいかない。ここで逃げたら、バッドエンド直行がほぼ決定してしまう。地上の人々がただひたすら悲惨な目に遭わされ、嘆き悲しむ世界が完成してしまうのが、容易く想像できる。

『そうか、分かった。ここの場所を記録しておくとしよう。それと体を見せろ、ちょっとした立ち眩みではないだろう。治療するぞ』

砂龍さんが素早く地図にこの場所を書き込んでから、右手を自分の頭に当ててきた。直後、うっすらと緑色に発光したと思ったら、状態異常が全て消えた。

『これで治っただろう、立てるはずだ。しかし、調べられるとそういう反撃をしてくるようになっているのか？　厄介な話だ』

砂龍さんが首を僅かに左右に振った。一方で雨龍さんからは――

『それよりも早くこの場を離れようぞ。もし先程の接触で有翼人に何らかの警告が届いていた場合、まずいことになってしまうからの』

そうだな、雨龍さんの言う通りここに長居するのは好ましくない。怪しまれない程度の速度で立ち去らないと。まだ序盤の今の時点で目を付けられるのは避けたい。

そして、この雨龍さんの言葉に従ったのは正しかった。なぜなら、十数秒後には有翼人達が数名やってきたからだ。

「――ここか――」

「――異常は――」

「――誤作動か――」

歩きながら聞き耳を立てていると、背後からそんな会話が僅かに聞こえてきた。聴力を強化するスキルがないのであまりよく聞き取れないが、立ち止まらずに距離を開けなければ……今回は無事に目的を達している。これ以上欲張れば、後の展開が台無しになるかもしれない。

『危ないところだったのう、あそこに留まっていれば間違いなく目を付けられたぞ』

雨龍さんから念話が届く。確かに、話を聞きたいとか何とか言われて、あちこち調べられたかもしれない。その場は舌先三寸で凌《しの》げたかもしれないが、マーク対象にされた可能性は高いだろう。そして一度マークされたら、次また同じようなことが起きたときに逃げようがない。

『しかし、成果はあった。今日はそれで良しとしよう。だが、今後も見つける度に反撃を受けるのは困る。何かしらの対策が必要だな……』

砂龍さんの意見ももっともだ。いちいち状態異常に引っかかって倒れていたら、誰から見ても怪しく思えるだろう。

『確かにそこは何とかしたいところです、かなりきつかったですから……』

この島での目的は達成できたが、また新たな課題が現れた。くそう、なかなか思うように進まない……

18

発見すべきものは発見したし、まだログアウトまでの時間は十分にあるので、次の島へ向かうことにした。

今度の島の場所は、中央から見て北西に当たる。

そして島に入ってしばらく歩いた自分の口から出た感想は――

「ここは、水の芸術がテーマなんですかね？」

あちこちに水が流れ、人は飛び石の上を歩く形になっている。噴水も多数あるし、水を様々な地形に流すことで、一枚の絵に仕立て上げているような印象を受けた。さっきまでいた花がいっぱいの島とはまた違った芸術性だな。水の流れる音が実にいい、心が落ち着く。

（これだけの芸術性があるんだから、地上にちょっかい出そうとか支配しようだとか考えなけりゃよかったのに）

有翼人達が争いを望まず友好的であってくれたのなら、今みたいな面倒くさい状況に悩むことなく、純粋に観光を楽しめたのに。まあ、嘆いたってしょうがない。今は仕事をしましょうか。

「ふむ、龍の国とは違った方向だが……なかなか美しい『今のところこれといった反応はないな』」

「このような水の見せ方もある、と知ることができるのは旅の醍醐味《だいごみ》じゃな『こちらも特に感じぬ、まあ今日は様子見でもよかろう』」

砂龍さんの言葉&念話に続いて、雨龍さんも言葉&念話で会話。自分の《危険察知》にも怪しい反応はない。まあまだ島の入り口付近なんだから、そう簡単にヒットするわけもないか。

『まあ、今は見つからないほうが助かりますけどね……治療していただいたんで体のほうは大丈夫なんですが、精神的にまだちょっと』

さっき洗脳装置(?)から浴びせられた気味の悪さが、まだ少し残ってる気がするからな……長時間船に乗った後、陸に上がってもなんだかまだ揺れているような感覚が残る感じ、とでも表現すればいいだろうか。

『うむ、それを軟弱だとか言うつもりはないぞ。あれは確かに悪《あ》しき怨念《おんねん》のようなものの塊だ。この地に住まう連中も、碌でもない物を作ったものよ……あんな物が放っている澱《よど》んだ気に中《あ》てられれば、人族ではなく龍族や魔族であっても辛かろうよ。もし心身を鍛えておらぬ者が浴びた場合は、一瞬で心を壊すやもしれんな……』

とは砂龍さんの言である。自分は防具のおかげで精神面は守られたし、今まであちこち行って鍛えてきたからあの程度で済んだのか。ゲーム的に言うと、SAN値が削られるってのはこんな感じなのかねえ? 自分の体ではもう体験したくないなぁ。VRのホラーゲーム系は絶対に手を出さないでおこう……ゾンビとか銃器で対抗できる敵ならまだしも、日本のホラーによくある逃げることしかできない奴をフルダイブ式のＶＲで相手にしたら、絶対トラウマになる。

『あんな物を作る暇があるのなら、もっと他に有意義なことをしろと言いたいがの。しかしこの手の連中は、そういう面倒かつ厄介なことに全力を出す性質を持つからのう……面倒じゃな』

雨龍さんも念話でため息をつきながら自分の考えを述べる。

そうだなぁ、そこはリアルでも一緒だな。犯罪のニュースが聞こえてくるたびに、そんな悪事に労力を使うならまっとうな仕事がいくらでもできるだろう、ってことを上司や同僚もよく口にしている。

でも当人にとっては、まっとうに働くよりもそういうことのほうが魅力的に見えるから、積極的に動くんだろう。もちろん自分は犯罪なんてしたことないから、勝手な想像だけどさ。

『こういう芸術の方向にだけ力を伸ばしてほしかったですねえ』

周囲を見渡しながら自分も念話を飛ばした。噴水も鳥を模したり、滝を模して大量の水を流していたりといろんなものがあり、見ていて楽しい。こういう方面の能力があんまりない自分にとっては羨《うらや》ましい才だ。

『嘆いても仕方があるまいよ、もはや衝突は避けられぬ。そういう運命であったということじゃ』

と、雨龍さん。まあそうだよな。

人間だって散々戦争やらなにやらをやらかしてきている以上、彼らに対してもあまり強く言えないか。でもだからって、攻めてくるなら防衛はするぞ。

当たり障りのない雑談をしながら、島の中をゆっくり見て回る。この島は建物の周囲以外はとにかく水路が張り巡らされていることが判明。水は透き通っていてとても美しく、また花畑の花とは違って麻薬的な成分を含んでいないことが、雨龍さんの力で判明した。

『この島は前の島と比べればまだ穏やかじゃな。逆に前の島が物騒過ぎたと言うべきなのかもしれぬがの』

麻薬成分を常に空中にまき散らしているとか、確かに物騒過ぎるよな。花畑の島は。もちろんその点は例の報告会で雨龍さんと砂龍さんから伝えられていて、先発隊は用事がない限りあの島には入らないようにしている。

「そろそろ、今日の宿を見つけねばならんな。日はまだ高いが、僅かに傾き始めている。もたもたしていると野宿になるやもしれぬぞ」

そうだな、砂龍さんの言う通り、今日の宿を見つけないと。そうして再び歩き出したのだが……


「すみません、うちは満室です」

「悪いな、もういっぱいなんでね」

「すみませんが、満室です」

と、見つけた三軒は全て満室とのことだった。なんか、龍の国でもこういうことがあったな。

そして宿を探している間に日はハッキリと傾いてきており、夕暮れが近づいてきていた。

「むう、よもやここまで満室続きとはな。次の宿屋はどこにあったか？」

砂龍さんが顎をさすりながら、地図を確認している自分に聞いてくる。

「この先に二軒ありますね、そのどちらかが空いていればよいのですが」

自分の言葉に、そうか、と砂龍さんが頷く。そして足早に二軒のうちの片方を目指した。

「三名様ですか。四人部屋でしたら一室開いておりますが、如何なさいますか？」

と、ここで何とか一室開いていた。四人部屋に三人で泊まるのはお金的にややもったいないが、まあそれぐらいは妥協すべきか。雨龍さんと砂龍さんにも確認したところ、それぐらいは構わないと同意を得られた。

「その空いている部屋でお願いします」

自分が代表して受付し、カギを受け取る。

部屋の中は、ビジネスホテルっぽいというのが一番適切だろうか？　まあ別に豪華な部屋に泊まりたいわけじゃないからこれで十分だけど。逆に華美な装飾品が多数あると寝にくいんだよね、個人的に。

「四人部屋だけあって十分に広いのう、これならばのんびりとできそうじゃ」

雨龍さんの言う通りスペースは十二分にあるから、息苦しさを感じることはない。

早速砂龍さんがどこからともなく取り出した急須と茶筒でお茶を用意してくれたので、椅子に座って遠慮なく頂く。

「ふう、やはりお茶はいいですね。では、明日からのんびりとこの島を見て回りましょうか」

この後は今日の報告会に参加だな。そこで報告を終えたらログアウトだ。


〈そうか、二つ目を見つけたか。そして見つけた魔道具からそのような反撃を受けた、か……やはり一筋縄ではいかぬな〉

今日あったことを全て報告した後の、魔王様の第一声がこれだった。

〈本格的に起動した、と見てよいのかもしれませんね……何の準備もない者が手を出して反撃を受ければ、耐えきれずに廃人と化すやもしれません〉

また別の人がそう口にした――その意見には自分も同意する。耐性がある装備をしていてもあのきつさだったのだから、無抵抗であれを食らったらいったいどうなっていたことか。想像するだけで恐ろしい。

〈この手の攻撃に高い抵抗力があるのは彼らぐらいか……他の者はこの件には手を出さず、別の情報を入手することに集中したほうがよいかと〉

この発言に続いて、『そうだな、下手に手を出せばかえって足を引っ張ることになりかねない』というニュアンスの発言がいくつも出てきた。

そんな中、こんな話が出てきた。

〈話が変わっちまうが、報告だ。例の借り物の飛行できる乗り物に乗ってあちこち飛んでみたら、

進もうとしても進めずに弾かれる妙な場所が複数確認できたんだがよ、そいつの詳細はいるか？〕

この声はグラッドだな。彼らのパーティはそういう冒険する方向でガンガン動いていたんだろう。プレイヤーの中でもトップクラスの戦闘能力がある連中だからこそ、こういう強みを出せる。

〔そうか、ぜひその情報を聞きたい。報告を始めてくれ〕

という魔王様の言葉に対して、

〔じゃあ言うからよ、各自で大雑把に記憶しておけよ〕

というグラッドの前置きの後、その場所の位置が発表された。南に三か所、北に二か所、東に四か所、西にはなかったという……よし、言われた場所付近にピンを立てておいたので、そちらに出向くときはこれを参考に動こう。

〔ふむ、なるほど。意外と多いな……何かがあるのは間違いないのだろう。その中にあるものによっては、今後の戦いを左右する可能性がある。しかし、だからと言って力業で入ろうとすれば、かえって有翼人達を利する結果になるやもしれんな〕

グラッドの報告を聞いた魔王様がそう呟く。

その呟きに反応したのはガルの声。

〔こちらもそう思って、強行突撃は避けたんだー。この乗り物にもきっと有翼人達がなんか仕込んでいるだろうし〕

とのことだが、いい判断だろう。

〔もし教えた場所に本気で突っ込むってんなら、有翼人連中に依存しない別の移動方法を用意すべきだろうな〕

と、グラッドは報告を締めくくった。

ふーむ、そんな場所があるのか。もしかするとそのどこかに、レッド・ドラゴン王から貰った【心鱗《しんりん》】があれば話し合いができる、空の上にいるドラゴンが隠れているのかもしれない。あと六つの洗脳装置を見つけたら、ここに向かわねばならないな。何の当てもなく広い空を探し回る必要がなくなったのはありがたい。

〔なんにせよ、これもいい情報だ。感謝するぞ。時間に多少でも余裕のある者は、この場所に向かう手段を考えよ、むろん我も色々と試してみることとしよう。こういった不確定要素は戦いの前にしっかりと潰しておかねばならぬからな〕

魔王様の言う通りだ。不確定要素を完全になくすのは無理でも、事前に対処できるところは対処して失敗確率を少しでも下げておくのは、何においても基本だろう。特に戦争なんて、不確定要素がごろごろ転がってるようなものでもある。それを放置したがために負けたなんてことになったら悔やんでも悔やみきれん。

〔他に報告はないか？　……ないようだな。ならば今日はこれで解散とする。各自、己にできることに全力を注いでほしい。全ては未来のために〕

との魔王様の言葉で、今日の報告会は終わりを告げた。

『有翼人達に感づかれないように空を飛ぶ方法、か』

今日の報告会が終わった後、雨龍さんが持ち込んでくれていたほうじ茶を味わいながら、念話で龍神のお二人と話し合う。

『空を飛ぶという点に限れば我らには容易いことであるし、お主一人を背負うことも造作ないが……それをやると目立つことが避けられんのう。空を飛ぶあの乗り物で移動する者が増えておるし、そんな中で何にも乗らずに空を飛ぶ姿は異様に映るじゃろうから』

ああ、雨龍さんの言う通り、このお二人なら飛ぶことなんて簡単だろう。だけど、間違いなく目立つよな……真っ白いキャンバスに黒い点を一つ置くようなもんだ。いやでも注目を浴びてしまう。

『龍になるわけにはいかんぞ。もっと目立つことになるだけだ』

そりゃそうでしょ、砂龍さんに言われるまでもない。こんなところで龍神が突如デデーンとその姿を現したら、大騒ぎにならないわけがない。その大騒ぎから有翼人達が警戒態勢に入ってしまい、更に面倒になるだけだ。

『うーん、妖精達も、この高度だと島の外を飛ぶのはそれだけに集中して何とか、だそうで、戦闘や運搬なんかは絶望的だそうです』

これは掲示板から情報を仕入れた自分の念話。護衛付きで行けるかどうかを試した人が数人いたらしいが、大型の妖精……グリフォンとかそういう空を飛ぶことが得意な子であっても、上に一人でも人が乗ったら高度が維持できず、落ちるばっかりだったそうな。何とか素早く回収したらしいが、あれ以上無理をさせたら絶対墜落していたって話も載ってる。

『そうか、では妖精が運んでくれたという言い訳もできんわけじゃな？　そうなるとすぐには案が浮かばぬのう』

雨龍さんが「この茶は渋いの」などと言いながら、苦い顔を浮かべつつ念話で返してくる。

『目立たずに移動するというのは、地続きであればアースが得意とする話なのだが。なかなかに難題だな。しかし必ず考えねばならぬことではある。此度の戦は、負ければ即座に滅亡に繋がる大一番。何も浮かばぬとそう簡単に諦めるわけにはいかぬ。皆であれこれ考えてできそうなことを挙げていくほかあるまい』

砂龍さんの言う通り、地続きであったのなら自分も何とかなるんだがなぁ。

有翼人達が貸し出している小型戦闘機は、今はもういっぱい空を飛んでるそうで……やっぱり空を自在に飛べるってことが一種のアトラクション気分にさせるんだろうか？　プレイヤーもこっちの世界の人もいっぱい乗ってるそうで、順番待ちの整理券が配られるほどなんだとか。

『目撃者が全員口をつぐんでくれるというあり得ない前提だとしても、おそらくあの乗り物についている何らかの装置が異常事態として通報してしまうでしょうからね……正直、今は何も案が浮かばないです』

現時点では、何か新しい手札を得ないと行動のしようがない。残念ながら、少なくとも今はグラッドが教えてくれた場所に行くのは無理だ。

『まあ、洗脳の魔道具の場所をはっきりさせるのが、今の我らの仕事じゃからな。それ以外のことは他の者に任せておくがよかろう。むろん、考えるのを止めてはならんがな』

雨龍さんに賛成だ。まずは今ある仕事をやっつけよう。ただ、あれこれ考えていれば突如閃きが訪れる場合もある、と。

「では、夜も更けてきましたし、今日はそろそろ寝ますね。お先に」

自分はそう言って、装備を解除しながらベッドの中に入る。

「うむ、よく休め」

「休めるときにはしっかりと休むのも修業じゃ」

お二人の言葉に頷いた後、横になって目を閉じ——ログアウトした。

19

翌日。ログインしたら、今日は雨龍さんが作ったという食事を食べ（美味しいのは間違いないのだが、砂龍さんの作った料理との差異がやっぱり分からなかった）、早速島の調査に乗り出した。

今回も三人バラバラに分かれて怪しい場所を探し、見つかったら三人一緒に事に当たるという体制で行く。

『見つけても、今日は手を出すな。先の島のようなことが起こる可能性は十分にある』

と砂龍さん。一度目はしょうがないが、同じ過ちを二度三度と繰り返すようでは、愚か者の烙印《らくいん》を押されてしまう。それは勘弁願いたい。もし見つけても、今日はマークするだけ。詳しく調べるのはまた改めてだ。

それにしても、この島は様々な水の流れがとても美しい。昨日見た噴水などの西洋的な美もあれば、木と岩と苔《こけ》の風景がいい味を出す日本的な美を感じる場所もある。

こんな庭園をリアルで作ろうと思ったらいくらかかるのやら……こんな場所にすら洗脳装置を仕掛けるとか、無粋にも程があるというものだ。

水中には魚もいた。ただ、背中に一対の小さな羽根が生えていたり、うっすらと金色に発光していたりと、地上に棲《す》んでいる魚とは全くの別物だった。錦鯉《にしきごい》の代わりなんだろうか？　ま、これはこれでいいのかな。そんなに不気味ってわけでもないし。

そんな水と景色と魚の姿を観賞しながら周囲を探る。この島は前の島と違って人工的な建造物が多いので、あらゆる場所に洗脳装置を仕掛けることができるから、丁寧に調べていく。今のところ当たりはないが、どこで《危険察知》が反応しても不思議ではない。見落としだけは避けなければ。

そうして二時間ほど探索したが、当たりはない。雨龍さんや砂龍さんとも念話で話してみたが、やはりまだこれといった違和感はないらしい。まあそうさっくり見つかるわけもないか……この島

はまだ来たばかりなんだから、焦る必要はない。

途中、設置されている椅子に腰かけて、お昼のサンドウィッチを口に運び、紅茶を飲んでひと休み。

そんなのどかな一瞬を楽しんでいたときに、それは来た。

「だ、だれか！　俺のペットを止めてくれ！　急に走り出して止まらないんだ！」

ペット？　そんな声が聞こえてきた方向に視線を移すと……そこにはバカでっかい紫色の甲羅を持った亀さんが。

多くの人の視線を集めていても我関せずと言わんばかりに、ざぶざぶと大きな池の中に入っていき、池の中央付近まで来た途端にこてんと脱力。その姿に周囲がざわめいたが、その後に聞こえてきたのは……

「グゴゴゴゴゥ……」

「いびきかよ!?　ってことはただ寝ただけかい！！！」

そう、亀さんのいびき（？）と、周囲にいた誰かからのツッコミの声。

庭園に亀さんが鎮座しちゃったことで、景観が大きく狂ってしまった。しかも亀さんのいびきのせいで静かな雰囲気だったこの場所の空気というものが砕け散った……自分を含め周囲の人達はお互いの顔を見回している。考えていることは多分みな同じだろう。そう、『これどーすんの？』だ。

「お客様、困ります！　亀を庭園の水中で寝かせないでください！　この島の景観が壊れてしまいます!!」

そして亀さんが寝始めてから一分前後で、有翼人の女性が文字通り飛んできて、亀さんの飼い主にお怒りになった。すぐに亀さんを起こしてどいてもらうように指示したのだが……この亀さん、飼い主が声をかけても甲羅を叩いても一向に起きる気配がない。いびきのほうも継続中で、うるさいことうるさいこと。

「起きてくれよ！　なんでこんな所で寝るんだよ、ちゃんと毎日休息をとらせてるだろう！」

飼い主さんの声に泣きが入ってきている。しかし亀さんはそんなご主人様のことなど知ったことかとばかりにいびきをかきかき、ぐっすりお休みのご様子。ありゃ当分目覚めそうにないな。

「なぁ、威力弱めの雷魔法でも撃てば……」

「おい馬鹿、やめろ！　そんなことしたら水の中にいる魚達にまで影響が出るだろうが！」

「なんか亀さん、すごい極楽ーみたいな表情浮かべてない？」

「亀の表情が分かるアンタのほうが驚きだよ！」

周囲からもやいのやいの声が上がる。対策を考える人、対策の穴を指摘する人、亀さんの様子を窺う人、と様々だ。しかし、確かに亀さんは気持ちよさそうに寝ているように見えるな。周囲はたまったもんじゃないんだけど……特に水の中の魚達は慌ててたり逃げてたりしてるから、かなりのストレスになってるぞ。

「頼むから魔法は撃たないでくれ！　こいつ、魔法全般を反射するから！　しかも反射した魔法がどこに行くか分からないから、二次災害が起こる！」

亀さんの飼い主も、弱めの魔法を撃てばショックで起きるんじゃないか、という会話が耳に入ったらしい。大慌てで周囲に亀さんの能力を大声で伝えてきた。なんておっかない能力だよ……

「上から撃てば上方向にしか返らない、なんてこともないから本当にやめてくれよ！　俺も理屈は知らんけど、上から撃たれようが横から撃たれようが、反射した魔法が飛んでいく先は本当に分からないから！　現に以前、上から魔物の魔法攻撃を受けて、反射が前にいた俺に当たったこともあるから！」

あ、すでに自分で体験済みだったらしい。周囲の人も『それは何とも、お気の毒に』みたいな生《なま》暖《あたた》かい視線を向けだした。確実に相手に向かって撥《は》ね返せるというのであれば素晴らしい能力なんだけど、反射先がランダムとなればやっぱりそういう事故が起こるよね。というかそんな能力持ちだと、どこのパーティにも入れそうにないよね……

「とにかく、何とか起こしてください！　このままでは困ります！」

有翼人の女性のほうにも泣きが入ってきたぞ。確かに、こんな亀さんがでで－んと中央に鎮座していびきをかいていたら迷惑だよね。

しかし、甲羅の上で飼い主さんと有翼人の女性があ－だこ－だ言い争ってるいるにもかかわらず、当の亀さんはお昼寝タイム続行中。全然起きる気配がない。

「あれ、絶対起きないだろ」

「面白いからSS撮っとけSS」

「もう撮ったよ、掲示板にも載せとくか」

「上であれだけうるさくしてても平然と寝てる亀さんの大物感がすげえ」

周囲はもはや一種のイベント扱い。SS撮る人や近くにいる知り合いを呼ぶ人など反応は様々。

だが、自分の意識はすでにそんな周囲とは別のところにあった。なぜなら。

(――くくっ、そういうことか。そりゃ有翼人が大慌てで飛んできて困る困ると騒ぐわけだ。あの亀さん、確かに大物かもしれない。何せあの子が今寝ている場所の真下に、あの反応があったぞ……この感覚、十中八九間違いない)

景観よりももっと大事なものの真上に陣取られて目印になったら、そりゃマズいよねえ。まさかこんな形で目的のものを見つけることができるなんて予想しなかったが、捜す時間を短縮できるのはありがたい。雨龍さんと砂龍さんにも確認してもらおう。

ということで二人を念話で呼び出したところ――

『間違いないのう、あの亀の下にあるぞ』

『うむ、我の感知でもあの亀の下だ。前の島と違って簡単に見つかったな……あの亀には感謝せねばならぬ』

というわけで、間違いなくここに洗脳装置があることを確認できた。

しかし、あの亀さんは大丈夫なんだろうか？　あんな所にいたら、もろに洗脳装置の影響を受けてしまいそうなのだが。

この点を砂龍さんに聞いてみると……

『しばらくはあの甲羅の反射の力で保《も》つだろう。というよりも今回のこれは、悪影響を抑えるためにあの亀が自らの意思であそこに向かったと見ていい。自分の体を蓋代《ふたが》わりにして洗脳装置の力を封印しつつ、寝ることで脳の動きを抑えて自分が受ける影響を下げているのだろうよ。そして、完全におかしくなる前に、頃合いを見て離れるつもりと見る。勝手な見立てだが、そう外れてもいないはずだ』

そうするとあの亀さん、何らかの聖獣みたいな存在なのかね？　何であれ、少しでも時間を稼いでくれるというならありがたい。心の中で感謝を述べておく。

『偶然なのか必然なのかは知らぬがの、碌でもないことをやろうとする連中には、時としてこういう妨害が入ることが多々あるのじゃよ。こちらにとってはありがたい支援じゃ、無駄にせぬようにせねばならぬぞ』

自分も雨龍さんに同意だ。

さあ、この島でやるべきことはもう終わったし、次の島に向かうか。次は北……闘技場がある島だ。

この日は宿屋に戻った後、夜の定期報告会にて、この亀の一件と、そして装置の位置が特定できたことを伝えておいた。

◆　◆　◆

そして翌日、ログインして腹ごしらえを終えたら、中央の島に戻ってから北の島へと足を向ける。

「闘技場か……」

そう呟いた自分に、雨龍さんが反応した。

「腕試しがてら出てみるというのもよいのではないかの？　まあそのときはお主の勝利にチップを賭けさせてもらうがの。もちろん負けたらどうなるか、分かっておろう？」

口は笑ってるのに目が笑ってない。うん、こんなプレッシャーの中で参加しますとか言える猛者じゃないぞ自分は。ここはハッキリと自分の意思を伝えておかねば。

「ぜぇったいにで、ま、せ、んよ？　ああいう場に出られるほどの強さはないってことは、自分で分かってます。戦闘に全てを割り振った猛者が立つものですよ、ああいう所は」

と、偽りない自分の本心を言ってみたのだが、今度は砂龍さんが反応した。

「ふむ、ではそういう場に出られるようにするための特殊修業を課してみるか。より緊張感を保ちつつ短時間で強くさせる修業を行えば、闘技場に出てくる猛者達とも互角に戦えるようになるだろう」

ちょっと待った。いや本当に待って。その言葉の節々から危険な香りがするんですが。《危険察知》に頼るまでもない、今までの冒険の経験すら無用。戦いの経験が欠片《かけら》もない普通の一般人であっても、強制的に直感で『あっ、これはダメなやつだ』って分かるレベル。そう、命の危機をひしひしっと感じるんですよ。

「砂龍さん、それ修業じゃなくてただの地獄って言いませんか……」

自分の言葉に、砂龍さんはこちらを向いたかと思うと、肩に手を置いてきた。そしてひと言。

「修業だ。誰が何と言おうと修業だ。それに地獄？　なに、地獄などというぬるいものにはせんから安心しろ」

——自分は数秒きっちり固まった、んだと思う。そして口から出かかるのを必死で抑えた言葉が「そうじゃない、そうじゃないんですよ！」である。

修業と言い切るところはまだいい、問題はその後の「地獄などという～」の部分である。だからなんでそんな場所を作る必要があるんですが。話が通じていない！

そのときにふと、かつて一緒に旅をした龍人のゴロウが、再会したときにやたらトラウマを抱えて震えていたことを思い出す。

(ゴロウ、今更ながらだがすまん。あのときの自分は、お前の心に植え付けられたトラウマを本当の意味で理解していなかったわ)

今は龍神となって神様の修業をしていると思われるゴロウに向かって謝罪する。あのときの砂龍さんの言葉でも相当な荒行だったことは予想がついたが、それでもかなりオブラートに包んだ表現だったらしい。

「砂龍、気持ちは分かるがの。あの修業は龍人用という点を忘れてはおらぬか？　アースは人族じゃぞ、ゴロウと同じ修業にいきなり突っ込んだら壊してしまわんか？」

そして雨龍さんの言葉で、自分はがっくりうな垂れる。やっぱりそういうレベルの、修業という名の拷問じゃないですか砂龍さん。非難の視線を砂龍さんに向けると、砂龍さんは明後日の方向を向く。回り込んでも視線を合わせない。おいこら。

「さて、修業内容に関してはいったん置いておくか。次の目的の島はあそこだな」

そして無理やり話の方向を曲げた！　でもここで下手に突っつくと『そうか、ならば行くとしよう』とか言い出しかねないのが砂龍さんだから、これ以上はやめておくか。藪蛇《やぶへび》なんざ回避するに限る。

「猛者の戦いは見るだけでも経験になりますから、どんな戦いが見られるのか楽しみです」

自分の言葉に、雨龍さんが頷いた。雨龍さん自身も楽しみにしているんだろう。

そして北の島へと移動し、まずは宿屋を確保。前の島では野宿になるところだったから、これで安心して闘技場に向かえる。

そうして意気揚々と闘技場に足を踏み入れたのだったが……中に入って数歩歩いた、そんな何気ない行動をとっただけなのに、自分の体に突如アクシデントが発生した。その理由は――

〈【真同化】が、おかしい？　右手の中で熱く……というか意識が急激に薄れて……まずい、立っ

ていられない）

自分が前方に倒れ込んだことが分かった。そんな自分に雨龍さんと砂龍さんが声をかけてきたことも分かった。しかし、体が動かない。口も動かせない。何より、前方に倒れ込んだのに痛みをはじめとした感覚が何もない。聴覚も徐々に鈍ってきているし、視力は今完全に失われた。

（いったい、何が起きている……ついさっきまで何も異常はなかった。なのになぜ……）

倒れた自分が感じたのは、恐怖ではなく疑問だった。攻撃を受けたわけでもなさそうだし、《危険察知》にも敵対存在は反応していなかったはずだ。ならなぜこうなった？【真同化】の異常が原因なのか？　それが正しいとしたら、なぜこんな異常状態が？　いくら考えても、答えが見つからなかった。

そうして暗闇の中、どこからか火の粉が見えた。視力が回復したのかとも思ったが、どうもおかしい。

暫くすると、火の粉の量が増えると同時に、燃えている街が見え始めた。どうやらここは、以前散々引き込まれた【真同化】の世界に似た場所らしい。何がきっかけなのかは分からないが、突如この世界に自分は連れてこられたらしい——意識と視界だけ。

「ぶち殺せ！」

「引くな、もう逃げ場はないんだ！」

「殲滅しろ！　我らのほうが数も力も上だ！　このまま押しつぶせばいい！」

「敵軍前進を確認、迎撃しろ！　スマッシャー隊整列、順次撃て！」

そして燃えている街の中で戦っているのは、どちらも有翼人だった。数の多いほうが剣や槍、弓といった武器で戦っているのに対し、数の少ないほうはビームを撃ち出す銃やビームを剣状にしたもので戦っていた。何だろう、この違いは？　片やファンタジーの武器、片やＳＦに出てきそうな武器と差が激しい。

数の多いほうはビーム銃などで次々と倒されるが、その一方で少ないほうも数の暴力に押され、一人また一人と削られていく。お互いに仲間と敵の死体を足場にして、戦いは続いている、まさに地獄絵図という表現にふさわしい光景だ。なぜ有翼人達は戦っているんだろう？　そしてなぜ自分はこんなものを見せられているのだろう？

――やがて戦いは終わる。強力な武器を持っていても、数の不利は覆しがたいということなのか――数の多いほうがこの戦いに勝利するという結末だった。

負けた側の生存者は大半が捕らえられた。ごく一部は脱出したようだが、どこに行ったのかは分からない。そこまでは見せてくれないようだ。

勝った側は負けた側に持っていた技術を提供させて、いくつもの島に拠点を作ったようだ。その拠点作りも、全て負けた側の労働力によるもの。

武器は取り上げても、拠点作りに使う機械などは取り上げなかったために、途中で死ぬ者はいなかった。だが、拠点が出来上がり、武器などを作らせ終わった途端、勝った側は負けた側を奴隷に落とした。

そこから負けた側は粗末な武器だけを持たせられ、危険なモンスターと戦わされた。それを勝った側が見世物《みせもの》とするようになった……これは、前に報告が上がった地下闘技場のことじゃないか。

必死で戦い、攻撃を命中させるが、いかんせん武器が貧弱すぎる。たとえるなら、ストーンゴーレムにほっそいナイフやショートソードで有効打を与えろっていうレベルだ。

そう、これは見世物の形をとった処刑なんだ。武器を渡して抵抗する余地を残し、しかしその武器が折れて体も壊され、絶望の表情を浮かべたところで殺される。そんな姿を、勝った側の有翼人達は最高の娯楽としていて……反吐《へど》が出る。見えている光景にグロい表現こそないが、やっている行動そのものがクズで下種《げす》で下劣《げれつ》だ。不愉快を通り越して怒りすら覚える。

そして、そんなふうに殺された負けた側の有翼人の怒り、無念、悲しみ、絶望などの感情が地下闘技場で流された血の中で混じり合い、消えない染みを作り、そして今、【真同化】を通して自分にそれを伝えたのかもしれない。闇の魔剣としての長い歴史を持つ【真同化】だからこそ、そういったすでに聞こえないはずの嘆きや叫びを感じ取ることができたのだろう。

(敵が重なったのは偶然とはいえ、自分も地上への侵攻を計画している有翼人共を倒しに来たんだ。そちらの無念さはよく分かったが、今すぐ仇を討ってやることはできん。もうしばらく準備にかける時が必要だ)

無駄かもしれないが、そう念じてみる。するとまさかの返答があった……それは、何というか何十人もの声を合成して調整したような声で語られた。

『――己の欲望を制御できぬ悪しき者共。奴らの欲望に終焉《しゅうえん》を。我らが魂、そのために在り。我らが痛み、嘆き、奴らを撃つための刃とならん』

その声が語り終わると同時に……自分は目を覚ました。正面には白い天井、そして左右には雨龍さんと砂龍さん。どうやら、あの世界から元の場所へと意識が戻ってきたらしい。

20

周囲を見回してみると、いくつかのベッドと治療に使う道具が見える。ここはどうやら闘技場の治療室のような場所か。

ゆっくりと体を起こしてみるが、特におかしいと感じる箇所はない。これといった問題はなさそうでひと安心といったところか。

「問題はないのかの？　前触れもなく突如倒れおって……」

雨龍さんの言葉に、砂龍さんも頷いている。心配をかけてしまったか……二人にすぐさまそのことを詫びる。そして、念話のほうで後で話したいことができてしまったと伝えておいた。

そんな念話を終えた後、この部屋の入り口のドアが、少々きしむような音を立てながら開かれた。

「お、気がついたようだな。突如倒れた奴がいると聞いてここに運ばせてもらったが……ふむ、顔色は問題なさそうだな。すまんが舌を出してもらえるか？　うん、特におかしいところはなし、と。一応寝ているときにも軽く検査させてもらったんだが、異常はないようだな」

部屋に入ってきた有翼人の男性は医者であったようだ。ここで逆らう理由はないので、素直に指示に従って診察を受けた。

そして最後に、一枚の畳まれた紙をすっと渡される。なんだろ？

「もう行っていいが、もしまた具合が悪くなったらすぐ来いよ。基本的な治療はここで受けられるからな。もっとも、ここは闘技場だから、時と場合によっては戦いを終えた連中が大勢休んでいることもあるけどな」

何というか、気のいい兄さんだった。今まで見てきた有翼人にはどこかに共通していた、偉そうな雰囲気が全くない。

頭を下げて部屋を後にし、先程貰った紙を開いてみると……

【お前が見たものは全て事実だ】

簡潔にその一文だけが記されていた。

これは、何か？　あの戦いの様子を見ることになった原因は、あの気の良い兄さんが何か仕掛けたからだったってことか？　そしてなぜ自分に狙いを定めて見せたのか？　――もしかして、こちらの行動が一部の有翼人にはすでにばれ始めているっていう警告か？　それともあの兄さんが何らかの能力持ちで、自分に見せる意味があると感じ取ったのか？　ダメだ、こっちの一件も答えは出せない。

（魔王様にこの状況を報告して、洗脳装置捜しを他の人に代わってもらうか？　少なくとも、今日の夜にやる予定の報告会でこのことを言わなければ）

こんな接触の仕方をされて無警戒でいるなんてありえない。今後この一件がどう転ぶにしろ、全体で警戒する体制をとらねば。

『雨龍さん、砂龍さん。自分が意識を失って倒れている間、何かおかしなことをされていませんでしたか？』

あの有翼人達の歴史（？）を見せられている間、こっちの体は無防備だったはず。雨龍さんと砂龍さんがいて何かされたとは思えないが、念話で確認はしておこう。

『あくまで脈を取ったり熱が出ていないかを確認したりする程度だったな。少なくとも変な薬を塗り込んだり体内に入れたりといった動きはなかった。そのような気配があったなら力ずくで止めていたぞ』

ふむ、砂龍さんが見た限り怪しいところはなかったということで、ひと安心か？

……とりあえず、自分の体に変な仕込みがされたという心配はあまりしなくてもいいか。

『分かりました、しかし分からないことがいくつもある以上、油断は禁物。これからも注意を払って――』

行動しましょう、と続けたかったのだが、邪魔が入った。

その邪魔とは……廊下で自分の姿を見るなり、なぜが大声で笑い出した六名の獣人。笑い方もギャハハハといった下品な感じだ。

自分を馬鹿にして笑っていることは疑いようもない。が、こっちは向こうの顔に覚えはないし、無視するに限る。そう思ってすれ違おうとしたのだが……向こうのうちの一人が自分の肩を掴んできた。

「――放してくれませんかね？」

「おいおい、つれねえな？　流石は闘技場の空気を吸っただけで倒れたモヤシ野郎だ、態度まであっさりでつまんねえぜ！」

わざわざ周囲にいる人達に聞こえる大声でそんなことを言ってきたかと思えば、また下品な笑い声を上げる獣人。この手の連中は何が楽しいのか分からんなぁ……でも事を荒立てるつもりはないし、さっさと立ち去って洗脳装置の場所を捜す仕事に入りたいんだけどなぁ。

「モヤシでもニラでも構いませんから、肩の手を放してくれませんか？」

もう一度、できるだけ穏やかな声でそう頼んでみる。しかし獣人はにたりと笑うと、肩を掴む力をより一層強めてきた。まあ、優秀な防具達のおかげで痛くもなんともないんですがね？

このぐらいならまだただの戯《たわむ》れと見ているのか、雨龍さんと砂龍さんも動く様子を見せない。

「まあそう言うなよ、俺達がちっとばかりそのモヤシな体を鍛えてやるって。もちろん相応のお代は頂くけどなぁ。そんな体じゃ恥ずかしくてどこにも行けねえだろ？　少しは鍛えて男を上げろよ」

やれやれ、変な話になってきた。鍛えるなんて言っておいて、要はただサンドバッグにしたいだけだろ？　で、ぼこぼこにしたらトレーニングの代金だとか言いながら身ぐるみ剥がす、と。この手の連中のパターンって進化しないなぁ……まあ獣人からしてみれば、人族なんか細い体にしか見えないんだろうけど。

特に自分のアバターは、筋肉モリモリのマッチョな体形じゃないからな。ここの闘技場に入ってきたときにいきなり倒れたこともあって、絡みやすいと見られたのかもしれない。

「闘技場の観戦に来ただけですので、そんな訓練は必要ありません。ですから肩から手を放していただけませんか？」

仏の顔も三度まで。そんなニュアンスを含むように伝えたのだが、肩を掴み続けている獣人の彼には一切通じなかったようだ。それればかりか――

「ああ？　この俺が鍛えてやるって言ってんのに聞けねえのか？　てめえのような奴は大人しく従ってればいいんだよ！」

もう片方の手で自分の顔めがけてパンチを繰り出してきた。

いい加減、大人の対応はお終いだ、ここからは餓鬼《がき》に向けた対応で行こう。

軽い炸裂音を周囲に響かせることになったが、飛んできたパンチは問題なく受け止めることができた。実に軽いパンチだ。こんなかっるーいパンチ、雨龍さんや砂龍さんの前で自分が牽制目的以外で繰り出したら、怒られるだけじゃ済まないな。

「で？」

向こうは受け止められるとは思っていなかったようで、目に動揺が走ったのが見えた。なのが、まあお約束通り、自分の肩を掴んでいた手を放し、もう一発パンチを繰り出してきた。なので先程と同じように受け止めてあげた。そして。

「あ、やっと放してくれましたね。ではこれにて」

自分はそうひと言伝えて立ち去ろうとした。しかしこれまたお約束通り、立ち去るのを許してくれるはずもなく、彼はここまで見ているだけだった他の五人と一緒に、自分の前後を囲むようにして立ちふさがった。

「ずいぶんと舐めた真似をしてくれるじゃねえか、こっちの善意を無視した挙句に暴力を振るわれたんだ。お返しはきっちりとしないとなぁ？」

こんなカビの生えたセリフ、まさか今の時代で聞くことになろうとは思わなかった。

だが、一方的に絡んでおいてこんな言い分を吐くこの連中に腹が立ったのも事実。そして先程から大人の対応はお休み状態に移行している。

少々灸《きゅう》を据えるか。こんなことを続けてたらいつかはこうなるぞって教えておかないと、いつまでも他人に迷惑をかけるのをやめないからな、この手の連中は。

しかし、この状況でも雨龍さんと砂龍さんは静観している……まあ、予想通り。むしろ弟子がこの状況をいかに切り抜けるかを試しているんだろう。

リアルでこんな狼や熊の頭を持つ連中に取り囲まれたら恐怖を覚えるが、「ワンモア」世界ならもう見慣れているから何とも思わない。前にいる連中が腰のナイフをちらちらと意図的に見せつけてきても、怖くはないな。あんな小さなナイフが、クラネスさんの作り上げたドラゴンスケイルの装甲を貫けるわけがない。

「ちょっとした教育ってやつをしてやるよ。おらぁ！」

そんな言葉を吐き捨てて再び殴りかかってくる獣人。顔面を狙ってきたので首を傾けて回避。と、《危険察知》が背後に回っていた獣人の一人が近寄ってきたことを教えてくれたので、そちらに向けて手加減した蹴りを放つ。そしてそれがしっかりと突き刺さった感覚が返ってくる。

「お、ごはぁ……」

みぞおちあたりに刺さったか？　自分の蹴りを食らった獣人が蹲《うずくま》るように崩れ落ちる。そのまま真後ろにいられると邪魔なので、もう一発軽めの蹴りを放って突き飛ばしておいた。まずは一人っと。

「てめえ、よくも仲間を！」

言うが早いか、先程からちら見せしていたナイフを鞘から抜き放つ獣人達。おいおい、正気か？　こんな人の多いところで刃物を抜くとか。だが、まあ……抜き身の刃物を人に向けたってことは、そういうことでいいんだよな。

さっきのような手加減はもうしない。そう思考を切り替えて構えを取ろうとした瞬間、別の方向から声が飛んできた。

「おっと、お遊びはそこまでだ！　双方武器を収めろ！」

男性の声だが、声の主はどこだ？　自分を取り囲んでいた獣人達も周囲を見回す。と、一人の有翼人の男性がこちらに出てきた。

「事情はよく分からんが、こんなところで流血沙汰は困るんでね。で、どうだ？　ケリをきっちりつけたいなら、お前ら全員で闘技場に出てみては？　そこでなら全力でやり合えるぜ？　もちろんお前達が戦えるように組み合わせに手も回す。そして闘技場ならいくら攻撃を与えても死ぬことはねえようになっている。悪い話じゃねえと思うが、どうよ？」

魔王城の訓練所にあったような仕組みが、こっちの闘技場にも仕込まれてるのか。こいつらを叩きのめすにはちょうどいいな……その一方で、自分を取り囲んでいた獣人達はなんだかそわそわしてるな。なんだ？

そう思っていると、獣人の一人が口を開いた。

「それは、俺達六人で同時に参加することはできるのか？」

この質問に対して有翼人は「相手が了解すれば問題はないぜ」と言いながらこちらを見る。それなら——

「六人だけなんてケチ臭いことは言いませんよ。一〇人でも二〇人でも徒党を組めばいい。あちらの気が済むまで好きなだけ頭数を増やして構いません」

自分がこう言い放つと、ヒュー！とはやし立てるような声や、たった一人の相手にそこまでしなきゃ勝負を挑めねえのか、と獣人側をなじる声が周囲から聞こえてきた。

ちらりと雨龍さんと砂龍さんのほうを見ると、二人ともにんまりと笑っていた。どうやら、自分の発言がお気に召したようだ。

「言いやがったな、後悔すんじゃねえぞ！　そんなら俺達とこいつで戦うように試合を組んでくれ！」

唾《つば》が飛ぶ勢いでがなり立てる獣人。有翼人もにやりと笑って「了解した、ならば双方を闘技場に案内させてもらおう」と答える。それとほぼ同時に、女性の有翼人が二人、こちらに近寄ってきた。

「では、どうぞこちらへ」

二人のうちの一人に案内されるままに歩く。前を行く女性の長い金髪が僅かに揺れている。そして周囲の人は面白い見世物が始まるとばかりに、口々にどちらが勝つかという予想をし始めた。数には勝てない、だとか、あそこまで言い切ったんだからあの男が勝つ、などというやり取りがあちこちから聞こえる。

やがて試合の参加者のみが入れる通路に入り、待合室に通される。先客もそれなりにいて、呼び出しがかかるごとに一人また一人と闘技場に消えていく。

「それでは、試合までここでおくつろぎください。この五四というナンバーが呼ばれましたら、すぐにあちらの通路から闘技場へと向かってください。三分以内に姿を現さなかった場合は逃亡扱いで負けになります。一本道ですので迷う心配はございません。それでは」

そう言い残して案内役の女性は立ち去っていった。

さて、それじゃ呼ばれるまでのんびり待ちますかね。この島に来た本来の目的である洗脳装置の反応もまだないし……こんな場所に来る予定はなかったんだが、調べることができたのは僥倖《ぎょうこう》だった。ないことが分かるだけでも収穫だ。あの獣人達には感謝だな……ボコるけど。

ややあって、自分のナンバーが呼ばれた。さあ、向こうは何人揃えたのかな？　ちょっと楽しみにしながら闘技場へと向かう。

向こうは先に到着していた。そして人数は——おや、本当にあれから増やしてきたんだな。

『続いての試合は、人族と獣人族の戦いだぁ！　人数差が激しいが、これは人族側にも事前に了解を取っているから問題はないぜ！　ただちょーっとばかり獣人側が情けねえーとは思うがな！』

どこからか聞こえてくる司会者のマイクパフォーマンスに、会場中がどっと笑う。

『獣人族側の人数が一四、これで一人を倒そうって決めたのはお前達なんだから、情けないって笑われたって文句は言えねーぜ？　その一方で人族のほうは、これだけの人数差にもかかわらず、慌てた様子がないねぇ！　いやあカッコいいぜアンタ！』

なんか褒められた。

それにしても、戦闘前にこんなやり取りがあるとか予想してなかったな。こういう盛り上げ方も、この闘技場の売りなのかもしれない。ただ対戦者が揃ったからはい勝負開始、とするより面白いし。

『さて、そろそろ試合を開始するぜ？　準備運動は十分かい？　特に人族のにーちゃん、キチンと体をほぐしておけよ～？　そして今回のオッズの発表だ！　獣人側が一・五倍！　人族側が一六倍だ！　この人数差じゃそれぐらい開くのはしょーがねえ！　数は力ってのは昔っからだ！』

まあ、納得。というよりもっと酷いオッズ差になると思ったけどな？　司会者の言う通り、基本的に戦いとは数の多いほうが勝つことが多い。にもかかわらずこのくらいのオッズに収まったのか……勝ち目があると思われたというより、応援するって気持ちなのかもしれないが。

さて、軽く体をほぐしておくか。賭けてくれた人の期待にも応えたくなったぞ。

『さーて、そろそろ試合を開始するぜ！　ルールはシンプル、オールキル！　相手陣営にダメージを与えて、全員を闘技場の外に落とせば勝ちだ！　いやー、特定の相手を倒されたら負けになるフラッグとか、総数の差はあっても勝負は一対一の勝ち抜きとかではなく、数の差を存分に活かせるオールキルをチョイスするお前ら、本当にチキンだな！』

他にもルールはあったのか。ま、どんなルールでも構わないから気にしないが。これ、自分は負けてもしょうがないで済まされるけど、向こうは勝って当たり前って見られるよな。結局向こうは自分で自分のメンツを潰したんじゃないの？　やっぱり馬鹿だわ、あいつら。観客達にまた笑われてるし。

『それじゃあ試合開始のカウントダウンだ！　ファイブ、フォー……』

いよいよ開始か。準備運動をやめて戦う構えを取る。だが、今回使うのは蹴りだけにしておこう。こんなに人がいる前で、あの弓や【真同化】はもちろん、盾に仕込んであるカラクリや道具の数々を見せてしまうと、後々不利になりかねない。

『ワン、ファイト！』

いよいよ勝負が開始された。数人の獣人が大声を上げながら自分に向かって猛然と突撃してくる。自分はそんな突っ込んでくる獣人達を乗り越えるように——蹴り技の《トライアングルシュート》を使用した。

後ろに控えている獣人の中に、遠距離武器を使ってくる奴がいるだろうと予想したからだ。そしてそれは正解だった。いきなり突っ込んできたのはこっちの視界を塞ぐためだったのだろう。声まで上げて自分の注意を引こうとしてたから、余計に怪しかったんだ。

（ああ、やっぱりな）

ターゲットにした弓持ち獣人に向かった《トライアングルシュート》が、その脳天に深々と突き刺さった。反動をつけるのには空気を蹴ったので威力は落ちるが、手応えは十分にあった。自分に蹴られた獣人は戦闘不能判定を受けたようで、リングの外にテレポートで追い出される。これでまず一人っと。

隣に立っていた投げナイフの使い手と思われる獣人も飛び膝蹴りでよろめかせ、追撃の脳天かかと落として攻撃したら、続いてリングアウトした。

（また相手は状況が呑み込めてない、削るだけ削っちゃおう）

近くにいた鞭《むち》使いの獣人の頭を掴み、膝蹴りでその顔面を血化粧を施す。崩れ落ちたところを追撃で踏み砕いたことで、この獣人もリングアウト。

こうして三人倒されたところでようやく、獣人達は正気に戻ったらしい。明らかに判断が遅い。

（こいつら、戦いに全然慣れてない。多分人数差で相手を脅《おど》して、金品を巻き上げることばっかりしてきたんだろうな）

一番最初に正気を取り戻した槍を持つ獣人からの刺突をいなしながら、そんなことを思う。獣人と言っても色々だからなぁ……強い人は本当に強いが、常に優位な状況を作ることにばかり注力して厳しい戦いを経験してきていない連中ならばこんなもんだろう。

「ほいっと」

「なっ⁉」

突き出された槍の行き先を盾で少し変えてやると、それは斜め後ろから自分に迫ってきていた獣人の体に深々と突き刺さる。《危険察知》があることと、今までソロでやってきた経験の前には、何の工夫もないバックアタックなんて簡単に対処できるということを、まだ彼らは学べていないらしい。

『おーっと、これは上手い！　相手の攻撃を利用して更に一人倒したぞ！　すでにこれで四人脱落だ、人族が魅《み》せる魅せる！　この調子で残り一〇人を倒せるか～!?』

司会者の声が普通に聞こえる。ふむ、自分は思いのほか落ち着けているのか。ま、このぐらいなら砂龍さんの修業のほうがはるかにきつい。油断はいけないが、無用な緊張も邪魔になるだけ。このままできる限り落ち着いた状態を維持しよう。

「な、なんなんだよこいつ！　一人しかいねえのにもう四人やられてる……」

なんだ、残った一〇人のうちの一人からそんな言葉が漏れ出したぞ。その気持ちは分かるが、そんな感情はぐっと胸の内に秘めといたほうがいいんじゃないか？　ほら、怯《おび》えが他のメンツにも広がっていっているぞ？　もちろんその隙を逃す理由はないってね。

〈砕蹴〉スキルのアーツである《幻体《げんたい》》を発動し、動きに幻影を混ぜる。そうすると相手は面白いように動揺し始めた……から、遠慮することなく攻撃を仕掛けさせてもらう。

ゆったりとした動きで惑わし、一足飛びに剣を持っている獣人に接近。状況が呑み込めていない相手のみぞおち付近に突き刺す感じで膝蹴りをプレゼント。一歩下がって、崩れ落ちる相手の頭へともう一発膝蹴り。残り九人。

慌てて自分に向かって槍を突き出す獣人の攻撃を躱《かわ》しながら、飛び掛かってきた獣人にカウンターで爪先蹴りを叩きこんだ。自分が履《は》いている【マリン・レッグセイヴァー】の先端には爪が付いていて、それが深く腹部に突き刺さる。おまけに龍の毒が流し込まれたようで、独特な音が耳に届く。

「がっく、が……ぎぁあああああ⁉」

床を転がりながら悲鳴を上げてもだえ苦しむ、蹴りを受けた獣人。そんな彼に周囲の注意が向いたので、自分は更に槍を持った獣人へと襲い掛かる。

槍はリーチの長さ、突きの速さ、払うことによる攻撃範囲の広さが強みの危険な武器だ。できるだけ早めに潰したほうがいい。

【マリン・レッグセイヴァー】の爪で引《ひ》っ掻《か》くようにして、相手の頸動脈付近を掻《か》っ切《き》る。

「――――⁉」

瞬時に反応し、傷口に手を当てて出血を抑えようとしたところまではいい。だが、その傷から龍の毒も回っていたんだなこれが。

その結果、悲鳴すら上げることもできずに崩れ落ちる。倒れてから数秒もすると、リングアウト。よかったねえ、死なないシステムで護られててさ。そして先に毒を受けた獣人もほぼ同時にリングアウトさせられたので、残りは七人。人数が最初から半減したな。

「う、うわぁぁぁぁぁ⁉　たっ、助けてくれ！　こんなバケモノ相手に戦えるか！　降参する、降参するっ！」

と、ここで残っている七人のうちの一人が大声で叫びながら、闘技場から逃げ出そうとした。しかし、闘技場の端まで行くと、見えない何かに跳ね返されるようにして中央まで戻ってくる。

『オイオイオイ、あんたらはルーゥルをちゃんと読まなかったのかい？　オールキルで勝負するとき、人数が多いほうは降参できないって一文が分かりやすい場所に書いてあっただろうーが！　あんた達はそのルーゥルの取決書にサインしてる、今更変更は認められないぜ！　人族の兄さんには始めるまで教えないでくれとまで言って自分達を圧倒的に有利にしたんだから、逃げることは許されないぜ？』

そういや、細かいルールって待合室にいる間も教えられなかった。まあ別になんでも構わなかったけど。ただ絡んできた連中をきっちりぶっ飛ばせればそれでよかった。

『そういうわけだから降参を認めるなんてことはナッシング！　もっとも、対戦相手の人族の兄さんのほうが終わりにしてもいいってんなら別だが、どうよ？』

おや、話の矛先が自分に来たか。ま、答えは一つだけ。

そう、『認めない』、これ以外の返答があるわけない。

自分達が圧倒的優位に立つように仕組んでおいて、予定通りに進まないからやめてくれだって？　そんな要望、通るわけないでしょうが。それに、仕掛けてきたのはお前らのほうだからな？

「終わりにするっていうのは、私が降参するってことですよね？　そんなことをする理由はないんですが」

この自分の返答に、司会者が笑い声を上げげた。実に盛大にだ。そうしてひと通り闘技場に笑い声が響き渡った後に、こう言い放った。

『そうだよなあ、そうだよなあ！　当然だよなぁ！　何せ兄さんはまだ一発も攻撃を受けていないんだ！　そんな状況で降参する選択肢なんかない、当然のことだよなぁ！　オッケェ、試合は続行だ！　それにお前ら、ここで中断でもしてみろ！　お前達に金を賭けた奴らからそれこそ何されるか分かんねえぞ！』

そう言われて顔を青くする獣人達。自分達が囲んで袋叩きにするってことしか考えなかったんだろうな。自分達が不利な状況になったときのことなど考えていない。そこからどう盛り返すかなんて頭にない。だからいざそんな状況に陥ると何もできないんだ。

『じゃ、試合再開ィ！　ぼさっとしてていいのかい？　人族の兄さんがあっという間に迫ってくるぜぇ!!』

優しいねえ、司会者の方。もっとも、もう目の前にいる一人には遅い忠告だけどな。試合再開の合図と共に動いていた自分は、上段回し蹴りでそいつの頭部をぶち抜きリングアウトさせた。これで残り六。

「う、うわあああ！」

「ば、バカ！　何も考えずに突っ込んだら――」

破れかぶれになったんだろう、大剣を持った獣人が腰だめに大剣を構えて突っ込んでくる。攻撃してくるタイミングをよく見て――

「があああ！」

「残念」

自分は《大跳躍》を使って、全力で突きを繰り出してきた大剣使いの頭上を飛び越えて回避した。

うん、大剣は重量がある分、それを振り抜いたり貫いたりできれば相当なダメージを与えられるだけのパワーがある。しかしその反面、力任せの攻撃を外したら途端に体勢を崩して隙を晒すんだよね。だからツヴァイみたいな手練《てだ》れは、ここぞってとき以外にこんな大振りはしない。

「では遠慮なく」

「がっ⁉」

大剣使いの後ろに着地した自分は、体勢を崩して固まった大剣使いの獣人の頭を両手で掴んで、右膝で後頭部を撃ち抜いた。十分なダメージになったはずだが、リングアウトにまでは持っていけない。でも追撃は必要なさそうだ。だって自分の後ろから攻撃が飛んできているから……

獣人の両肩に手を置き、跳び箱のように飛び越えた。振り返れば、腹から刃を生やして倒れる大剣使いの獣人。倒れた直後にリングアウト、まあ当然か。

「それにしても酷いね、味方だろうに」

そう声をかけてみると、残った五人のうち、刃の付いたナックルを装備した獣人がこう叫ぶ。

「お、お前が回避しなけりゃ当たったんだ！」

おいおい、それは無茶な話だろう。敵の攻撃に対して、はい当ててください、なんて受け入れてくれる相手はまずいないんだってば。

あえて攻撃を誘うことで大ダメージの反撃を与える特殊なアーツや、強靭な装備に身を包んで頑強な盾を構えるタンカープレイの人は例外として、基本的に攻撃は避けるものだ。

ともかく、これで残り五名。急がず丁寧に倒すとしよう。

21

さてと、見ているお客さんもやれー！とか、このまま勝ちやがれー！とか叫んでるようだし、ここから油断して負けるようなことになったら、自分に賭けた観客の皆さんに申し訳が立たないな。

それに、雨龍さんと砂龍さんから、どんな修業という名の地獄を見せられるか分からない。

「お、お前行けよ！」

「ふ、ふざけんな！　お前こそ先に出ろよ！　ナックル使いが後ろにいてどうすんだ！」

おやおや、向こうは本格的に仲間割れしてきたな。

傍から見れば愚かにしか思えないんだろうが、それは岡目八目ってやつだ。冷静でいられる第三者と、考える時間がない当事者の、ものの見方を一緒にするのは間違ってる。

でもまあ、だからって見逃してあげるものではないけど。

「てめーら、一四人もいてなんてざまだよ！」

「賭けたチップをどうしてくれるんだ！　死に物狂いで戦えよ！」

おやおや、そんな残った五人に会場のあらゆる所から温かい声援が飛んでいるじゃないか。頑張らないといけないんじゃないか？

「く、っくそーっ!!」

「やるだけやってやる！」

っと、ここでナックル使いと片手剣持ちが突っ込んできた。いや、あの片手剣……スネークソードだ。剣の刃に一定間隔で筋が入っている。伸ばしてくるな……

そう思った直後、その通りに刃をスネークモードに変えて振るってくる片手剣改めスネークソード持ちの獣人。その一撃を自分が躱したタイミングを狙って、懐に入ろうとするナックル使い。何だ、そういう動きができるんじゃないか。ただ、遅い。

「ご、ああ……」

ナックル使いがタックルのような形で突っ込んできたところに、膝でカウンターを叩きこんだ。

この流れは格闘技の試合で見たことがある。ある格闘家がタックルを仕掛けたところに、対戦相手の格闘家がカウンターの膝蹴りを放ち、その一発がタックルを仕掛けた側の頭部に入り、失神させて試合が即座に終了したという一戦だった。それを模倣させてもらった形となったな。

自分の膝蹴りカウンターを受けた獣人は、そのまま倒れ込んだ直後にリングアウトしている。結果まで同じか……ま、カウンターで膝蹴りを食らったらたまったもんじゃないわな。これで残り四人。

そして、もう一度剣を伸ばして攻撃してきたスネークソード使いの獣人だったが、目の前でナックル使いがやられたためか、最初の一撃と比べてその攻撃は鈍い。なので——

「なぁっ⁉」

伸ばしてきたスネークソードの切っ先を掴み取った。ドラゴンスケイル装備の防御力のおかげで、刃を掴んでもノーダメージだ。まあ、刃で手が深く傷つくほど強く握りこんではいないのだが。

使い手が動揺しているので、掴んだ剣をこちら側に引き寄せてやると、面白いように前に転がった。当然その隙を見逃しはしない。頭部を踏み砕いてトドメを刺す。

残った三人の目からは完全に戦意が消えていた。仕方がない……素早く距離を詰めた後、三人のうち二人の首を【マリン・レッグセイヴァー】の爪先に付いている刃で掻っ切る。二人は倒れ込んでリングアウトしていった。

そして最後に残った、というより意図的に残した最後の一人は、最初に自分に突っかかってきた例の獣人である。

「う、嘘だ。これは夢だ、そうだ夢を見ているんだ。俺達獣人が、こんなモヤシみたいな人族にやられるはずがない、これは悪夢なんだ」

そんなことを言いながら後ろに下がろうとするが、すでに闘技場の端っこにいるため下がりようがない。最初の威勢のよさはどこへやら、ただただ怯える子犬のようだ。

でも、容赦はしない。元はと言えば、そちらから絡んできたことが始まりだ。一歩一歩、恐怖心を煽るようにゆっくりと近寄りながら、自分はこう告げる。

「モヤシでも何でも構わんが、そちらが絡まなきゃこちらも何もしなかったんだ。だというのに他者を馬鹿にするような言動を繰り返し、挙句の果てには徒党を組んで一人を嬲《なぶ》り者《もの》にしようとした。お仕置きを受ける覚悟はいいな？」

自分の言葉に、すかさず反論が飛んできた。

「い、いくらでも連れてこいと言ったのはそっちじゃねえか！」

まあ、それはその通りだ。だから自分は頷くことで相手の言葉を肯定する。そしてこう続けてやった。

「確かにそう言った。しかし、モヤシ野郎と馬鹿にしておいて、いざ戦うとなったらぞろぞろと一三人も仲間を連れてきたあげく、一斉に襲い掛かれるルールを選択したお前達はなんだ？　お前らは体は立派でも、その中身はただのチキンだろうが」

自分の言葉に、観客からは笑い声と「その通りだ！」なんて声が聞こえてきた。

それと、関係ないかもしれんが、モヤシって実はかなり強いからな？　特に芽を出したとき、上に石があろうが押しのけて伸びる。モヤシを作る機材だってそのパワーに負けて一部破損することがよくあるとも聞く。その細い見た目に反したパワーをあいつらは持っている。だからモヤシ野郎と言われても、自分は腹を立てない。

「く、来るな！　来るなっ！」

ついにガタガタと震え出したぞ、こいつ。だが、慈悲の心など欠片も起きない。

さてと、久々に魔王様から貰った指輪の能力を開放して、関節技を使うか。近寄って左腕を掴み、肩を外す。うん、いい音を立てて外れたな。聞くに堪《た》えない悲鳴が上がるのを無視し、続いて足4の字固めを極《き》めてあげる。よし、しっかりと掛かった。

「ふぎゃあああああ!?」

未知の痛みだったようで、更に大きな悲鳴を上げる獣人。その悲鳴とは反対に、自分にチップを賭けたと思われる人達からは大歓声。もっとやれー！という声もたくさん聞こえてくる。

そのまましばし足をしっかり痛めつけてあげた後、技を解除。痛みで身動きが取れない相手に対して、次は右腕にチキンウィングアームロックを掛ける。再びの獣人の悲鳴と観客席からの歓声。

なんかウケがいいな？　あまり関節技って使われてないのかな。

さて、散々右腕も痛めつけてやった後、先程外した左腕をはめてやる。もちろんこれは善意じゃない。

さて行くか、個人的に一番大好きな関節技であるロメロ・スペシャルを決めてやろう。

「ほんぎゃああああ！！！」

おお、今日一番の悲鳴だ。でももっともっと厳しくいくぞ？　これはお仕置きなんだから、簡単に終わるとは思うなよ。

……そう思っていたのに……三回ほど厳しく極めてみたら、リングアウトされてしまった。ロメロ・スペシャル中に突然ぱっと消えたもんだから、一人残された自分はちょっと間抜けな姿を晒したかもしれない。ま、いいか。今更だ。

『勝負あった～！　一四人もかき集めてきた相手を全員叩き潰し、最後の一人にはなかなか見られない珍しい技を披露してくれた人族の勝利だ！　勝者に拍手を！』

そんな司会者の言葉に呼応して、多くの歓声と拍手が自分に降り注いだ。

自分は会場の四方に向かって一度ずつお辞儀《じぎ》をしてから、戦いの舞台を去った。その後、出口付近で勝利の報酬としてそれなりのチップを渡された。

さて、あまりアーツを使わずに勝ったが、雨龍さんと砂龍さんからの評価はどんなものかな？　外に出てお二人と合流した後に聞いてみた。

「ふむ、まあよしといったところかの。しかし、相手がちと弱すぎたの。あまり修練にならなかったのではないか？　賭けたチップはたっぷりと増えたがの」

と、雨龍さん。確かに、スキルレベルが1も上がってないもんな。大した経験になってないというのは事実みたいだ。そしてやっぱり賭けてたのか……別にそこに文句はないけど。

「むしろあの程度の相手に負けたら相応のしごきをしなければならなかったが、危なげなく勝った結果を見れば、それも必要はないか」

こちらが砂龍さん。ああ、やっぱり負けたらそういう未来が待っていたか。まあ、そう言われてもしょうがないよな、あの連中、龍の国に投げ込んだら二《に》が武《たけ》あたりで全滅するんじゃないかね？　いや、一《いち》が武《たけ》すら危ういかもしれない。

「今回の一件で、下手に人に突っかかればひどい目に遭う場合もあるということを、あの連中が学んでくれればいいのですが」

最初に絡んできたあいつには念入りに関節技をかけたんだから、その痛みごと忘れないでほしいね。欲を言えばもうちょっとロメロ・スペシャルを長くかけていたかったけど。

『それとな、本命のほうも見つかった。この設備の天井の中心から、例の気配を感じ取ったぞ。この島にはもう用はない、今日の宿を見つけて休んだら次に行くとしよう』

おっと、砂龍さんから念話でいい報告が届いた。

そうか、この島の洗脳装置はやっぱり闘技場にあったのか。この島の中で最も多く人が集まる場所だからな、ここに設置されているのは半ば予想ができていた。

さて、今日はあと少ししたらログアウトしなきゃならんから、宿に行くか。

絶対出場しないつもりだった闘技場に出場しちゃって時間を食ったからな。急いで探さないと。

そう思いながら闘技場を後にしようと思ったのだが。

「ちょ、ちょっと待ってくれ！　さっき関節技を極めてた人！」

と、呼び止められた。今度はなんだ？　また厄介事が舞い込むのかね？　かといって無視するのもな……小さくため息をついた後、自分は振り返った。

そして目に入ったのは、蒼《あお》色をメインにして、口や鼻、目といった部分の縁取りは白色のマスク。防具というより、まさに覆面プロレスラーのためのマスクという表現がしっくりと来る。

それに、彼の装備は革ジャンにシャツ、ジーンズっぽい見た目のズボンなど、いかにもプロレスラーがしていそうな外見で整えていた。プロレスラーのロールプレイをしているプレイヤーってのがよく分かる。

「先程の闘技場での試合、見せていただきました。あ、私こういう者です」

そうして差し出される名刺。「ワンモア」で名刺を見る日が来るとはなぁ。

そこに書かれていたのは『ワンモア・プロレス団体　代表　デンジャラーオーガ』という文字。いや、ここまで来ると気持ちがいいね。プロレスが好きだ！って気持ちがひしひしと感じられる。

「これはご丁寧に。まさか、こちらの世界にもプロレス団体が存在しているとは思いませんで」

そう自分が返すと、デンジャラーオーガさんは苦笑いを浮かべた。あれ、なんか悪いこと言ったかな？

「はは、どうにも知名度はいま一つでして。で、今我々はプロレスの知名度を上げるべく、積極的に闘技場に参加しているのですよ。もしよければ、関節技や蹴り技といった体術を使える貴方のような方にぜひ協力していただきたいと、声をかけて回っておりまして」

あー、うん。プロレスを広めるには一定の技が使えないと話にならないか……協力してあげたいのはやまやまだが、今は別件の大事な仕事が入っているからなー。申し訳ないが無理だな。

「すみません、実は今ちょっとやるべきことが山積み状態でして。残念ながらお力にはなれないのです。申し訳ありません」

そう自分が頭を下げると、デンジャラーオーガさんは肩を落とす。

「そうですか……残念ですが無理強いはできませんね。足4の地固めやロメロ・スペシャル、足の関節技重視のレスラーとして闘技場に上がっていただければ、盛り上がると思ったのですが」

そういうレスラーってどうなんでしょ？　リアルならともかく、こっちの世界ならありなのかな？　要はプロレスは、相手の技を受け止めつつ最後には勝つという、他にはまずない魅せる戦い方を重視する世界だ。そういう基礎を理解していれば構わないという考えなのかもしれないな。

あ、そうだ。ついでに一つ聞いておくか。

「もしかして、関節技を極めているときに会場が沸いたのは、あなた方がプロレスの戦い方を広めていたからでしょうか？」

どうして技をかけられている側が苦しそうなのかとかを観客側も分かっていないと、あそこまで会場が沸くとは思えなかったんだよね。正直、関節技をチョイスしたのは、簡単にリタイアさせずに痛みをたっぷり与えるという目的のためだけだったのだから。

「はは、それはあるかもしれません。私達は投げ技をはじめとしたさまざまな技を使いながら、あの闘技場で戦ってきましたので。何回も足を運ばれた方の中にはファンになってくださった方もいらっしゃいますから、他の方にどういう技を仕掛けているのかを説明してくださったりもしていらしたのでしょう」

ちゃんと下地があったんだな。そうじゃなきゃおかしいと思っていたから、これですっきりした。

「ですが、まさかロメロ・スペシャルをこっちの世界で見ることができるとは思いませんでしたよ！　人一人を逆さ天井吊りにするという分かりやすい派手さに、観客も大ウケしていました。あいう姿を見せた貴方が、私達の団体のニューフェイスなのでは？と興奮気味に聞いてくる方もいらっしゃったほどで……」

あれま。それは悪いことをしてしまったかな……確かに、ロメロ・スペシャルは関節技の中でも派手だよね。そしてただ派手なだけではなく、技をかけた相手に与える痛みの調整が利くだとか、相手の協力を必要とせずに仕掛けることが可能だとか、実戦的な面もある。某獣神〇〇ダー〇イガーという使い手が、足を絡めた後に相手の脇を叩くのは、相手の腕を掴みやすくするために人が反射的にしてしまう行動を引き起こすためなのだ。

「それは申し訳ないです。好きな関節技なのでつい使ってしまったのですが、あなた方にとってはマズかったですかね？」

自分が再び頭を下げると、デンジャラーオーガさんは「とんでもない！」と言いながら首を横に振った。

「むしろどんどん新しい技に挑戦していくべきだと強く感じましたよ。こちらの世界では見せていない技もまだまだ数多くありますからね、私も次の戦いではパワーボム系を解禁して、より派手に戦おうと思ったぐらいです。いい刺激を与えていただいた方に対して、感謝することはあっても責めることなどあり得ませんよ」

そう言っていただけるならありがたいね。少し気持ちが楽になった。

「もしお時間が取れましたら、ワンナイトマッチでも構いません。こちらのメンバーと一戦交えていただければ幸いです。その際は私に連絡を下さい」

そう言い残して、デンジャラーオーガさんは立ち去っていった。プロレス団体か、ほんと「ワンモア」にはいろんな人がいて楽しい。今のやるべきことがなければ協力したかったな、なんて思う。ただ、自分は投げができないからなぁ。打撃と関節技の試合になってしまう。プロレス的にそれはちょっと寂しいかな？　盛り上がらない塩試合はやりたくない。

「あのような男もいるのじゃな。身なりも面白いが、戦い方もまた独特のようじゃな。相手の技を受けることに関しては、すさまじい練度で鍛えこんでいることがよう分かる。面白い鍛え方じゃ」

雨龍さんはデンジャラーオーガさんの体から、プロレスの一番重要な要素である受け身を重視する姿勢を感じ取ったようだ。

「ええ、彼のようなレスラーは受け身を徹底的に鍛えると聞いています。投げ技はとても危険ですからね、しっかりと受けることができないといけませんし」

そう答えると、雨龍さんは「そうじゃな、己が身を守れねば戦うどころではないのう」と頷いている。

「さあ、話の続きは宿に行ってからでもいいだろう。日がかなり傾いてきているぞ」

おっと、砂龍さんに言われて気づいたが、もうこんな時間か。デンジャラーオーガさんと話していた時間はそう長くなかったはずだが、これは急がないとまずいな。

「そうですね、急ぎましょうか」

今度は呼び止められることもなく、闘技場を後にする。そしてこの島の宿は闘技場からそう遠くない所にあったため、日没前に部屋で休むことができて助かった。

「さて、今日はここで休息だな。ゆっくり休むがいい」

砂龍さんの言葉に頷いて、自分は身軽な恰好になってベッドに入り、ログアウト。

今日も色々あったなぁ……さて、リアルのほうでももう寝ようか。

The Record by an Old Guy in the world of Virtual Reality Massively Multiplayer Online

とあるおっさんのVRMMO活動記

アイテム設定

イラスト担当
ヤマーダ（a.k.a グレゴリウス山田）
による解説付き

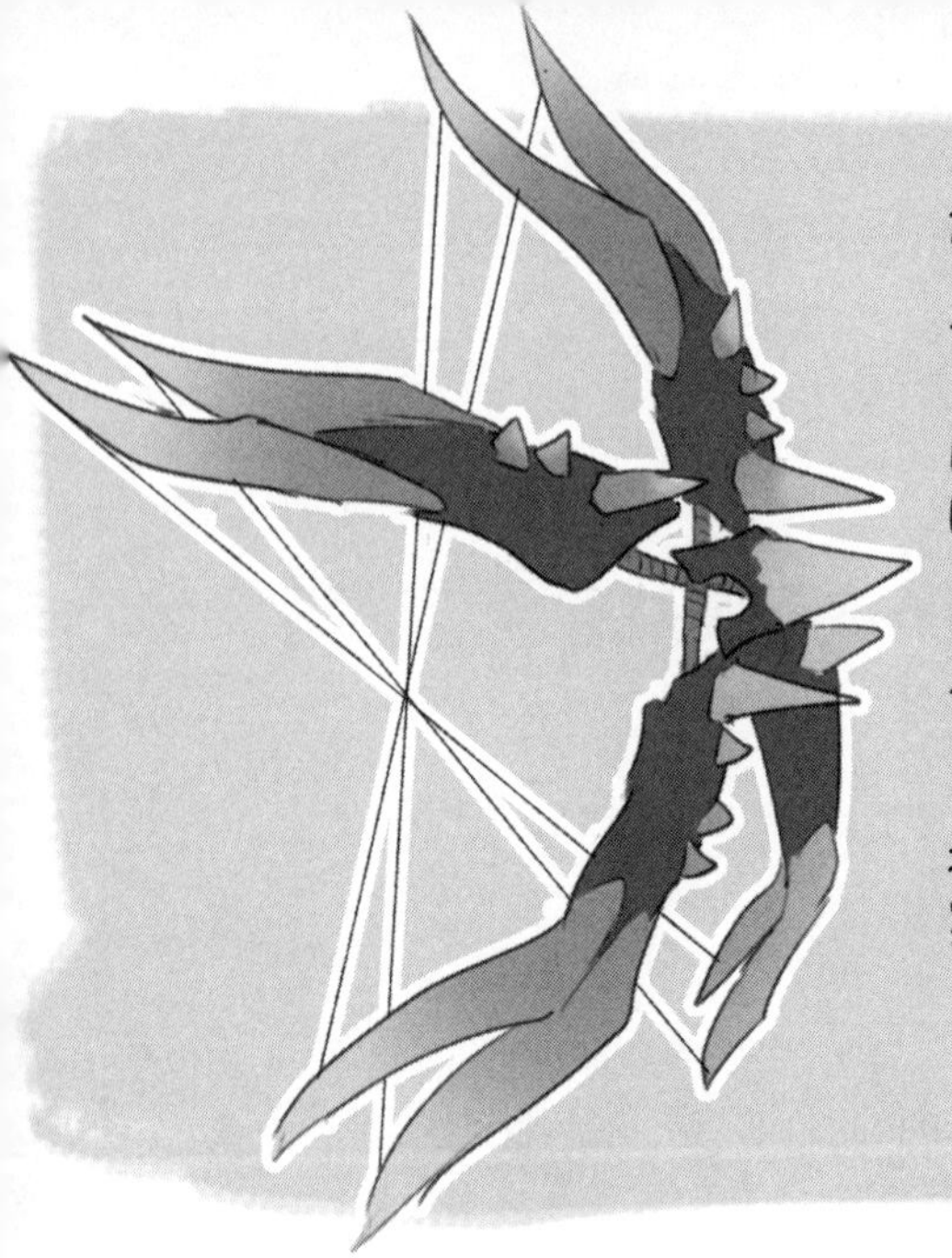

スーパー弓（八岐の月）

素材（ドラゴンおよび龍神）とアース由来の「X字弓」の2つの要素を発展・融合させる…がデザインコンセプト。

本作にしては珍しくケレン味のあるデザインだが、最高レアリティだからたまにはええやろと提案。

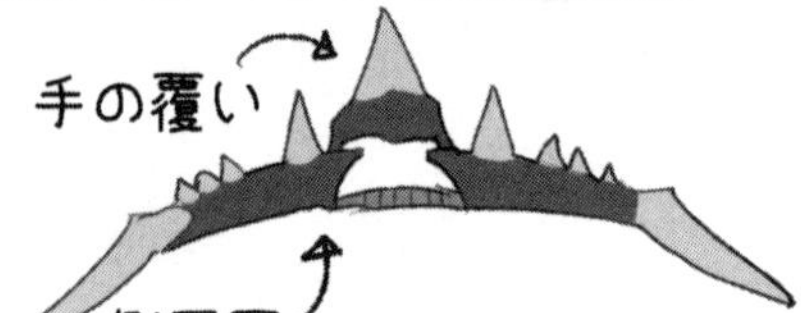
側面図
これが2つ直角に交わる。

携帯性の都合で折りたたみ式に。

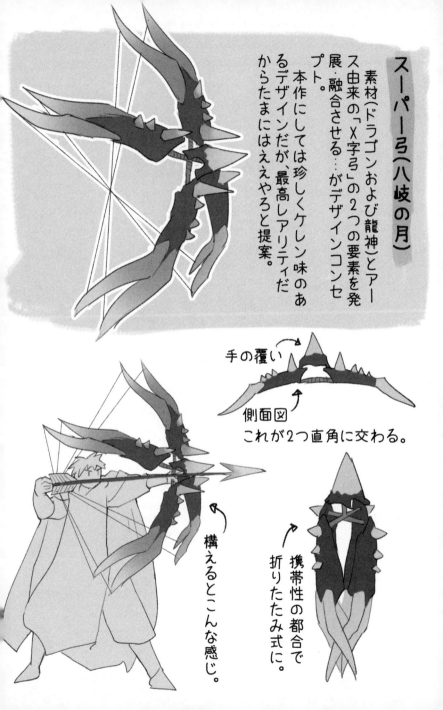

アースおニュー鎧
（ネオ・ドラゴンスケイルフルセット）

元々の依頼は「マイナーチェンジ程度の変化」とのことだったが、つい筆が乗って想定以上に変わってしまった（依頼元からはOKを貰えた）。コンセプトは「豪華なスケイルアーマー」。

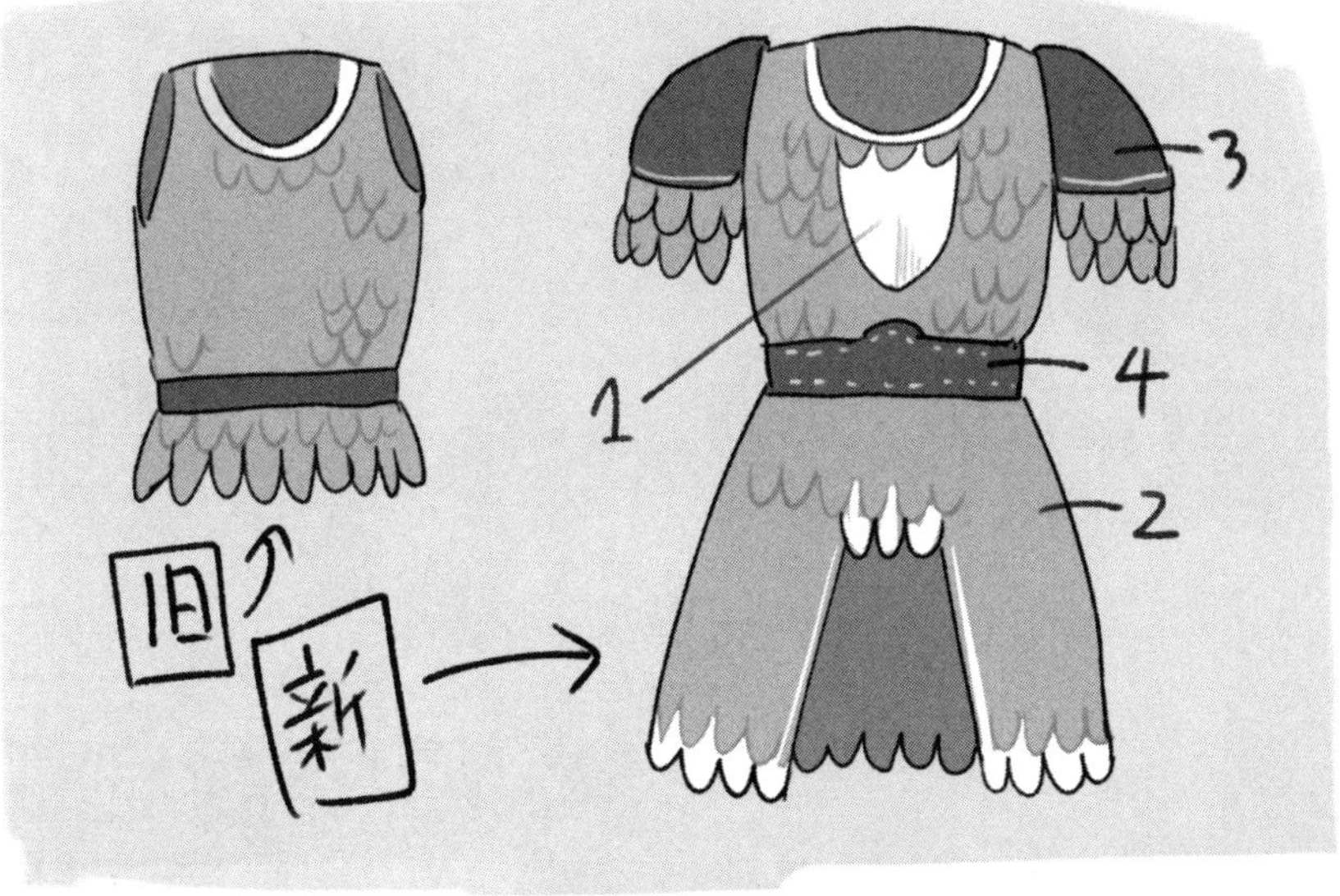

①中央にでかい鱗。素材は不明

②長いタセット（草摺）がついた。
これがあると本格的な鎧に見えるのだ。

③肩鎧を追加。黒い部分は金属製。
あると本格的に見えるパーツその2。

④微妙にベルトも太くなった。

←着用するとこんなかんじ。
どのみち普段はマントで隠れるが。

生産系VRMMOファンタジー発売中！
とあるおっさんのVRMMO活動記
1~8
原作：椎名ほわほわ
漫画：六堂秀哉
累計135万部突破!!
(電子含む)
現実《リアル》じゃ冴えないおっさんが
料理生産から冒険まで
VRMMOで大活躍!!
冒険に興じるもよし、独自の料理や武器を作るもよし、超自由度を誇るVRMMO「ワンモア・フリーライフ・オンライン」。この世界で38歳、独身の会社員・田中大地《たなかだいち》が選んだのは不遇スキルを極める地味プレイ。最初は苦労していたが上達と共に不遇スキルが驚異の力を発揮して…！
とあるおっさんのVRMMO活動記
8
原作：椎名ほわほわ
漫画：六堂秀哉
侵略国家の野望を仲間と打ち砕け！
待望のコミカライズ第8巻!!
◉B6判 ◉各定価：748円（10％税込）
Webにて好評連載中！
アルファポリス 漫画
検索

異世界へと召喚された平凡な高校生、深澄真。彼は女神に「顔が不細工」と罵られ、問答無用で最果ての荒野に飛ばされてしまう。人の温もりを求めて彷徨う真だが、仲間になった美女達は、元竜と元蜘蛛!? とことん不運、されどチートな真の異世界珍道中が始まった!

2期までに
原作シリーズもチェック!

●各定価:1320円(10%税込)
●illustration:マツモトミツアキ

漫画:木野コトラ
●各定価:748円(10%税込) ●B6判

1〜17巻好評発売中!!

コミックス1〜9巻好評発売中!

勇者召喚に巻き込まれて異世界転移した元サラリーマンの相良真一(シン)。彼が転移した先は異世界人の優れた能力を搾取するトンデモ国家だった。危険を感じたシンは早々に国外脱出を敢行し、他国の山村でスローライフをスタートする。そんなある日。彼は領主屋敷の離れに幽閉されている貴人と知り合う。これが頭がお花畑の困った王子様で、何故か懐かれてしまったシンはさあ大変。駄犬王子のお世話に奔走する羽目に!?

●各定価：1320円（10%税込）●Illustration：万冬しま

この作品に対する皆様のご意見・ご感想をお待ちしております。

おハガキ・お手紙は以下の宛先にお送りください。

【宛先】

　〒150-6008 東京都渋谷区恵比寿 4-20-3 恵比寿ｶﾞｰﾃﾞﾝﾌﾟﾚｲｽﾀﾜｰ 8F
（株）アルファポリス　書籍感想係

メールフォームでのご意見・ご感想は右のＱＲコードから、
あるいは以下のワードで検索をかけてください。

アルファポリス　書籍の感想　検索

ご感想はこちらから

本書はWebサイト「アルファポリス」(https://www.alphapolis.co.jp/)に投稿されたものを、
改稿、加筆のうえ、書籍化したものです。

とあるおっさんのVRMMO《ブイアールエムエムオー》活動記《かつどうき》24

椎名ほわほわ

2021年 10月 31日初版発行

編集－宮坂剛
編集長－太田鉄平
発行者－梶本雄介
発行所－株式会社アルファポリス
　〒150-6008 東京都渋谷区恵比寿4-20-3 恵比寿ｶﾞｰﾃﾞﾝﾌﾟﾚｲｽﾀﾜｰ8F
　TEL 03-6277-1601（営業）　03-6277-1602（編集）
　URL https://www.alphapolis.co.jp/
発売元－株式会社星雲社（共同出版社・流通責任出版社）
　〒112-0005東京都文京区水道1-3-30
　TEL 03-3868-3275
装丁・本文イラスト－ヤマーダ
装丁デザイン－ansyyqdesign
印刷－中央精版印刷株式会社

価格はカバーに表示されてあります。

落丁乱丁の場合はアルファポリスまでご連絡ください。

送料は小社負担でお取り替えします。


ISBN978-4-434-29119-7 C0093